글쓰는 여자, 밥짓는 여자

글쓰는 여자, 밥짓는 여자

초판 1쇄 인쇄 2013년 3월 11일
초판 1쇄 발행 2013년 3월 18일

지은이 신아연
펴낸이 박미옥
디자인 이원재

펴낸곳 도서출판 당대
등록 1995년 4월 21일 제10-1149호
주소 121-838 서울시 마포구 합정동 354-34 엘림오피스텔 602호
전화 02-323-1315~6 | **팩스** 02-323-1317
전자우편 dangbi@chol.com

ISBN 978-89-8163-159-8 03880

글, 쓰는 여자
밥, 짓는 여자

칼럼니스트 신아연의 맛있는 호주 이민생활이야기

당대

책을 내며

77편의 글로 세번째 칼럼집을 냅니다. 이번 책은 온라인 칼럼 전문 사이트 자유칼럼그룹(www.freecolumn.co.kr)에 '공감'이라는 타이틀로 쓴 글을 모은 것입니다.

좋은 글을 쓰려면 삶이 치열해야 한다는데, 별로 열심히도 안 살면서 글만 열심히 쓴 것 같아 면구스럽습니다. 그나마 그저 나 먹자고 차린 조촐한 밥상, 장에서 빠진 숙변처럼 혼자의 이야기일 뿐이라 덜 부끄럽습니다.

그럼에도 쉬운 글이 자아내는 공감의 언어, 나눔과 소통의 언어들로 맛깔스럽고 재미있게 잘 버무렸다는 칭찬들을 해주셔서 보람 있고 즐거웠습니다.

어떤 작가는 책을 내면서 "서로서로 공감하는 수천 개의 마음과 그 마음에 공감하는 글쓴이 자신의 마음이 만나 술처럼 빚어진 결과물"이라고 했던데 저도 제 책을 말하기 위해 그 작가의 말을 '슬쩍' 하고 싶습니다.

책을 만든 당대출판사에서는 마치 숨은 그림 찾기처럼 따스한 공동체, 자연스런 나이듦, 당당한 진솔함, 소소하나 귀티나는 일, 자잘하고 정직한 내면의 소리들을 잘 찾아내고 회복시키는 능력을 가진 분들께 이 책을 전하겠다고 했습니다.

잘 마름질해 주셔서 감사합니다.

제 글 하나하나를 모두 읽고 과분한 추천사를 써주신 임철순 『한국일보』 논설고문님, 정진홍 울산대 석좌교수님, 국제 정신분석가이자 전남의대 정신과에 계시는 이무석 교수님, 김성묵 두란노 아버지학교 이사님께도 진심 어린 감사를 드립니다.

누에가 뽕잎을 갉아먹듯 사각사각 시간을 갉아먹으며 어느 새 50이 되었습니다. 누에고치가 실샘을 통해 끊임없이 실을 잣듯이, 제 속에 글샘이 있어 죽을 때까지 이 '짓거리'를 할 수 있었으면 좋겠습니다.

무엇보다 이 책이 남편의 마음에 들었으면 좋겠고, 아이들에게서 괜찮은 엄마라는 소리를 듣게 해주면 좋겠습니다.

2013년 2월 호주 시드니에서 신아연

책을 내며

차례

2. 나이듦, 편안함

3. 가족, 그 징한 이름

4. 모국은 지금

5. 이민은 아무나 가나

1

공감 권하는 여자

꿈을 잃은 갈매기들
피시 오브 더 데이(fish of the day)
항문으로 먹을 수 있을 때까지
작은 새와 함께한 월요일
신부님, 우리들의 신부님
고양이에 물린 여자
비데에 대한 단상
송곳 이론, 안테나 이론
스타 권하는 사회
진땀나게 말하는 사람들
너 살고 나 살려면?
다른 것은 틀린 것?
당신은 생계사보르가 있는지요
경제발전에 딴지걸기
살며 요리하며
눈물 젖은 글
장기기증…할까요?

꿈을 잃은 갈매기들

유난히 하늘 푸른 요즘, 속된 말로 '뻑하면' 소풍을 갑니다. 인근 국립공원의 광활한 숲속을 신물나게 헤매다 산 끝자락 물가 천렵에도 지치면 가끔씩은 새 맛으로 시내 나들이를 합니다.

집에서 40분이면 시드니 오페라 하우스와 하버 브리지에서 놀다 올 수 있기 때문에 일정에 없다가도 물병 하나 챙겨 들고 불쑥 길을 나서곤 합니다.

시드니의 두 아이콘을 받치고 있는 투명 녹빛 바다가 가을 태양볕을 받아 뒤챌 때면 마치 수천 수만 개의 전구를 수면에 흩뿌린 채 불을 밝힌 듯 반짝입니다. 봉숭아 꽃대처럼 발그레한 다리와 물갈퀴, 립스틱을 찍어 그린 듯한 눈과 부리를 제외하곤 온몸을 보얗게 표백한 것 같은 갈매기들도 망망한 태평양을 가슴에 안고 도도한 자세로 고개를 곧추세웁니다.

외모도 외모지만 '조나단 리빙스턴 시걸' 때문인지 갈매기는 참새나 비둘기 따위와는 견줄 수 없는 고고한 구석이 있어 보입니다. 조류 가운데 갈매기에서 유독 '창조, 가능성, 잠재력, 영혼, 자유, 비상' 등의 형이상학적 단어들을 연상하게 되는 이유도 그 때문입니다.

그러나 웬걸, 가까이서 잠시만 관찰해도 그네들의 그 소란스러움과 천격스러움에 인간의 지적 상상력과 영적 감수성이 투사된 고상한 이미지는 저만치 물러가고, 염치없고 뻔뻔한 바다 상것 같은 본색이 금방 드러납니다. 그저 온종일 먹잇감 앞에 다투고 경쟁하며 서로 상처를 내는 그악스런 본성 속에 고단하고 질 낮은 생명을 이어가는 존재로 보일 뿐입니다.

특히 호주 갈매기들은 사시장철 관광객 밥 얻어먹는 데 길들여져 많은 숫자가 스스로 먹이 잡는 법을 잊어버렸다고 합니다. 사람이 음식부스러기를 던져주지 않으면 굶어죽는 걸로 갈매기 자신이 정말 믿고 있다면, 하루하루 연명을 위해 얼마나 치열하고 비참하게 몰두해야 할지 상상이 가고도 남습니다.

그날 저는 패스트푸드점에서 무심코 햄버거를 하나 사먹다가 갈매기떼에게 봉변을 당할 뻔했습니다. 햄버거와 감자칩이 든 봉지를 들고 가게를 나설 때부터 두어 마리가 미행하듯 따라붙는 낌새를 느꼈지만 그러려니 했는데, 햄버거를 먹으려고 벤치에 앉으니 종횡으로 도열한 수십 마리 갈매기들이 사열이라도 받을 자세로 저를 기다리고 있는 게 아닙니까. 마치 제가 그 자리에 앉을 걸 미리 알고 있었다는 듯이.

흡사 수업을 듣는 학생들마냥 세어보니 칠, 팔십 마리는 족히 되는 갈매기들이 그때부터 일제히 햄버거를 뜯는 제 입을 뚫어져라 쳐다보기 시작했습니다. 개중에 몇 마리가 제 손에 쥐여 있는 햄버거에 시선을 고정한 채 저와 간격을 좁혀올 땐 히치콕 감독의 영화 〈새〉에 나오는 여주인공의 공포가 그대로 전달돼 빵을 문 채로 오금이 저렸습니다. 만약 그중에서 단 한 마리가 내게 먼저 달려든다면 나머지도 순식간에 나를 덮칠 것이라는 상상에 차라리 햄버거를 포기하고 갈매기의 포위망을 뚫고 탈출해야 하지 않을까 갈등했습니다.

그때 마침 옆 벤치에 음식봉지를 가진 다른 사람이 왔고 갈매기들은 순식간에 그쪽으로 자리를 이동했습니다. 옆사람 덕에 일단 위기를 벗어나 심호흡으로 여유를 되찾으니 중뿔나게 움직이는 갈매기들 꼴이 과목 따라 이동수업을 하는 학생들 같아 같잖은 웃음이 나왔습니다.

벤치 앞을 오가며 사람들이 이따금 먹이를 던져줄 때면 삽시간에 뒤엉켜 아비규환을 벌이는가 하면, 무리 중에 약간 몸집이 크거나 다소 불량기가 있어 보이는 것들은 주변의 약해 보이는 것들을 부리로 구박하며 내쫓는 시늉을 하거나 깃털을 부풀려 겁을 주면서 공연히 시비를 걸었습니다.

오페라 하우스와 하버 브리지가 위치해 있는 바다와 길 하나를 사
이에 두고 시내 초입에서 벌어지는 갈매기들의 생존경쟁은 요즘 흔
히 말하는 '블루 오션'과 '레드 오션'을 연상케 했습니다.
　코 박고 있는 현실에서 잠깐 시선만 돌리면 문자 그대로 '블루
오션'이 펼쳐져 있건만, 게으름과 타성, 두려움과 고정관념에 젖어
치열한 경쟁으로 핏빛 얼룩이 진 '레드 오션'에서 허우적대는 갈매
기들이 불쌍했기 때문입니다.
　그날 이후, 자유로운 영혼의 소유자 조나단 리빙스턴 시걸처럼
저녀석들도 저 푸른 대양을 높이, 더 높이 날아오르게 하여 저 아
름다운 생명의 바다로 되돌려보낼 수는 없는 건지, 갈매기 본연의
고상하고 우아한 이미지를 되찾아줄 수는 없을지 지금껏 생각중
입니다.

피시 오브 더 데이(fish of the day)

"fish of the day"

   우리 식당 입구에 놓아둔 어항 속 물고기를 짓궂게도 우리는 이렇게 부릅니다. 메뉴 가운데 생선요리는 활어를 그 자리에서 잡아 손님상에 올린다는 의미로 'fish of the day'(오늘의 생선)라고 하기 때문입니다.

   그렇다고 손가락 한마디 크기도 못 되는 그녀석이 정말로 어느 날 'fish of the day'로 식탁에 오를 리는 없고 장난삼아 어항 앞에 그렇게 써놓았더니 아닌 게 아니라 무심코 오가는 손님들도 실소를 금치 못합니다.

   특별히 '키운다'고 할 것도 없이 그저 물이나 갈아주면서 "어이, fish of the day" 하고 한마디씩 놀리기나 한 것이 벌써 4개월짼니다. 어항물을 바꿔주던 매니저가 고개를 살래살래 흔들며 "Never die!"(절대 안 죽네!) 하던 때가 두 달도 더 전이니 우리는 이미 그때부터 녀석의 생명력을 신통하게 여겼던 것 같습니다.

처음에는 예쁘고 앙증맞아서, 나중에는 습관적으로 한번씩 들여다보면서도 며칠이나 더 살려나 했던, 살면 살고 죽어도 그만이라 생각했던 것이 4개월이 넘고 보니 꿋꿋이 살아가는 그 미물에 전과는 다른 눈길을 주게 됩니다.

어차피 가게 치장을 위한 것이라 죽으면 또 다른 고기를 사냥을 요량으로 제깟것 목숨보다 오히려 어항이 깨질까 보아 염려하던 것이 이제는 '그 물고기'가 아니면 안 될 것 같고, 특정한 '그 생명체'에 마음이 기울게 된 것입니다.

국대접 두 개를 포개놓은 정도의 크기에 알록달록한 자갈 몇 개와 이끼 긴 플라스틱 수초 한 그루가 고작인 공간이 지루할 법도 하건만 작은 물고기는 지칠 줄 모르고 헤엄칩니다. 움직이면 살고 멈추면 죽기라도 할 듯 필사적 몸짓으로 한시도 쉬지 않고 몸을 놀리는 모습이 믿기지 않을 정도로 활발해서 꼭 영화 〈쉬리〉에 나오는 칩을 넣은 물고기를 연상케 합니다. 정말이지 경탄해 마지않을 생명력입니다.

일평생 곁에 둘 친구 하나 없는 실존적 절대고독의 공간에 놓인 자신의 운명 따위에는 아랑곳없이 그저 '지금 이 순간'을 사는 데 집중하는 작은 물고기에 마음을 주기 시작한 이후, 이따금 그

하찮은 생명에 생각이 매여 조바심이 이는 생경스런 느낌을 받을 때가 있습니다.

오 헨리의 「마지막 잎새」처럼 그 물고기가 죽으면 제 자신을 포함한 주변의 생명 가진 것들의 에너지와 탄력도 함께 사그라질 것 같고, 어쩌면 잘되던 장사가 기울어버릴 것만 같은 마술적 사고도 이따금 떠올라 가게에 들어서면 곧장 그녀석부터 찾게 되는 것입니다.

그러한 느낌의 총체는 밋밋하고 평범한 일상 속에 '숨은 그림'처럼 내재하는 생명의 본질과 존재의 근원에 대한 신비와 경이의 조각을 찾아내는 체험에 닿아 있습니다.

물질세계의 배후, 어둠을 몰아내는 빛, 악을 따돌리는 선한 의지, 모방이 아닌 참된 것, 부정을 이기는 긍정의 힘 등 이른바 엔트로피 법칙을 거스르는 일체의 창조적 에너지 같은 것 말입니다.

우리 물고기의 순도 높은 생명 에너지와 닮은 것들로 껍질을 깨고 가까스로 세상에 나오는 병아리, 아스팔트 틈사이로 비집고 올라와 기어이 자신의 꽃을 피워내는 한 포기 식물, 겨우내 죽은 듯 딱딱하고 마른 가지를 뚫고 나온 여리디여린 새순, 사춘기의 질풍노도를 통과한 청년, 젊은이와 다름없이 미래를 계획하는 백세 노인, 환골탈태한 신앙적 회심자 등을 함께 떠올려봅니다.

이제 우리 가게 사람들은 더 이상 무심코라도 그 물고기를 'fish

of the day'라고 부르지 않습니다. 오래된 농담에 식상해서이거나,
아니면 생각보다 훨씬 오랫동안 살고 있는 것한테 장난말이라도
밥상 위에 올릴 식재료라고 하기가 미안해서일 것입니다.

하지만 저는 그 미물 속에 내재하여 그 미물을 움직이는 생명
의 근원적 손길 같은 걸 느낀 이후, 그녀석을 두고 잡아먹힐 존재
라는 불경하고도 망측스런 생각을 더 이상 할 수 없게 되었습니다.

항문으로 먹을 수 있을 때까지

나이 들수록 자꾸 살이 찌니 뭘 먹기가 겁이 납니다. 같은 체중을 유지하려면 예전에 먹던 양보다 30% 정도를 덜 먹어야 한다는 것을 경험으로 알게 된 후 배불리 밥을 먹어본 지가 언제인가 싶습니다. 풍족한 세대임에도 양껏 배를 채울 수 없는 게 딴엔 서럽지만 체중유지를 위해서는 어쩔 수 없습니다. 일단 살이 찌고 나면 단 100그램이라도 빼기가 얼마나 힘든지, 역시 경험이 말해 주었기에 타협의 여지를 두지 않기로 했습니다.

그나마 먹는 데 비해 에너지 소모량이 많아 키와 몸무게의 비례가 가장 적절하다는 표준 체중을 30년 넘게 유지하고 있지만 더도 말고 덜도 말고 딱 기준점에 걸려 있어서 행여 그 수치를 넘기게 될까 봐 한시도 마음 편할 날이 없습니다. 휴전 없이 죽을 때까지 계속될 이른바 '살과의 전쟁'입니다.

남들에게는 어떻게 들릴지 몰라도 같은 몸무게를 지켜나가는 것이 제게는 삶의 긴장이자 작은 성취, 나아가 행복일 때가 있습니다. 작으나마 노력해서 얻은 결과라는 점에서 쾌락과는 구분되는 내밀한 기쁨이기도 합니다.

그 밖에 정리정돈을 잘한다든가 절약하는 편이라든가 규칙적으로 글을 쓴다든가 하는, 제 자신에 대해 좋은 생각을 갖게 해주는 습관들이 몇 가지 더 있어서 살아가며 소소한 행복을 느끼게 합니다. 저로서는 타성과 관성을 거스르며 노력한 절제와 인내의 결과물이기 때문입니다.

이렇게 시시하고 지극히 주관적인 일상의 행복을 가꾸는 데도 어느 정도의 내공과 훈련이 필요한데, 영속적이며 궁극적인 행복의 원천이랄 수 있는 인간의 도리나 정의로운 태도, 신중한 사고, 다른 사람을 배려하고 사랑할 수 있는 능력, 가까운 사람을 시기질투하지 않는 마음, 타인을 지배하고 통제하지 않으려는 의지와 반성 등을 내면화하려면 도대체 얼마만큼의 시간을 들여 자신과의 싸움을 해야 하는 걸까요.

아니, 일생을 두고 정진한다 한들 그런 일들이 스스로의 힘으로 이뤄질 수나 있는 건지, 나아가 어느 정도 수련이 되었다 해도 무엇을 절대 기준으로 삼아 평가받을 수 있을지 막막하고 아득할 때도 있습니다. 그에 앞서 선험적이며 절대적인 가치나 윤리적 틀이 있다고 할 수 있을지마저도 모호한 상황에서 각자의 세계관에 따라 다양한 잣대로 문제를 상대화하거나 그러한 논의나 노력 자체를 무화(無化)시킬 가능성도 얼마든지 존재합니다.

체중이 줄고 느는 것이야 저울만 정확하면 냉큼 올라가 보면 바로 알 일이며, 집이 지저분하거나 통장의 잔고가 확연히 줄었다면, 글쓰기에 게을러졌다면 느슨해진 생활을 다잡으면 될 일이지만 삶의 진정한 행복과 의미를 부여할 제 자신의 영적·정신적 성장과 성취의 정도는 무얼 기준으로 점검하며 어떤 자각과 의지로 지켜가야 할지요.

이성복이라는 시인은 진정한 사랑이란 "항문으로 먹고 입으로 배설하는 것"이라고 했답니다. 인간의 생리대로라면 당연히 "입으로 먹고 항문으로 배설해야" 하지만, 우리의 본능과 본성을 거슬러 의미를 찾고 성찰하는 인간으로 살아가려면 생리 시스템마저 거꾸로 하려는 결단이 요구된다는 뜻일 겁니다.

어찌 사랑뿐이겠습니까. 신뢰와 우정, 자유를 비롯하여 사람답게 사는 모든 것을 추구하기 위한 각오도 이 말을 빌려 담아볼 수 있지 않겠습니까.

"항문으로 먹고 입으로 배설한다"는 인문학적 배경의 성찰은 무엇을 위해 어떻게 살아야 할지를 고민하는 유대 지도자 니고데모에게 "사람이 다시 태어나지 않으면 하나님 나라를 볼 수 없다"

고 한 예수의 말씀을 연상케 합니다.

그는 엉뚱하게도 "이미 태어나 늙기까지 한 사람이 어떻게 모태에 다시 들어갈 수 있습니까. 사람이 정말로 두 번 모태에 들어가는 일이 가능합니까"라고 반문합니다. 마치 "사람이 입으로 먹지 어떻게 항문으로 먹느냐"는 반문의 '기독교 버전'처럼 들립니다.

기독교 신앙의 관점에서는 육의 사람을 벗고 영의 사람으로 거듭나는 것, 성령을 덧입어 새로운 피조물이 됨으로써 '항문으로 먹는 것'이 가능하다고 말할 수 있을 것입니다.

'입으로 먹는 것'에 타성과 습관이 든 저야 체중계의 눈금 따위에 큰 의미를 두고 행복을 찾지만, '항문으로 먹을 수 있는' 사람들은 인간 너머의 절대적 존재를 인정하고 그 존재가 인간의 역사와 개인의 삶 속에 깊숙이 개입한다는 것을 받아들이며 그 속에서 영속적인 의미와 행복을 찾을 것입니다.

그런 사람들에게는 "이 세상은 영혼을 빚어내는 골짜기"라는 존 키츠의 말이 깊이 와닿을 것입니다. 영적 세계관을 선택하기로 결단하는 순간, 엄연하고 뚜렷한 가치와 절대적 윤리기준에 의해 격려와 질책을 받으며 '영혼의 성장'이라는 궁극적 목적을 향해 그 삶이 이끌려갈 것이기 때문입니다.

작은 새와 함께한 월요일

월요일은 식당을 열지 않는 날이지만 청소나 뒷설거지, 밀린 서류 따위를 정리하느라 평소와 다름없이 출근을 합니다. 하지만 환기를 위해 열어둔 문으로 손님 대신 밖에서 놀던 새들이 자작짜작 걸어 들어오는 것이 평소와는 다른 모습입니다.

바닥에 떨어진 빵부스러기라도 얻어먹을까 하여 인근의 새들이 고개를 갸우뚱거리며 앙증맞게 가게 문을 들어서는 모습이 손님 이상 가는 반가움을 자아냅니다.

그날도 활짝 열린 출입문으로 작은 새 두 마리가 포르릉 날아들었습니다. 귀여운 마음에 하는 양을 보려고 짐짓 모른 체하고 있는 사이, 사람이 있는 줄도 모르고 태평하게 바닥을 누비며 한동안 뭔가를 쪼아먹는 시늉을 하더니 갑자기 두 마리 모두가 동시에 몸을 날려 벽에 힘껏 부딪히는 것이었습니다. 연거푸 같은 동작을 반복하며 푸드득대는 소리가 심상치 않다 싶더니 사태가 갑자기 심각해졌습니다.

가게 사방이 통유리로 되어 있는 터라 새들의 눈에는 바깥인지 안인지 구분이 안 되었던 것입니다. 한 장소에서 놀 만큼 놀다가 제 딴엔 늘 하던 대로 날갯짓을 했는데 뭔가가 번번이 막아서니 기가 차지 않겠습니까.

한두 번 해서 안 되니까 계속해서 더 높게 더 힘껏 유리벽에 몸을 부딪치고는 더 커진 반동만큼 바닥에 나뒹구는 본새가 처음에는 우습더니 이내 가엾고 처절하게 다가왔습니다.

크기라야 조막만한 것들이 저러다 골병들어 죽게 생겼다 싶어 제 마음도 다급해지기 시작했습니다. 쉬는 날 잠시잠깐의 한가함과 평온함이 작은 새들을 살려야 한다는 위기감으로 급변하는 순간, 가게 지하 휴식공간에서 모처럼 오수를 즐기고 있는 남편부터 무조건 흔들어 깨웠습니다.

하지만 남편은 자기가 무슨 풍랑을 만나 호들갑을 떠는 제자들에는 아랑곳없이 태평스레 잠을 자는 예수라고 비몽사몽 중에 아직은 때가 아니라는 둥, 그러다 나가겠지 하며 잠결대꾸를 할 뿐입니다.

혼자 "이를 어째"를 연발하며 동동거리며 다시 올라와 보니 어느결에 한 마리는 이미 날아가고 안 보였습니다. 일단 안도의 숨을 내쉬는 사이에도 남은 한 마리는 끊임없이 창에 몸을 부딪고 있었습니다. 고개를 반만 돌려도 제 발로 걸어 들어온 문이 그대로 활짝 열려 있건만 어쩌자고 자꾸만 구석으로 구석으로 한 발짝씩 더 옮겨가며 매번 유리벽을 뚫기라도 할 기세로 필사적 몸부림을 하는 것일까요. 그리고 그녀석도 그렇지, 출구를 찾았으면 함께 나갈 일이지 의리 없이 저 혼자 훌쩍 날아갈 건 뭐란 말입니까.

저 또한 어쩌지 못한 채 궁색하지만 문 쪽으로 새를 쫓는 시늉을 하니 가뜩이나 두려운데 공포가 배가된 듯 퍼덕이는 날갯짓에 더해 몸을 부르르 떱니다. 이것도 안 되겠다 싶어 궁여지책, 음식 부스러기를 신문지에 담아 새의 시선이 닿되 문과 최대한 가까운 곳에 놓고 새가 몸의 방향을 틀도록 유도해 보았습니다.

상황을 보아가며 신문지를 문가로 살살 이동시킬 참에, 옳거니, 그 와중에도 먹을 것이 눈에 띄자 생사가 걸린 일은 잠시 뒷전이고 언제 그랬냐는 듯 먹는 데 열중합니다.

그러더니 미련하게도 먹을 걸 다 먹은 후 도로 몸을 돌려 다시 유리벽에 몸 부딪히기를 계속하는 게 아닙니까. 먹고 나니 기운이 나는지 이번에는 더 세게 시도를 합니다. 참 답답하고 안타까운 노릇이 아닐 수 없습니다.

이제 더는 안 되겠다 싶어 겁을 잔뜩 줄 요량으로 마구잡이로 다가가 바닥에 발을 쾅 굴렀습니다. 놀라서 어쩔 줄 몰라 하며 잠시 퍼덕이더니 그 기세로 반사적인 날갯짓을 하며 출구 쪽으로 밀려나가듯 훌쩍 날아올랐습니다.

사태가 종결되는 순간이었습니다. 이제는 살았구나 하며 잠시 숨이라도 고를 듯 그대로 가까운 울타리에 앉아 있는 새만큼이나 제 가슴도 그때까지 콩닥거렸습니다.

제 딴엔 얼마나 놀랐으면 사투를 벌인 주변엔 지려놓은 똥이 즐비합니다. 여기저기 빠져 있는 깃털과 새똥을 닦아내며 혹여 새가 뇌진탕으로 죽었더라면 어쩔 뻔했나, 내가 지금 치우고 있는 것이 새똥이니 망정이지 죽은 새였다면 얼마나 마음이 안 좋았겠나 싶으니 살아서 나간 새가 대견하고 고맙기조차 했습니다.

새와 씨름한 그날, 사람살이와 빗대어 이런저런 생각이 들었습니다. 새만 미련하달 것 없이 사람도 고개만 잠시 돌리면, 생각을 조금만 달리하면 살길이 생길 텐데 제 고집대로, 늘 하던 대로만 하려고 드니 죽겠다고 해봤자 말짱 헛고생을 하는 일이 생기지 않나 말입니다. 그저 그 자리에서 잠깐 돌아서기만 해도 해결책이 열릴 텐데 기껏 낸 꾀가 죽을 꾀라더니, 사람이 해야 할 일은 하나님도 부처님도 도무지 대신해 줄 수 없겠다 싶은 깨달음 비슷한 것도 들었습니다.

그런가 하면 일촉즉발, 상황은 다급한데 당장 눈앞의 먹을 것에 한눈을 파는 것, 조금 살 만하다 싶으면 금세 잊어버리는 것도 인간이라고 다를 바가 없지 않습니까.

그런 생각들로 하찮다면 하찮은 그날의 일이 제게는 일상의 교훈처럼 다가왔습니다.

무서운 자연의 힘에 생명이 쓸려가는 것과 뜻하지 않은 큰 사고는 어쩔 수 없지만 세상살이의 많은 부분은 지혜로움과 이성적인 판단, 침착함, 인내, 심사숙고 따위를 통해 길을 찾아갈 수 있지 않겠나 하는 것입니다. 힘든 시기에 만났던 한 지인이 모든 문제에는 반드시 두 가지 해결책이 있다고 조언해 준 적이 있는데 그날 이후 그 사람의 말도 겹쳐 떠오릅니다.

신부님, 우리들의 신부님

우 리 가게는 시쳇말로 그네들의 '아지트'라 할 만큼 신부님들
이 손님으로 많이 오십니다. 가족이 없는 분들이다 보니 혼
자 조용히 식사를 하거나 호젓하게 차나 커피를 마시기에 그분들
사이에 우리 가게가 편한 곳으로 알려져 있는가 싶습니다.

책과 와인 한잔이 곁들여진 소박한 저녁식탁을 마주하거나 다
탁(茶卓) 가득 자료를 펼쳐놓고 강론을 준비하는 신부님들의 단아
한 자태에서 성직자의 정결한 인품을 읽게 됩니다.

며칠 전, 저녁장사를 막 시작하려는데 엊그제 다녀가신 신부님
이 동료 신부님과 함께 당황스레 찾아오셨습니다. 일요일 점심 때
열몇 분 신부님들이 우리 집에서 회식을 했더랬는데 그날 깜빡 잊
고 미사가운을 두고 간 것 같다는 것입니다.

아무것도 놓고 가신 물건이 없다고 하자 그럴 리가 없다는 듯

고개를 갸우뚱하며 낭패어린 표정을 지으십니다. 함께 오신 신부님이 작은 목소리로 "내 그럴 줄 알았어. 저 양반 평소에도 물건을 어디다 뒀는지 기억을 못할 때가 많아요. 며칠 전에도 자동차 키를 찾느라 법석을 떨었거든. 옆에서 챙겨주지 않으면 노상 저런다니까. 건망증이라기보다 치매기가 약간 있는 것 같아요" 하며 공연히 미안해하는 저를 안심시키셨습니다.

따로따로 오실 때나 함께 식사를 하실 때나 한결같이 온화하고 인자하게만 보였던 분들이라 인간적 한계나 치부를 미처 읽을 수 없었다는 것이 새삼스럽게 다가왔습니다.

그 신부님이 정말 치매에 걸리셨다면 가족도 없는데 누가 돌볼 것이며, 엊그제 오셨던 분들은 서품을 받은 지 대부분 50년이 가까운 고령들이시니 굳이 치매가 아니라도 중병에 걸리면 보통사람들보다 인간적으로 더 외롭고 고통스러울 것이라는 데까지 생각의 가지가 뻗었습니다.

아니 어쩌면 노년의 병마와 외로움은 나중 걱정이고 당면한 문제는 경제적 어려움일지도 모릅니다. 우리 가게에 거의 매일 오시는 신부님 한 분은 커피 한잔 값도 부담스러우신 것 같아 어떤 때는 그냥도 드리고 아니면 에누리도 해드리지만 그래도 토스트 한 조각으로 점심을 때울 때가 많습니다. 어쩌다 저녁에 오셔도 우리의 짜장면 값밖에 안 되는 샐러드 한 그릇이 고작이구요.

그럴 때 저는 '기왕이면 목사가 될 일이지. 그러면 가족도 있고 좀 좋아. 거기다 신자들이 줄줄 따라다니며 서로 밥 사겠다고 난리지, 생활 안정돼, 자식들 해외유학에, 운 좋으면 치부도 하고 본인이 잘못해서 관둘 때도 전별금까지 두둑이 챙길 수 있으니 이보다 더 좋을 순 없잖아?' 하고 하나님께 벌받을 못된 생각을 합니다. 물론 일부 한국 목사 이야기입니다. 신부들처럼 혼자 다니진 않는다 해도 이곳 호주 목사 중에서 그리도 권위적이고 기름진 생활을 하는 경우는 없으니까요.

저도 기독교인이지만 기독교 신자들끼리도 작금의 한국 기독교가 썩을 대로 썩었다는 것과 특히나 대형교회 목회자들의 목불인견 행태를 한탄하곤 하지만, 우리끼리 말해 본들 파행적 계급구조로 굳어질 대로 굳어진 교계 시스템을 어찌해 볼 수는 없다는 것에 일치된 무력감을 느낍니다. 심지어 교회활동에 열심인 것과 신실한 신앙심은 완전 별개 내지는 반비례한다며 비아냥거릴 때도 있습니다.

이른바 성직에 종사하는 사람들이 거침없이 부와 명예를 좇거나 목회세습을 둘러싸고 자리다툼을 벌이는 양상은 세속인들의 그것보다 더욱 씁쓸함을 자아내고 기독교 신자가 아닌 사람에게까지 배신감과 공분을 일으킵니다.

그것은 아마도 내면의 내밀한 순결함에 튄 오물이나 구김처럼 찝찝함, 당혹감, 절망감, 좌절을 안겨주기 때문일 겁니다. 누군가의 선행이나 미담을 접했을 때 내 속에도 있는 선한 본질이 채워진 듯, 더불어 안도감과 푸근함을 느낄 때와는 상반되는 심리작용이라 할까요.

성직자와 그의 삶은 인간본성 속의 순하고 선한 내면, 왜곡되지 않은 본래적 자아, 참 자기의 상징과 표본이 되어야 한다고 저는 생각합니다. 내가 마땅히 걸어야 했으나 가지 못했던 외롭고 좁은 길을 기꺼이 대신 가주는 자가 있을 때 세속에 찌든 내 영혼과 정신이 순간이나마 의지할 곳이 있을 테니까요.

그러기 위해서 성직자의 본질적 자질은 우리 가게의 신부님들처럼 가난과 외로움이어야 한다는 뜻은 아니지만 지나치게 배가 부르고 등이 따습대서야 신부나 목사, 승려라고 하기에 거슬리고 거북하게 느껴지는 것도 사실입니다. 예술을 한다는 사람들도 흔히 고독과 배고픔을 벗 삼거니와 하물며 '영'의 필요를 채운다는 사람들이 영적 헌신은커녕 '육'의 일에 몰입한 듯한 모양새는 정말이지 보기 싫습니다.

고양이에 물린 여자

"Cat bitten lady"

요즘 들어 얻은 제 별명입니다. 말 그대로 '고양이한테 물린 여자'입니다.

두 주 전쯤, 고양이에게 발목을 심하게 물려 일주일 넘게 치료를 받는 동안, 병원에서 저는 'Cat bitten lady'로 통했습니다.

"Cat bitten lady가 몇 호실에 있지?" "Cat bitten lady 담당간호사인데요, 피검사 결과는 나왔나요?" 하는 식이었습니다. 호랑이한테 물렸으면 또 모를까, 속된 말로 '쪽팔리게' 고양이한테 물려 한 열흘 꼼짝을 못했으니 어이없는 별명을 얻고도 할말이 없습니다.

지금 사는 집으로 이사 온 지가 10개월쯤 되니 그녀석을 처음 만난 것도 그때일 겁니다. 목걸이를 하고 있기에 당연히 주인 있는 고양이겠거니 하면서 재미삼아 국물멸치 몇 개씩을 집어준 후로 밥 때마다 찾아오는 것이 지금에 이르렀습니다. 사실 봉변을 당하기 전에 처음부터 수상쩍게 봤어야 하는데 말입니다.

밥을 준 후로 그녀석은 아예 우리 집에 터를 잡았던 것 같습니다. 나중에 보니 베란다 야외탁자 쿠션에 소복하게 빠진 털이 하루 이틀 비비적거린 흔적이 아니었으니까요.

"아마 주인이 이사를 가면서 안 데리고 갔나 봐요."

"퇴근 때마다 보면 단지입구 첫 집 앞에 웅크리고 있던데, 언젠가는 주인이 다시 올 거라는 희망으로 그러고 있는지도 몰라…."

"가엾어라, 버림받은 줄도 모르고…. 쟤는 나중에 우리가 딴데로 이사 가면 누가 밥을 줄까요?"

"들은 애긴데 고양이는 원래 주인 따라 안 간대, 자기 영역 지키느라. 갔다가도 다시 도망쳐 온다는데?"

정이 들면서 본격적으로 고양이밥을 사다 먹이기 시작한 후 남편과 저는 숫제 소설을 썼습니다.

하지만 그녀석은 우리에게 정을 주기는커녕 시간이 지나도 좀체 경계심을 풀지 않았습니다. 손을 대는 시늉만 해도 할퀴려 들고 어쩌다 친해진 것 같다가도 이내 표독스레 발톱과 송곳니를 드러냈습니다. 그래도 저는 그저 개와 달리 혼자 도도한 척 구는 고양이 본래의 천성이려니 했습니다.

'사고'가 난 날은 저녁밥을 주려는데 발치에서 알짱거리던 녀석에게 걸려 넘어질 뻔한 것이 사단이었습니다. 지 소견엔 그걸 공격으로 받아들였는지 순식간에 발목을 물고는 당장 숨통을 끊어놓을 기세였습니다. 아마도 그런 식으로 급소를 물어 쥐도 잡고 새도 잡는 모양입니다.

다시 생각해도 어이없고 허망한 일입니다. 비록 밥을 얻어먹을 망정 정 주고 마음 주고 사랑 주지 않은 거야 어쩔 수 없지만, 그래도 그렇지 저한테 밥을 주는 사람을 그렇게까지 모질게 대할 게 뭐란 말입니까.

그 길로 응급실로 가 반나절 처치를 하고, 일주일 넘게 간호사가 왕진을 오고, 통원치료를 받으러 가고 하는 북새통을 떨면서 바야흐로 저는 'cat lady'가 되어갔던 것입니다.

정식 학명은 모르겠고 그냥 불리는 이름이 'fighting fish'라는 관상어가 있습니다. 크기는 손가락 두 마디 정도밖에 안 되는데 한데 넣어놓으면 한 마리만 남을 때까지 죽어라 물어뜯고 싸우는 습성이 있어서 따로따로 길러야 하는 물고기입니다. 여북하면 이름조차 '파이팅 피시'겠습니까.

애들이 어렸을 때 두 마리를 사다가 각각 다른 어항에 넣어 기르면서 장난삼아 어항끼리 붙여놓기만 해도 두터운 이중 유리벽을 사이에 두고 서로 노려보며 당장 싸울 태세부터 취합니다. 붉고 푸른 원색의 앙증맞고 선명한 몸색도 그때는 몸 전체가 울긋불긋한 호전적 깃발일 뿐입니다.

저를 문 고양이 때문에 파이팅 피시 생각이 났지만, 두 놈들의 공통점은 그 못 말릴 '까칠한 성정' 때문에 '왕따'를 자초한다는 점입니다. 지 성질 못 참아서 적막한 어항을 홀로 떠다녀야 하는 꼬락서니나 사랑을 사랑 그 자체로 받아들이지 못하고 동그마니 외로울 수밖에 없는 처지나, 깝깝하고 처연하기는 둘 다 마찬가지입니다.

사람도 그런 사람이 있지요, 상처 입은 짐승처럼 웅크린 채 자기 속에만 침잠해 있는 것 같아 보여도 어느 순간에 가시를 돋울지 긴장을 풀 수 없게 하는. 깊은 우울과 자폐의 고통을 스스로는 즐기면서 수시로 주변사람들을 괴롭히며 관심을 끄는. 무조건 의심하고 경계심부터 품고 보는.

오늘도 고양이는 밥을 먹으러 옵니다. 더 이상 밥을 주고 안 주고를 떠나 '배은망덕'을 논할 상대도 못되니 황당하고 어이없는 일로 치부하면 될 테지요. 그런데도 마치 넘어서는 안 될 선을 넘어버린 관계처럼 '너와 내'가 이제는 무연한 사이가 되어버린 것에 고통스러워하는 저를 보고, 주변에서는 그렇게 고생을 하고도 아직 사태파악이 안 되냐며 "너 또한 못 말릴 화상"이라고 핀잔을 주고 있습니다.

비데에 대한 단상

거의 1~2년에 한번은 한국을 가지만 갈 때마다 매번 전과 달라진 것이 눈에 들어옵니다.

속도감 없는 호주에 살다 보니 무엇보다도 점점 좋은 것이 나오는 한국의 문명 발전속도에 멀미와 현기증을 느끼게 됩니다.

한국에만 가면 저는 어리버리 정신없는 시골쥐 꼴로, 세련되고 숨가쁜 서울쥐들 틈에서 허둥대기 일쑤인 것도 그 탓입니다.

이번에는 요즘 지은 웬만한 아파트에는 죄다 비데가 설치되어 있고 사무실이나 식당, 백화점 같은 공공장소에도 화장실에 비데 설비가 덧놓여 있는 것이 새삼스러웠습니다.

한국에 한 달을 머무는 동안 '볼일'을 보고 '손으로' 뒤처리를 한 일이 거의 없었으니 그때마다 비데 시대 이후 한국사회에 무슨 일이 일어나고 있을까를 곰곰 생각해 보게 되었습니다.

비데 출현으로 우선 화장지 매출이 뚝 떨어졌을 거야 쉽게 짐작할 수 있는 일이고, 보다 심각하게는 유아들의 용변처리 훈련이 '필수'에서 '선택'으로 넘어갈 수 있겠다는 생각이 들었습니다.

사는 일을 들여다보면 숨쉬는 일같이 하도 익숙해서 마치 용 써서 배운 적 없이 태어날 때부터 저절로 된 것처럼 여겨지는 게 있습니다.

'똥을 누고 뒤를 닦는 일'도 그런 일 중 하나일 겁니다.

하지만 배변 후 '능숙하게' 뒤를 닦게 된 것은 문명사회에 적응하기 위해 수많은 '시행착오' 끝에 도달한 삶의 기본기로서 엄연히 배워서 익힌 일입니다.

저도 아이들이 어렸을 때 "휴지는 이렇게 저렇게 몇 번을 접고 손을 뒤로 돌려서 어쩌고…" 하면서 이론을 되풀이하고 그 결과물을 '검사'해 가면서 용변 처리하는 법을 반복해서 가르쳤습니다.

그런데 시대가 변한 요즘 젊은 엄마들은 아마도 아이들에게, 똥을 다 누고 나면 화장지 사용법 대신 비데의 단추 누르는 순서를 가르치지 않겠습니까?

호주의 어느 홈스테이 가정에서 있었던 일입니다.

그 집의 한 한국 초등학생이 용변 후 뒤처리를 못해서 어찌할 바를 몰라 샤워기를 틀어서 물로 씻어낸 것까지는 좋았는데, 샤워실에 그대로 둥둥 떠다니는 오물을 치우느라 주인이 애를 먹었다고 합니다. 그 아이는 비데의 세정 버튼만 누를 줄 알았지 휴지를 사용하여 처리하는 법은 한번도 배워본 적이 없었답니다.

앞으로 어린 자녀들을 호주로 유학 보낼 때는 '뒤 닦는 법'을 꼭 가르쳐서 보내셔야 할 겁니다. 호주에는 비데가 설치되어 있는 가정이 거의 없으니까요.

자꾸만 편하고 좋은 것이 나올수록 사람들은 점점 바보가 되는 일이 적지 않습니다.

저는 가끔 빌딩 문 앞에 우두커니 서서 문이 열리기를 마냥 기다리는 바보짓을 할 때가 있습니다. 문이라는 게 앞뒤로든 옆으로든 밀거나 당기거나 둘 중 하나를 해야 열리고 닫히는 게 당연한 이치이거늘, 자동문에 습관이 되다 보니 "어련히 지가 알아서 열려주리" 하면서 우두커니 서 있게 되는 겁니다. 그런데 무슨 생각에 골몰했을 때는 자동문이 아닌 문 앞에서도 무심코 마냥 서 있게 되니 얼마나 바보 같습니까.

"멀쩡한 손을 두고도 문을 못 연다"는 맥락으로 본다면 '비데세대'들은 지금 우리 세대보다 손의 한 기능을 못 익히는 것이지요.

어쨌거나 이제 한국에는 비데가 보편화되고 있는 것 같습니다. 환자나 노인들, 손놀림·발놀림이 불편한 분들에게는 참 편리한 설비가 아닐 수 없습니다.

이렇게 세상이 달라져서 점점 좋은 것이 나올 때마다 '지금 쓰고 있는 게 그때도 있었더라면' 하는 생각이 들 때가 있습니다.

스무 살 무렵 대학을 다닐 때 국립맹학교 학생들의 공부를 도와준 적이 있었습니다.

그 당시 학교 화장실이 무척 불결해서 곤혹스럽던 기억이 지금도 남아 있습니다. "앞이 안 보이니 제짝의 양말을 찾아 신는 일이 제일 어렵다"던 학생들도 용변 후에 뒤처리가 제대로 되지 않는 것에는 미처 신경을 쓰지 못하는 것 같았습니다.

그때만 해도 저는 아직 어리달 수 있는 나이였지만 앞이 안 보이는 학생들로 인해 '정조준'되지 못한 화장실의 오물과 휴지들이 더럽다는 생각에 앞서 그렇게밖에 할 수 없는 학생들의 처지가 딱해서 안쓰러운 마음이 들었습니다.

지금은 맹학교의 화장실 시설이 어떻게 달라졌는지 모르지만, 그때를 생각하면 그 시절 눈이 안 보이던 그 학생들을 위해 지금처럼 비데설비가 있었더라면 참 좋았겠다는 생각이 문득 듭니다.

언제일지 모르지만 다음번 한국에 갈 때는 또 어떤 좋은 것이 새로 나와 있을지 궁금합니다. 그나저나 지저분한 이야기를 너무 많이 해서 미안합니다.

송곳 이론, 안테나 이론

오늘 저는 따스한 이야기를 전해 들은 후에 오는 훈훈함으로 저마다 가슴속에 작은 난로를 하나씩 지필 수 있었으면 하는 바람으로 이 글을 쓰고 있습니다.

지난 3월 24일에 제가 쓴 글 "비데에 대한 단상"에 대해 호주 시드니에 사시는 한 독자분이 소감을 보내왔습니다.

시드니에서 비데 판매업을 하신다는 그분은 제 글을 통해 장애를 가진 사람들에 대한 생각을 다시 해보는 계기가 되었다면서, 이참에 시각장애인이 있는 시드니 동포가정에 비데를 무료 공급해 드리기로 작정했노라고 하셨습니다. 그러고 보니 공교롭게도 엊그제가 장애인의 날이었습니다.

그 순간 저는 "내가 쓴 글이 사람의 마음을 움직였다. 그리하여 선한 행동을 이끌어냈다"는 놀라움에 몹시 흥분이 되었습니다. 글을 쓰면서 독자와 나눈 교감 중에 이보다 저를 기쁘게 한 적은 지금껏 없었기 때문입니다.

그분의 선의를 돈으로 따져서 좀 뭣합니다만, 비데가 어디 한두 푼 하는 물건입니까. 호주에서는 대당 우리 돈으로 얼추 30만~40만 원가량 하는 것으로 알고 있는데, 시드니의 시각장애 동포가 얼마나 되는지는 잘 모르지만 그분의 마음씀이 정말 감명 깊게 다가왔습니다.

글 잘 읽었다며 공감 어린 격려만 받아도 기운이 나고 마음이 뿌듯하거늘, 내가 쓴 글이 읽는 이를 감동시켜 행동을 만들어내는 '선한 영향력'을 행사했다는 것은 정말이지 신바람 나는 경험이자 글 쓰는 큰 보람이 아닐 수 없었습니다.

몇 년 전에 만난 모 일간지 기자분이 "미담은 '주머니에 든 송곳'(낭중지추囊中之錐: 재능이 빼어난 사람은 숨어 있어도 저절로 남의 눈에 드러난다는 비유적 의미)과 같아서 구태여 신문에 내지 않아도 다 알려지게 마련이다. 하지만 나쁜 일은 얼마 지나지 않아 그대로 묻히기 때문에 기자들이 열심히 찾아다니며 쓰지 않으면 세상이 모르게 된다"는 말을 하신 적이 있습니다.

평소에 저는 좋은 일, 착한 내용보다는 나쁘고 못된 일이 더 자주 신문에 나고, 그것으로도 모자라 후속기사까지 시시콜콜 다루다가 급기야는 천박함을 자초한다고 믿고 있었기 때문에, 그분의 비유가 적절하다고는 생각되지 않았습니다.

저도 기자이지만 그분이 생각하는 '기자의 본분(?)'에 충실하기 위해 허구한 날 흉한 일만 쫓아다닌다면 기자들의 정신과 내면 세계가 얼마나 황폐해질지, 생각만으로도 끔찍합니다. 게다가 혼자만 망가지는 것이 아니라 그 글을 읽는 사람들의 영혼도 같이 시달릴 게 뻔하니 한숨이 나올 일입니다.

최근 혜진이와 예슬이 사건만 해도 그렇지 않습니까.

범행이 보도된 이후 유사한 범죄가 연달아 발생하고 있는 것은 결코 우연이 아니라고 생각합니다. 사람 속에 들어 있는 여러 가지 성정 중에서 사악하고 잔인한 면, 천한 호기심이 집중적인 충동질을 받아 주변을 나쁘게 전염시킨 결과입니다.

적당한 선에서 내용을 다루고, 분별력 있는 기사를 썼더라면 범죄에 대한 모방심리를 원색적으로 자극하는 일이 덜 생겼을 것이 아닙니까.

끔찍한 정황을 시시콜콜 묘사하는 기사를 들입다 써댈수록 그 파급력이 어떤 형태로든 사회에 악한 영향을 끼치게 되는 건 자명한 일입니다.

더구나 요즘은 인터넷의 댓글 기능으로 '부화뇌동성 마음몰이'조차 얼마나 쉽게 벌어지고 있습니까.

하지만 좋은 이야기, 착하고 따뜻한 이야기의 뒤를 졸졸 따라다니며, "중간에 어떻게 되었고, 다음 단계에서는 저렇게 되다가 결론은 이렇게 났다" 하며 아기자기 보도하는 기사는 좀처럼 찾아보기 힘듭니다.

사람들이 밝은 기사를 보다 자주 접할 수 있다면 긍정적이고 온화한 성정을 더 자주 꺼내게 될 텐데 말이지요.

아마도 "빼어난 재능처럼 미담은 저절로 드러난다"는 '송곳 이론' 탓이겠지만요.

예의 그 송곳 이론 대로라면 시드니 독자분의 미담을 구태여 언급하지 않아도 모두들 저절로 알게 될 것입니다만, 저는 오늘 일부러 주머니에 든 송곳을 자꾸만 삐죽이 내밀고 싶어집니다.

거기에 한술 더 떠서 '안테나 이론'을 하나 더 세울까 합니다. 인간은 누구나 밝고 바른 것을 감지하는 안테나를 가지고 있다고 생각합니다. 따뜻한 글을 쓰면 그 안테나의 기능을 터치할 수 있다는 것을 이번 글로 경험했으니, 좋은 글을 많이 쓸수록 그 전파력이 다른 사람들의 같은 정서를 자극하게 될 것이라고 믿고 싶기 때문입니다.

스타 권하는 사회

아이와 함께 보내는 시간을 일부러라도 만들려고 저녁 설거지를 마치면 텔레비전을 보고 있는 아이 옆에 슬쩍 앉습니다.

몇 달 간에 걸쳐 젊은 아이들의 마음을 사로잡던 댄스 콘테스트가 엊그제 막을 내리는가 싶더니 언제 시작했는지 이번에는 화면 가득 요리 경연대회가 펼쳐집니다.

전국에서 몰려든 '한요리 한다'는 경쟁자들을 물리치고 이른바 '요리의 달인'으로 뽑히게 되면 앞서 등극한 춤의 황제처럼, 비록 길은 달라도 그날로 팔자가 달라지는 것은 따놓은 당상입니다. 요리를 테마로 하는 엔터테이너로 종횡무진 화면을 누비며 스타의 반열에 오를 가능성이 활짝 열리는 순간이기 때문입니다.

분야가 분야인지라 앞서 치른 현란한 춤 대회는 또래들의 혼을 홀딱 빼놓고도 남음이 있었습니다. 마침 시집 쪽의 사돈청년이 최종심에 오른 출연자들의 안무를 맡은 탓에 그 청년이 텔레비전에 나올 때마다 제 두 아이의 부러움 섞인 탄성과 환호는 그 어느 때 보다 요란했습니다. 그날 탄생한 호주 최고의 댄서는 "대박이 터졌다" "내 인생은 한방에 해결이 났다"는 뜻의 소감을 밝혀 또 한번 비슷한 연령대의 가슴을 심란스레 울렁이게 했습니다.

어느 나라나 비슷하듯이 이런 유의 쇼는 신인가수 등용문도 있습니다. 개그 콘테스트도 있습니다. 모델을 뽑는 대회도 상황은 비슷하게 전개됩니다. 타고난 끼와 재능을 발산하고 남과 겨루어 평가를 받을 수 있는 장을 마련하는 것에 누가 뭐랄 사람이 있겠습니까만, 문제는 그런 재능이 없어서 살맛이 안 나거나, 그런 재능도 없으면서 바람이 든 부류들의 현실감 상실에 있습니다.

공부 잘하는 모범생, 일류대학을 졸업하고 좋은 직장을 가지는 착실한 사회인은 더 이상 서방세계 청소년들과 젊은이들의 선망이나 관심의 대상이 못됩니다. 모범생은 고사하고 진득하게 학교만 다녀주어도 부모로서는 고마워할 판입니다.

이렇다 할 재주가 있을 때는 말할 것도 없고, 없는 재주라도 억지로 만들어볼 요량으로 우선 학교부터 뛰쳐나오고 보는 10대들도 드물지 않습니다. 그런 헛바람 든 상태로 사회 언저리를 서성이며 방황하고 반항하는 것을 마치 예술가의 숙명이자 이해받지 못하는 천재의 고뇌쯤으로 여기는 것도 그 부류들의 상징적 캐릭터입니다.

지들 사이에서는 과단성의 부족으로 통할지 몰라도 어쨌든 학교를 당장 '때려치우지'는 못하는 아이들도 학업에 흥미를 잃은 지는 이미 오래입니다.

한마디로 '보통사람'으로 살아가는 지루함을 도저히 감당할 수 없음에 뒤채는 허황한 몸짓인 것입니다. "스타가 아니면 죽음을 달라"는 무언의 구호는 청소년들 사이에 암묵적 동의를 얻으면서, 공중파 방송의 젊은이 대상 장기자랑 프로그램의 강한 전염성을 타고 '스타 권하는 사회'로 몰입케 하고 있습니다.

그 결과 젊은이들의 사고에 한 방에 대박을 내겠다는 허황된 아집이 뿌리를 내리면서 차근차근 과정을 밟아 장래를 준비하는 정상적인 모습을 남루하다 못해 패배자의 그것인 양 업신여기는 풍조가 생겨나게 된 것 같습니다.

재주가 없다 보니 일찍이 학교를 그만두지 못하고 대학까지 오게 되었다는 푸념 아닌 푸념을 하는 '아직도 바람이 덜 빠진' 학생들을 주변에서 만난 적이 있습니다. 성실하고 평범하게 사는 것은 도무지 삶이 아니라는 식의 왜곡된 생각 때문에 대다수 젊은이들은 현실감각을 유지하기가 어렵고 속이 허허롭고 붕붕 떠서 도무지 내 인생을 사는 것 같지가 않은가 봅니다.

한국의 젊은 연예인들의 잇따른 자살도 결국은 같은 맥락의 불행이라고 할 수 있을 것입니다. 인생을 도박처럼 꾸리며 자기가 누구인지, 삶의 목표와 방향이 무엇인지, 지금 나는 어디로 가고 있으며, 두 발을 어디에 딛고 있는지 균형감각을 잃으면서 돌이킬 수 없는 선택을 내린 결과가 아닌가 말입니다.

올해 대학을 들어간 제 둘째아이는 자신의 미래가 현란한 쇼 프로그램에서 결정될 행운은 결코 오지 않을 것이라는 사실에 일찌감치 김이 빠진 듯합니다. 그러면서 "글 쓰는 대회 같은 건 없잖아. 그런 것도 있으면 좋은데…"라며 푸념조의 말을 뱉습니다. 글을 잘 쓰는 편인 제 아이는 아마 자기도 뭔가 남과 겨루는 일로 성취감을 느끼고 싶은가 봅니다.

"대학이 바로 그런 걸 하는 곳이잖아. 너는 영문학과 철학을 공부하니 앞으로 얼마든지 좋은 글을 쓸 수 있을 거고"라며 아이의 마음에 들지도 않을 궁색한 격려를 하고서는 괜한 말을 한 것 같아 바로 후회가 되었습니다. 그러거나 말거나 '스타가 되기에는 이미 글러버린' 아이는 제 말을 귓등으로 흘리며 텔레비전을 보다 말고 슬그머니 제 방으로 들어가 버립니다.

진땀나게 말하는 사람들

"**임**연수 구이는 18불이시구요, 꽁치찌개는 15불이세요. 50불 받으셨구요, 거스름돈 17불 되시네요."

며칠 전 남편과 한국 식당에서 저녁을 사먹고 셈을 치르는 중에 한국서 갓 왔다는 종업원한테 들은 소리입니다. 잠깐이지만 가시를 잘 발라먹었는데도 갑자기 목구멍이 까칠해지는 느낌입니다.

'18불 되시고 15불 되시는 귀하신 몸들'을 죄다 뜯어먹고 끓여먹었으니 그 죄를 어찌 다 감당하리오. 뒤늦게 '17불 되시는' 거스름돈이나마 고이 지갑에 모셔드렸지만 마음은 영 개운치가 않았습니다.

이제는 그러려니 넘길 만도 한데, 저도 참 어지간합니다. 요즘 젊은 애들 엉터리 말법이 하루이틀 일도 아니건만 들을 때마다 귀에 거슬리니 말입니다.

까짓거 뜻만 통하면 되지, 어법이고 문법이고 무슨 소용이며, 말이란 게 어차피 의사소통 기능이니 서로 알아들었으면 그만이지 그렇게 꼭 따져야겠냐며 스스로를 매번 야단칩니다. 그래놓고도 집에 돌아오면 그날 수집한 잘못된 표현을 잡기장에 적어두고 어느 정도 모이기를 기다려 '폭로하리라' 벼르게 됩니다.

하기사 가만 들어보면 엉터리 말도 나름 법칙은 있습니다. 동사를 무조건 존대법으로 바꾸는 거지요. 그러다 보니 자기도 올라가고 상대방도 올라가고 임연수도 꽁치도 죄다 품격이 높아집니다.

일전에는 "죄송하지만 표가 모두 매진되셨는데요" "그 디자인은 요즘은 안 나오시구요, 찾으시는 분도 별로 없으세요" 하는 말을 듣고 아연실색한 적도 있습니다. 게다가 어린애들은 '~한다요'라는 말이 높임말인 줄 알고 "저녁 먹었다요" "이거 샀다요" 하는 식으로 저희들끼리 잘도 지어 부릅니다.

예전에 앙드레 김이 어느 잡지사와 인터뷰를 하면서 "옷을 제대로 못 갖춰 입은 사람을 보면 진땀이 난다"고 했다지요. "그이는 내로라하는 패션 디자이너이니 누구를 만나도 그 사람이 옷을 잘 입었나 못 입었나가 제일 먼저 보이겠지만 그렇다고 진땀씩이나 흘릴 것까지야" 하며 혼자 웃었습니다.

앙드레 김이 들으면 패션감각 없는 저를 나무랐을 테지만 옷이란 벗은 몸을 가리고 추위와 더위, 그 밖에 외부환경에서 다치지 않도록 보호하는 기능말고는 제아무리 대단한 뭐가 있어도 본질적인 용도와는 무관하다고 생각하는 저로서는 그 양반이 진땀을 흘리거나 말거나 상관없는 일입니다.

하지만 말을 엉터리로 하는 사람을 보면 '진땀 흘리는 앙드레 김'을 대번에 이해할 수 있습니다. 아마도 제가 글쟁이라 그렇겠지만 이런 사람을 만나면 정말이지 진땀이 나서 어서 자리를 뜨고 싶은 생각이 들 때가 많습니다.

특히 자기 아내를 남 앞에서 '부인'이라고 부르는 사람과 존경심이 지나쳐 자기 남편을 높여서 부르는 아내들을 만나면 아주 거북합니다.

"우리 부인은 살림을 잘한다"거나 "애들 아빠가 일찍 들어오셔서 가족들과 시간을 함께 보내주신다"는 따위 말입니다.

같은 나라 사람끼리 '우리나라'를 '저희나라'로, 목사가 자기 성도들 앞에서 '우리 교회' 할 것을 '저희 교회' 하는 예는, 대부분은 본인들도 말하자마자 잘못 말했다는 것을 금방 깨닫지만 이미 버릇이 되어 다음에 또 그렇게 말할 때가 많습니다.

그런가 하면 함께 글을 쓰시는 분 중에는 "이 기회를 빌려 어머니께 감사드리고 싶어요" 하는 표현을 지적하십니다. 하고 싶으면 그냥 하면 되지, 왜 '싶어요'를 붙이냐면서. 그러니까 "어머니께 감사드려요"가 맞습니다.

'있어서'나 '있어서의'의 남발은 또 어떻습니까. 1997년에 타계

한 월간지 『뿌리 깊은 나무』와 『샘이 깊은 물』의 발행인 겸 편집인이었던 한창기 선생은 '있어서'나 '있어서의'는 일본말 표현을 한국말로 직번역해서 만들어놓은 언어의 사생아이자 밥 속에 섞인 뉘라고 했습니다.

선생은 "후진국에 있어서 자유란 무엇인가"나 "후진국에 있어서의 자유"라는 표현을 일례로 들면서 그냥 "후진국에서 자유란 무엇인가"와 '후진국의 자유'라고 하면 된다고 가르칩니다.

그 밖에도 영어식 표현 같은 잘못 쓰이는 우리말을 생각나는 대로만 열거해도 적잖은 시간이 걸릴 터이고, 꽤 아는 척하고 있지만 사실 저도 일상 중에 엉터리 표현을 참 많이 하니 탄로나기 전에 이쯤에서 그만 마칠까 합니다.

제가 앙드레 김에게 그랬듯이 "말 좀 잘못하는 걸 가지고 뭘 그리 까탈을 부리고 진땀씩이나 흘리냐"며 탓하는 분이 계실지 모르겠습니다. 하지만 옷을 세련되게 못 입는 것과 말을 제대로 못하는 것은 정말 다른 문제이니 앞으로는 누가 틀리게 말하는 걸 들으면 저처럼 진땀나는 사람이 많아졌으면 좋겠습니다.

너 살고 나 살려면?

제 또래나 그 이상 되는 주변 지인 중에 전문 체육인들이 더러 있습니다. 주로 합기도나 검도, 태권도 유단자들입니다. 특히 호주에는 태권도 사범 자격으로 이민 온 분들이 많은데 소위 왕년에 날렸든 못 날렸든 이분들은 공통적으로 외양상 곱상하고 얌전하기조차 합니다.

'운동하는 사람' 하면 왠지 우락부락하고 툭박질 것 같은 생각이 들지만 그건 어디까지나 선입견이고 막상 만나보면 '보통사람들'보다 오히려 '매가리'가 없어 보일 때가 있다는 말씀입니다. 하지만 인상은 아무리 그래도 주먹이야 범상할 리 없지 싶어 그런 분들과 함께할 기회가 있으면 한번쯤은 주먹 쥔 손을 흘낏거리게 됩니다.

오래전에 그중 한 분이 자기들은 어쩌다 싸움이 붙거나 억울한 일을 당해도 맞받는 주먹질을 해서는 안 되게 되어 있다는 뜻의 말을 했던 기억이 납니다. 제 표현으로 골자만 엉성하게 옮기자면, 프로급인 자기들이 제대로 한 대 팼다가는 보통사람들은 그야말로 '뼈도 못 추릴' 상황이 벌어지게 될 터이니 그래서 방어는 할망정 공격은 허락되지 않는다는 뜻이었습니다.

힘있는 자일수록 함부로 그 힘을 행사하지 못하도록 한 약자에 대한 아름다운 배려라는 감동과 함께, 마땅히 그 힘을 써야 할 때는 마치 슈퍼맨이나 배트맨처럼 공동의 선과 의를 위해서라야만 하지 않을까 하는 낭만스런 생각까지 들었습니다.

어찌 신체적·물리적 힘뿐이겠습니까. 사람은 누구나 나름대로 힘을 가지고 있으니 우선 가정에서 각자의 힘을 악랄하고 치사하게 행사하는 것으로는 얄밉게 구는 아내에게 남편들의 생활비 안 주기라든가, 반대 펀치로는 아내들의 밥 안 해주기, 더 안달 구는 데는 잠자리 거부가 있다고 하더군요.

부모라는 권위를 내세워 수동, 의존적일 수밖에 없는 어린 자녀들을 윽박지르고 함부로 대하는 것도 가정에서 일어나는 잘못된 힘 사용의 흔한 예입니다. 그렇다고 자식들은 뭐 가만있으란 법이 있나요? 가지가지로 부모 속 썩이는 것으로 그 '보답'을 충분히 하려고 들지 않습니까.

그런가 하면 "곤조 부리는 주방장 때문에 식당 못해 먹겠다"는 분들도 있고, 명분만 그럴듯하면 파업이나 시위를 일삼는 것도 말하기는 조심스럽지만 '사회적 약자라는 이름의 힘'을 행사하는 것처럼 비칠 때도 있습니다.

이따금 저도 글을 쓸 줄 안다는 것이 무슨 무기라도 되는 것처럼 '휘두르고' 싶어지는 유혹을 느낄 때가 있습니다. 상점주인이 터무니없이 불친절하게 군다거나 서비스 요금 따위가 바가지라는 낌새가 있을 때, 어디에 문의전화를 했는데 퉁명스럽고 기분 나쁘게 받을 때면 '내가 누군 줄 알고…, 그냥 확 써버릴까 부다' 하는 매우 치졸한 생각이 순간적으로 드는 것입니다.

어떤 소설가는 세상의 이런저런 생채기로 마음이 스산하고 심란할 때 글을 한 편 쓰고 나면 스스로 위안도 되고 자기치유가 일어난다는데, 그런 문학적 승화는커녕 기껏 이웃에 대한 앙갚음 수단으로 알량한 펜의 힘을 남용하고 싶어지니 저의 인간 됨의 저급함을 짐작하실 수 있을 겁니다.

성자의 반열에 오르거나 거기까지는 아니라 해도 자신의 안위를 추구하는 인간의 본성을 거슬러 남을 위해 일생을 헌신코자 결심한 경우가 아닌 바에야 사람들은 저마다 할 수만 있다면 다른 사람에게 어떤 식으로든 영향력을 끼치고 돈이나 권력, 지위나 명예 따위로 유세를 부리고 싶어합니다. 그러다 보니 승자독식과 적자생존, 무한경쟁 등을 마치 생명유지의 기본 원칙처럼 고수하면서 저마다 고단한 생을 꾸려가는 것이 현대사회의 본질처럼 되어버렸습니다.

　"너 죽고 나 죽자"에서 "너 죽고 나 살자"는 우스개가 만들어질 수는 있어도, "너 살고 나 살자"는 소리는 농담으로라도 여간해서 들어보기 힘듭니다. 극도의 이기주의가 만연하는 곳일수록 구성원 각자의 내면은 두려움과 허상으로 채워지고 그것은 곧 "나 자신밖에는 믿을 구석이 없다"는 무지막지한 힘의 논리를 불러들이게 됩니다.

　낯선 대립과 각자의 아집이 옹벽처럼 요지부동인 요즘 같은 때에 "힘을 함부로 사용해서는 안 된다. 왜냐하면 상대방을 해칠 수 있으므로"라는 체육인들의 우직하고도 단순한 원칙을 상기해 봅니다.

　남에게 읽힐 목적으로 글을 쓰는 사람으로서 저 또한 펜대를 함부로 놀려서는 안 되는 것처럼, 우리 모두는 남을 해코지하는 일에 자신의 힘을 사용해서는 안 될 것입니다. 그 원칙만 지켜진다면 사람 사는 일의 많은 문제가 저절로 해결될 것이라고 생각합니다. 조물주가 각자에게 다른 재주를 주셨을 때는 그것으로 서로 도와가며 오순도순 정답게 살라는 뜻이었을 테니까요.

다른 것은 틀린 것?

며칠 전 아침밥상에 찬을 올리는데 슬며시 웃음이 나왔습니다. 전날 취재차 만난 원불교 시드니 교당 교무가 빈손으로는 보낼 수 없다며 기어이 빈대떡 한 접시를 싸줬습니다. 하루 전에는 교회행사에 갔다가 나물을 몇 가지 얻어왔습니다. 원불교의 빈대떡과 기독교의 나물이 한 밥상에 오른 것이 좀 우습지 않습니까. 시어머니는 절에서 얻어온 음식이 못내 미편하신 듯했지만, 저는 마치 종교간 반목과 갈등을 해소한 상징적 몸짓이라도 한 양 스스로 대견한 마음조차 들었습니다.

흔히 "다른 것과 틀린 것을 혼동해서는 안 된다"고 말은 쉽게 하지만 비록 소소하고 하찮은 경우라 해도 살면서 다른 것이 곧 틀린 것일 때를 여러 번 경험합니다. 치약을 중간에서 짜서 쓰건 밑동에서부터 눌러 짜건 그게 무슨 대수라고, 서로 다른 것을 틀린 것이라고 우겨대니 부부싸움의 '건덕지'가 되는 것이지요.

어떤 새댁은 시어머니가 잡채를 만들면서 삶은 당면을 그대로 다른 재료와 무치는 걸 보고 약간 반감이 일었다고 합니다. 친정에서는 당면을 삶은 후 참기름에 살짝 볶아서 사용했기 때문에 순간 시어머니는 틀렸고, 친정어머니가 옳다는 생각이 들었답니다.

무치든 볶든 잡채 맛이야 거기서 거긴 줄 몰라서가 아니라, 다른 것이 그저 다른 것으로 받아들여지지 않았던 탓입니다.

"기독교는 전도에 참 열심이고 신도들의 신심도 깊지만 타종교에 대해 다소간 배타적인 면이 아쉽습니다."

그날 만난 원불교 교무가 조심스럽게 한 말입니다. 이 말이 제게는 "기독교에서는 다른 종교를 틀린 종교로 받아들이는 경향이 있는 것 같다"는 뉘앙스로 들려 기독교인의 한 사람으로서 부끄러웠습니다.

군이 종교 이야기를 하려고 이 글을 쓰는 것은 아닙니다. 다만 '다른 것과 틀린 것의 차이'를 인정하지 않음으로 해서 고통과 불이익, 속박과 구속, 차별과 유린이라는 참담한 결과를 빚어낼 위험을 내포하고 있는 것 중에 정치적 이데올로기와 종교적 신념이 대표적일 수 있다는 생각 때문입니다.

돌아가신 제 아버지는 정치적으로 '다른 생각'을 가지는 바람에 20년 넘게 감옥살이를 했습니다. 국가권력이 나서서 다른 것을 틀린 것으로 매도하며 횡포를 부리는 통에 한 사람의 인생과 그 가족의 삶이 송두리째 망가져 버린 것입니다.

이처럼 다른 것이 곧 틀린 것으로 규정되는 것, 혼란이 한쪽으로 정리되어 버리는 것은 대부분 힘의 논리에 근거합니다.

가정에서 아내가 실세라면 남편의 치약 짜기를 자기 방식으로 '굴복'시킬 것이며 그때부터 남편은 틀린 사람이 되는 것입니다. 시어머니보다 며느리의 말발이 더 세다면 적어도 그 집에서는 잡채를 만들 때 당면을 참기름에 볶아서 사용하는 것이 정석이며 옳은 방법입니다.

속되게 말해 기독교가 뭐가 아쉬워서 원불교의 '다름'에 관심이 있겠습니까. 2천억 원이 넘는 돈을 들여 예배당을 짓는다는 서울 강남의 어느 대형교회를 군이 들먹일 필요도 없이 제가 사는 호주 동포사회만 해도 기독교는 가장 힘이 센 종교입니다.

보통 월 30만~40만 원으로 생활해야 하는 교무로서 시드니 교당에서 4년간 시무를 하는 동안 청과물 도매시장에서 상인들이 버린 허드레 야채와 골병 든 과일을 주워 식생활에 보태며 그것으로 신도들의 음식공양까지 해왔다고 하니, 모두 다는 아니라 해도 같은 성직자로서 비교적 안정된 생활이 보장되는 목사들과는 사뭇 다른 모습이 아닐 수 없습니다.

어떤 기독교인은 교회 분위기상 친구 중에 불교도가 있다는 사실을 말하는 것조차 두려웠다고 하니 다른 것이 곧 틀린 것이라는 무언의 압력을 느꼈던가 봅니다.

다른 것을 말 그대로 다른 것으로 인정받고 싶은 것은 흔히 강자
에 대한 약자의 호소이자 다수에 대한 소수의 절규일지도 모릅니
다. 다르다는 것이 단순한 이질감이나 이물감 정도에서 서로 서걱
거리는 것이라면 별 문제가 아니겠지만, 현실의 원리는 으레 한쪽
으로 기울 때가 많지 않습니까.

　세상은 제가 차린 밥상 위의 평화와 공존처럼 녹록하지도, 도
식적이지도 않은 곳이지만 '단정'이나 '치부'(置簿)보다는 '조화' '상
생'이라는 말을 떠올리려는 노력은 계속해야 하지 않겠습니까. 그
도 번거롭다면 공연히 아귀다툼 속에 말려들기 전에 다른 것이 곧
틀린 것이라고 지레 포기하며 사는 것이 편할지도 모르겠습니다.

당신은 생게사브르가 있는지요

어릴 때 읽은 「임금님 귀는 당나귀 귀」라는 동화가 이따금 생각날 때가 있습니다.

대부분의 전래동화는 짤막하고 단순한 줄거리 속에 인간의 본성이나 은밀한 내면, 시대와 공간을 초월하는 보편적 삶의 양태를 은유와 비유로 감추고 있습니다. 하지만 그러한 의미를 어렴풋이나마 알게 되는 것은 그나마 10대 무렵이고, 진의를 깨닫고 지혜를 갈무리하며 통찰에 이르기에는 일평생이 걸리는 것 같습니다.

지금도 이해할 수 없는 것은 삶의 엄청난 명제와 아이러니, 운명 따위를 어째서 예닐곱 살 어린애들의 언어와 이해 속에 감추어 두는가 하는 것입니다. 마치 고급 도자기를 개 밥그릇으로 사용하면서 그 사실조차 모르고 있는 개주인처럼 왜 어린이들의 이야기 속에 해독할 수 없는 삶의 본질과 인간 본연의 모습을 숨은 그림

찾기처럼 잦아들게 해두었냐는 것입니다.

어릴 때 「임금님 귀는 당나귀 귀」를 읽으면서 그 말을 발설하지 못해 중병에 걸렸다는 임금의 왕관 만드는 사람(어떤 책에서는 이 발사라고도 합니다만)을 이해할 수 없었습니다. "어른이 되어서까지 남의 흉이 보고 싶어 안달이라니…" 하면서 한심하다는 생각이 들었던 탓입니다.

하지만 『삼국유사』에 나오는 우리의 그 전래동화가 그리스 신화에서도 똑같이 전해진다는 사실을 뒤늦게 알고는 그것은 단순히 '물색없는 수다쟁이'의 이야기가 아니라는 것을 깨닫게 되었습니다.

"혼자만 알고 있는 것을 말하고 싶어하는 게 인간의 본성"이라거나 "비밀은 반드시 탄로난다"는 식의 표면적 이해를 넘어 그 동화는 고통과 절규, 고독과 소외 속에서 자기고백을 통한 치유의 가치를 일정 부분 말하고 있다는 것을 이제는 압니다.

페르시아 신화에는 마법의 힘을 가졌다는 '생게사브르'(syngue sabour, 인내의 돌)에 대한 이야기가 있습니다. 사람들은 가슴속 모든 이야기를 이 돌 앞에 가서 털어놓습니다. 그 말을 들어주고 또 들어주던 돌은 무게를 감당치 못하는 한계로 인해 마침내 깨어지게 되며 그때 사람들은 비로소 모든 고통과 번민에서 해방이 된다고 합니다.

인간의 자기고백은 이렇듯 큰 의미를 갖습니다. 옹색하고 허술한 구덩이든, 차가운 돌덩이든 가슴속 이야기를 털어놓을 대상을 찾아 헤매는 인간의 나약함과 처절한 외로움이 처연하기까지 하지만 그것이 바로 인간인가 싶습니다.

그런데 왜 그 돌덩이가 깨어져 버려야만, 산산조각이 나야만 고통에서 완전히 해방되는 걸 느끼게 될까요. 아마도 엉성한 구덩이를 파고 "임금님 귀는 당나귀 귀"를 외치다 메아리를 통해 그만 들켜버리게 되는 것처럼, 믿을 만하다고 여긴 대상에게 속을 모두 쏟아냈는데 만약 그 말이 세상에서 떠돈다면 그 자체가 또 다른 고통이기 때문일 테지요.

완전한 '소통부재'의 대상, '막힌 담벼락' 앞에서 오히려 안위하며 그조차 흔적 없이 산산이 부서질 때 온전한 해방감과 치유에 이를 수 있는 인간조건의 아이러니를 어떻게 이해해야 할까요.

문득 제 자신의 '생게사브르'는 무엇인지 생각해 봅니다.

누구에게 혹은 무엇을 대상으로 아픔과 슬픔, 고통과 절망을 쏟아내고 있는가를 가만 생각해 보니 친정의 전화번호가 떠오릅니다. 856번으로 시작하는 친정의 전화번호는 제가 열 살 무렵, 집에 전화를 처음 설치했을 때 나왔던 번호 그대로입니다. 그러니까 40년 가까이 그 번호는 친정을 지키며 이역만리로 떠나간 막내딸의 생게사브르가 되고 있는 것입니다.

그 번호를 누르기만 하면 거기에는 항상 친정어머니가 기다리고 계십니다. 어머니는 '인내의 돌'보다 더한 인내로 저의 모든 이야기를 그저 듣기만 하십니다. 여식의 삶을 후려치는 불행과 옴짝달싹할 수 없는 현실의 고통을 그 돌처럼 흡수하시며 듣고 또 들어주십니다.

저의 생게사브르인 친정의 전화번호, 아니 친정어머니도 언젠가는 한계에 달해 깨어지는 날이 오겠지요. 그때 저는 반대로 생게사브르를 잃는 완전한 절망감을 느끼게 될 것이라는 점에서 '페르시아의 마법의 돌'과는 다른 엔딩을 맞게 될 것입니다만, 지금은 제게도 생게사브르가 있다는 것만으로도 안도를 느낍니다.

이 글을 읽는 당신은 생게사브르가 있는지요.

경제발전에 딴지걸기

지난 일요일, 교회 청년부 예배를 마치고 들어오는 아들애의 손에 종이컵 하나가 들려 있었습니다. 무심코 넘기려다 다시 보니 컵 바깥에 아들애의 이름이 쓰인 스티커가 붙어 있었습니다. 교회에 있는 동안 컵을 하나만 사용하려는 의도로 각자 자기 이름을 써놓고 뒤섞이지 않도록 한 모양입니다.

뭐든 펑펑 써대는 풍족한 세대의 젊은 애들이 그처럼 사려 깊은 생각과 행동을 한 것이 기특한데다, 한술 더 떠 멀쩡한 컵을 버리기 아까워 집에까지 가져온 아들애가 대견했습니다. 물론 별 생각 없이 들고 왔을 수도 있겠지만, 어쩌면 아들애는 평소 제 행동을 부지불식간에 따라한 건지도 모릅니다.

저는 쇼핑센터의 푸드 코트 같은 데서 음식을 사먹으면 플라스틱 용기나 접시, 포크, 숟가락 따위를 버리지 못하고 집으로 가져옵니다. 맥도널드 커피를 저을 때나 아이스크림을 먹을 때 사용한 티스푼도 쓰레기통에 바로 던져넣기 뭣해서 가방 속에 넣어오고, 길에서 음료수나 주스를 사마시면 그 병도 집으로 가져와 물병으로 몇 번 사용하다 버립니다. 음식점에서 한번 쓴 냅킨도 가능하면 이리 접첨, 저리 접첨해서 한두 번 더 씁니다.

그러고 나면 물자를 함부로 낭비한 것에 조금이나마 속죄를 한 것 같아 스스로 위안이 되는데, 어쩌다 아들애와 함께 밥을 사먹을 때도 아서라, 말아라, 용기(容器)를 버리지 못하게 하고 그녀석 것까지 죄다 제 가방에 쓸어넣곤 했으니 어미의 행동이 알게 모르게 각인이 되어 그날 아들애도 종이컵을 집에까지 들고 왔나 싶었던 것입니다.

그런 제 행동을 무모하고 궁상스레 여기는 분들도 계실 겁니다. "집에서 플라스틱 용기를 재활용한다고 해봤자 결국은 버리게 될 텐데, 애초 만들지 않았다면 모를까, 이미 생산한 물건을 몇 번 더 사용하다 버리나, 한번 쓰고 바로 버리나 무슨 차이"냐고 하시면서요. 그러면서 제가 무안해할까 봐 "물론 그렇게 해서 많이 모이면 필요할 때 그 숫자만큼이라도 새로 사지 않고 요긴하게 쓸 수는 있겠지만" 하는 위로의 말을 덧붙일 것 같습니다.

하지만 근본적 따짐이나 유무용(有無用) 분석 이전에 제게는 단지 물 한번 받아 마신 컵을 덥석 버릴 '용기'가 없기 때문에 온종일 가방 속에 구겨넣고 다니며 물을 마실 때마다 다시 꺼내 쓰거나 아니면 집으로 가져오는 것입니다. 다른 일회 용기에 대해서도 마찬가지입니다.

'소비가 미덕'이라고, 자본주의 사회에서는 선순환 구조가 되어야 경제가 잘 돌아가고 그래야 모두가 풍족하게 살 수 있다고 하지요. 그렇게 따지면 제가 하는 짓은 궁상이나 무모함을 넘어 국가경제 발전에 '딴지'를 거는 행위라 해도 할말이 없습니다. 더구나 요즘처럼 경기가 안 좋을 때는 너도나도 "그까이 종이컵" 하면서 펑펑 써댄다 해도 보탬이 될까말까 할 판에.

어디 종이컵뿐인가요. 뭐든 자꾸 소비해서 없애고 멀쩡한 것도 내다버리고 새로 사고 해야 죽어가는 경제가 수혈을 받아 기사회 생할 수 있을 겁니다.

자본주의 사이클에서는 공급과 소비가 척척 죽이 맞아 돌아가야 하니 패러다임을 갈아치우지 않는 한 그 사이클은 멈출 수 없으며, 멈춰서도 안 됩니다.

나는 자린고비로 살면서 내 남편 사업은 잘되기를 바란다면 자가당착이라 할 수 있겠지요. 서로 사주고 써주고 해야 옆집 남편 사업장의 생산라인도 분주하게 돌아가고, 그래야 그 집 돈벌이가 좋아져서 우리 남편이 만드는 물건도 팔아줄 것 아닙니까. 그렇게 되면 우리 집 쪼들린 살림도 자연히 필 거구요.

그렇게 생각해야만 도처에 흥청망청 버려지는 물건들 대하기가 조금은 수월할 것 같습니다.

하지만 다시금 곰곰 생각해 봅니다. 과연 "지금보다 물질적으로 더 풍족해야 한다"는 것은 '정언적 명제'인가를. 일단 한번 작동되면 당분간은 멈춰 세울 수 없는 컨베이어처럼 물질적 풍요와 부의 축적을 향한 질주는 결코 정지시킬 수 없는 성질의 것인지를.

하지만 날 때부터 자본주의 패러다임에서 숨 쉬어온 지구 절반의 인류들은 태생의 물을 떠나서는 살 수 없는 어류처럼, 삶의 다른 틀이나 체계를 상상하는 능력 자체가 결여되었을지 모릅니다.

어릴 적 놀던 '얼음땡' 놀이처럼 자본주의에 길들여진 모든 사람들이 "물질적 풍요는 무조건 선(善)"이라는 인식을 '일단 정지'할 수 있어야 패러다임을 재정비하는 몸짓이라고 해보련만, 현실은 브레이크 없는 차체와도 같이 괴물인 양 정신없이 내달리고만 있을 뿐이라 안타깝습니다.

살며 요리하며

서양사람들의 아침메뉴에는 거의 예외 없이 계란이 들어갑니다. 햄이나 베이컨 등을 프라이드 에그, 스크램블드 에그, 포치드 에그와 함께 먹습니다.

그중에서 계란을 깨뜨려 푼 후 프라이팬에 뭉글뭉글하게 익히는 스크램블드 에그말고는 계란을 제대로 조리하는 것도 쉽지는 않습니다. 그중 우리말로 수란이라고 하는 포치드 에그 만들기는 까다롭기가 여간 아닙니다.

아무런 도구도 사용하지 않고 끓는 물에 계란을 밀어넣어 흰자만 익히되 형태는 마치 탁구공처럼 둥글고 매끄러워야 하니 포치드 에그 주문이 들어오면 하던 일을 딱 멈추고 호흡을 고른 후 평정심을 되찾아야 합니다. 세상과 나는 간데없고 오직 계란만 존재하는 듯한 정신집중이 요구되는 순간입니다.

하지만 문제는 계란입니다. 간단한 프라이드 에그조차도 팬에 계란을 놓는 순간, 열의 반은 노른자가 '히마리' 없이 터져버리니, 하물며 '맹물에 헤딩'을 시켜야 하는 포치드 에그는 집어넣기도 전에 흰자와 노른자가 뒤섞이는 경우가 허다합니다. 그것은 아마도 계란의 신선도 탓이 아니라 계란 자체가 건강하지 않아서 그렇지 싶습니다.

식당을 연 후 무시로 계란을 조리하며 노른자가 유난히 묽거나 흰자와의 경계가 분명하지 않은 것, 껍질을 깨뜨리자마자 풀어져버리는 계란이 많다는 사실에 마음이 무거워집니다.

얼마나 어거지로 알을 뽑아냈으면….

산란율을 높일 목적으로 양계장에서는 좁은 케이지에 닭을 가두고 24시간 백열전구를 켜놓는다고 하지요. 앞에는 모이통, 뒤에는 알 낳는 통을 두어 옴짝달싹할 수 없게 해놓는다니 알 낳는 기계와 다를 바 없는 닭들의 스트레스가 건강하지 않은 계란의 상태에서 고스란히 읽히는 듯합니다.

그러께 가을 어느 스산한 해거름 무렵, 타고 가던 차의 창을 가로질러 둥그스럼한 흰색 보따리 같기도 하고 큰 백목련 송이 같기도 한 것이 가뿐한 듯 애처롭게 떨어져 내린 적이 있습니다.

굉음을 내며 희멀건 뭔가를 가득 싣고 지나가는 옆 차선의 거대한 트럭에 신경이 바싹 쓰이던 창졸간에 벌어진 일이었습니다.

바닥에 동댕이쳐진 그 애처로운 것이, 트럭에 빼곡히 적재된 물체에서 빠져나온 것이라는 직감과 함께 눈앞에 기이한 광경이 펼쳐졌습니다.

땅거미가 젖어들고 있는 잿빛 아스팔트와 검붉은 노을을 뒤로하고 흰 중닭 한 마리가 4차선 대로에서 어기적거리고 있는 게 아닙니까. 상황판단이 안 된다는 듯 어정쩡한 자세로 갸웃대는 그 실루엣의 기이함이란….

순간 나란히 붙어 달리던 트럭으로 반사적 눈길을 돌리자 또 한번 혐오스럽고도 기괴한 장면과 마주쳤습니다.

촘촘하다 못해 짜부라지게 실린 것들은 다름 아닌 몇백 마리는 좋이 됨직한 닭들이었습니다. 격자무늬 철사에 눌린 몸통에서 군데군데 비어져 나온 흰 털과 빨간 벼슬을 제하곤 죽은 듯 소리도 없는 그 물체를 산 닭이라고 인정하기엔 너무 끔찍해 '닭살'이 돋을 지경이었습니다. 미어지게 실려 가공장소로 향하던 닭들 중 한 마리가 급기야는 격자망 사이로 떠밀려 도로에 떨어졌던 것입니다.

닭장에서 밀려나온 그 닭이 '쇼생크 탈출'처럼 꼼짝없이 닭공장으로 갈 목숨이 천운을 만났다고 좋아했는지, 아니면 갑자기 허허로워진 사위로 천애고독을 느꼈는지 내 알 바 아니지만 그때의 그로테스크한 정황은 그대로 저의 뇌리와 망막에 각인되어 버렸습니다.

식당을 하면서 계란의 묽은 노른자, 허물어지는 흰자와의 경계를 자주 보게 되는 요즘, 그때 생각이 나서 언짢아질 때가 자주 있습니다.

닭의 존재이유가 아무리 식용이라 해도 살아 있을 때에는 너무 가혹하게 다루지 않았으면 좋겠습니다. 보다 많은 생산을 얻기 위한 인간의 이기심이 갈수록 무리한 사육방법을 부추기고 그 결과가 바로 조류독감이니 광우병이니 구제역 따위의 재앙으로 나타나고 있으니까요.

오늘도 '죄 없는' 계란을 깨뜨리며 모두가 채식주의자가 되어 일절 고기를 입에 대지 않을 수는 없겠지만 지금보다 조금씩만 덜 먹으면 건강에도 이롭고 가축들도 그만큼 덜 시달리게 될 텐데, 하는 생각을 해봅니다.

눈물 젖은 글

자정을 30분이나 넘긴 지금, 일터에서 돌아오자마자 입었던 옷가지를 세탁기에 돌려 넣고 물 한잔 마실 새도 없이 컴퓨터 앞에 앉았습니다. 지금부터 글을 써야 하지만 밥 먹을 틈도 없이 온종일 '뺑이'를 친 후라 실상은 아무 생각도 나지 않습니다. 일하며 배우는 야간학교 학생들도 이 시각이면 수업이 끝날 터이니, 그네들에 비해도 저의 처지는 별반 나을 게 없는 것 같습니다. 그나마 수동적인 수업과 달리 아무리 피곤해도 글 쓰며 졸 수는 없는 일이니 흘러내리는 눈꺼풀을 이쑤시개로 받칠 필요는 없다는 게 다행이라면 다행입니다.

나그네는 길에서도 쉬지 않는다더니 오너는 집에서도 쉬지 못하는 법이라, 남편이 자영업을 시작한 이후 아침부터 자정 무렵까지 가게에 있는 시간말고도 머릿속은 온통 일로 채워져 있습니다.

통으로 하루를 비워 글을 쓴다거나 글 쓰는 것과 관련된 일을 하던 때와는 상황이 사뭇 달라진 요즘, 녹록잖은 현실에 이대로 녹아버린다면 그나마 짧은 글쓰기마저 포기하게 될지 모른다는 위기감을 종종 느낍니다.

하지만 아침에 눈떠서 밤에 잠자리에 들 때까지 일에 치여 부단히 지치고 조금치도 여유가 없는 사람이 어디 저 하나뿐이겠습니까. 남들은 진즉부터 그렇게 살고 있었는데 이제 막 그 대열에 합류해 놓곤 혼자 죽는소리한다고 흉 들을까 부끄럽지만, 저로서는 삶이라는 거대한 물살에 휩쓸려 그대로 떠내려 갈 것이냐, 아니면 미미하기 짝이 없다 해도 거부와 저항의 몸짓을 지속할 것이냐의 '실존적 갈등상황'에 놓여 있다고 아니할 수 없습니다.

글쓰기나 다른 창의적·예술적 작업을 업으로 삼고 있는 사람말고 일반 생업수단을 가진 사람이 순간을 여투고 티끌을 모아 자신의 세계를 오롯이 한다는 것이 얼마나 고귀하고 숭고하기조차 한 건지 예전엔 미처 몰랐다고 할까요. 일상에 찌든 생활인이라는 상투적 외피를 벗은 후에도 참 자기라 할 수 있는 옹골진 내면을 가진 사람, 그 사람을 당신은 가졌냐고, 아니 앞으로 가질 수 있겠냐고 스스로에게 묻게 되는 것입니다.

오래전 돌아가신 친구의 아버지는 기업의 중역으로 계시면서 자신의 경험을 바탕으로 직장후배들을 위한 따뜻한 조언과 지혜를 담은 책 한 권을 남겼습니다. 50세가 채 안 돼서 돌아가신 분이니 지금 돌이켜보면 일에 파묻혀 지내야 했었을 중년에 어떻게 시간을 내어 틈틈이 글을 쓸 수 있었는지 그분의 치열한 자기관리와 단출, 정결했을 내면세계가 존경스럽기만 합니다.

지인 중에는 재즈음악 분야에 남다른 열정을 가진 음악가이자 독서광으로 '직장인 아무개'말고도 자기를 표현하고 드러낼 수 있는 자신만의 영역을 꾸준히 가꾸어온 분도 있습니다.

회사의 중간간부로 일하는 40대 호주 남성 하나는 아마추어 도자기 공예가로서 10년 남짓 제작한 작품이 200여 점에 이른다고 합니다. 그 사람의 경우는 직장생활과 궤를 같이하는 평생 취미를 개발한 셈인데, 퇴근 후 하루 두세 시간을 꾸준히 투자한 결과였다고 합니다.

병원의 간호사로 일하면서 뒤늦게 화가의 꿈을 이룬 후 호주 화단의 주목을 받고 있는 분, 배관업을 하며 밤마다 시를 써서 최근에 두번째 시집을 낸 친구의 남편, 은퇴 후 문인으로 인생 후반을 경작하는 이모작 인생, 치과의사이면서 글쓰기에 남다른 열정을 가진 제 조카 등 손꼽아보니 제 주변에도 그런 사람이 적지 않습니다.

잠 안 자고 글을 쓴다 한들 무에 대수랴, 젊지도 않은 나이에 공연히 몸만 축나지 하는 생각도 안 하는 건 아니지만, 시간이 손가락 사이의 모래알처럼 빠져나가는 것을 더욱이나 실감하게 되는 요즘, 이대로 상황에 마냥 끌려다닐 수만은 없다는 결연한 다짐을 해봅니다. '눈물 젖은 빵'을 먹어본 자, 인생의 참 의미를 알지니 '눈물 젖은 글'을 쓰는 자, 깊은 정신적 성숙과 영혼의 섬세한 울림에 다다르길 소망하면서….

장기기증··· 할까요?

남편이 운전면허증을 갱신했습니다. 기간이 제일 긴 5년짜리로 했다기에 "그때까지 살 자신이 있나보네"라고 슬쩍 농을 하면서 물었습니다.

"장기기증란에는?" "한다고 표시했어."

순순한 대답에 마음이 아주 약간 흔들립니다.

한국은 어떤지 몰라도 호주의 운전면허증에는 본인의 장기기증 의사를 묻는 난이 있습니다. 운전면허증이 곧 신분증인 나라이니 거기에 yes라고 한다면 꼭 교통사고가 아니더라도 어떤 상황에서든 사망할 경우 유족의 동의 없이 장기적출을 허용하겠다는 서약인 셈입니다. 물론 그 약속은 면허증을 새로 발급받을 때마다번복할 수 있지만 말입니다.

살아 있는 한 죽음은 우리와 함께 있지 않고 죽음이 찾아오면 우리는 이미 존재하지 않으니 산 사람은 절대 죽음과 마주칠 일이 없다는 궤변도 있지만, 살아서 미리 '생각하는' 죽음은 언제나 공포스럽고 거북하기에 면허를 갱신할 때마다 장기기증을 묻는 항목에 이르면 잠시 펜을 놓고 숙연해집니다.

오장육부를 떼어내는 도중에 마취에서 깨어나는 일이라도 벌어질 것처럼 뇌사 후의 장기적출 순간을 두려워한다는 것이 우습고 터무니없지만 말입니다.

지금 yes라고 했다 해도 길어야 5년인 다음 면허갱신 때까지 실제 그런 일이 발생할 거라는 실감이 안 든다면 장기기증 의사는 그 자체로 무의미하거나 가장 소극적인 나눔이 될 것입니다. 그러나 그 일이 실제 상황이 된다면 그보다 더 숭고하고 적극적인 나눔의 행위는 없을 것이란 점에서 별 생각 없이 할 수 있는 가벼운 결단일 수 없습니다.

제 경우 면허증을 처음 취득한 후 몇 년 단위로 새로 만들 때마다 yes, no를 오가며 되작이고 번복해 오던 것을 몇 년 전부터는 yes로 마음을 굳히게 되어 그나마 죽을 때는 사람도리를 좀 하게 되려나 봅니다.

얼마 전 일곱 장기를 동시에 이식받아 새 생명을 얻었다는 7세 여아 생각이 납니다. 수술 전 정상적인 영양섭취가 불가능했다는 게 믿기지 않을 정도로 오동통한 볼과 초롱한 눈매를 가진 아이를 보며 동시에 그 아이에게 자신을 전부 내어주고 세상을 떠난 비슷한 연령의 또 다른 아이를 떠올리지 않을 수 없습니다.

두 아이의 부모는 사지를 헤매는 자식을 놓고 똑같이 절실하게 기적적 회생을 간구했을 것입니다. 그럼에도 한 아이는 다른 아이와의 깊은 인연으로 삶을 얻고 또 다른 아이는 생명을 그 아이에게 주고 떠났습니다.

그 이유를 따지는 것은 인간의 영역이 아니니 누구도 두 아이의 운명에 대해 어떤 말을 할 수는 없습니다. 그럼에도 살아난 아이는 죽은 아이에게 크나큰 빚을 졌다는 것과 그렇기 때문에 싫든 좋든 이제부터 두 몫의 삶을 살아야 한다는 말은 해주어야 할 것 같습니다. 한 사람의 생명에 또 다른 사람의 생명이 고스란히 스며들었으니까요.

산 자는 누구나 죽은 자들에게 빚이 있으니 직접적으로 생명을 주고 떠난 경우야 말할 것도 없겠지요. 우스개지만 하물며 참새도 전깃줄에서 떨어져 죽어가며 "내 몫까지 살아주!"를 유언으로 남겼지 않나요.

회복기의 아이가 햄버거, 피자, 과자 등등 이것도 먹고 싶고 저것도 먹고 싶다며 재롱을 피울 때, 좋아하던 연예인을 직접 만났다는 기사를 접할 때 그 아이에게 일체의 장기를 주고 떠난 아이의 부모 마음을 헤아려봅니다.

장기를 기증받은 아이가 또래의 보통 아이처럼 자라는 것에 보람을 느끼면서도 순간순간 쓸쓸함과 황량함, 박탈감을 감당하기가 몹시 힘들 것 같습니다. 들리는 소식에 따라서는 때때로 상처가 될 수 있겠다는 생각도 듭니다.

운전면허증을 통해 장기기증을 서약한 후, 이사하고 나서 전에 살던 내 집에 어떤 사람이 들어와 사는지 슬쩍 궁금한 것처럼 내 몸의 '소유권'이 어떤 사람에게 이전될지 은근히 궁금해질 때가 있습니다.

아무리 더 이상 내 집이 아니라 해도 내가 정성껏 가꾸며 살아온 집을 소홀히 하거나 함부로 쓴다면 무척 실망스럽고 화가 날 것 같습니다. 마찬가지로 내 장기를 이식받은 사람이 '이제는 내 몸'이라며 엉터리로 막 산다면 괜히 주었다고 죽어서도 후회를 할 것 같습니다. 물론 그전에 나부터 깨끗하고 훼손 없이 내 몸을 사용해야 하겠지만요.

2
나이듦, 편안함

탁구예찬 1

탁구를 시작한 지 꼭 한 달째입니다. 누구라도 그러하듯이 어릴 적에 처음 라켓을 잡아본 후 중고등학교 때 몇 번 집적거리다, 결혼 전후 간간이 탁구장을 찾은 것이 저와 탁구 간의 헤아려본 인연의 전부입니다.

그러다 최근에 둘의 인연을 바싹 졸라매게 된 것은 나이 50이면 더 늦기 전에 한 가지 운동을 해야 한다는 주변과 스스로의 채근에 더는 견디지 못한 선택의 결과입니다. 혹자는 "호주에 살면서 탁구는 무슨…, 저 푸른 초원에서 골프를 할 일이지" 하실지 모르겠습니다만 여러모로 저는 탁구가 좋습니다.

우선 실내 스포츠라 얼굴 검게 탈 일 없어 좋고, 같은 이유로 비가 오든 눈이 오든(시드니엔 눈이 안 오지만) 바람이 불든 날씨에 상관없어서 좋고, 골프보다 비용 적게 들어 좋고, 준비가 간편해서 좋고, 장비가 무겁지 않아서 좋고, 탁구대 하나 들어갈 정도의 공간만 있으면 아무데서나 할 수 있어서 좋습니다.

골프에서는 공이 잘 안 맞으면 공연히 남 탓, 주변 탓하고 싶어진다지만 탁구는 상대보다 실력이 뒤져서 실점할 뿐이니 순전히 제 탓만 하면 되는 운동이라는 것도 맘에 듭니다.

그러나 무엇보다 부부가 함께할 경우 탁구대만큼의 거리를 둘 수 있다는 점이 좋습니다. 너무 붙어 있어도, 너무 떨어져도 부부 전선에는 이상이 생길 수 있으니까요.

아무튼 속옷이 젖을 정도로 땀을 흘리고, 집중하고 열중하며, 동호인들과 유쾌한 시간을 가질 수 있는 '늦게 배운 도적질'에 요즘 제대로 '필'이 꽂혔습니다.

'언어의 한계는 세계의 한계'라는 말처럼, "우리가 사용하는 언어에 의해서만 우리는 세계를 인식한다"는 말처럼, 탁구는 제게 새로운 언어체계, 새로운 인식세계를 펼쳐 보이고 있습니다.

어느 분야에나 '무림의 고수'가 있듯이, 지금껏 제게는 닫혀 있던 언어, 인식되지 않던 세계 속으로 들어가 보니 그 어느 곳보다 치열한 '진검대결의 장'이 펼쳐지고 있는 것을 직접 경험하게 된 것입니다.

탁구는 구력이 말해 주는 곳입니다. 그러하기에 60 먹은 여성이 스무 살 청년의 환상적 랠리 파트너가 된다거나 나이와 성별, 국적과는 무관한 '탁구지존'을 만나는 것은 너무나도 흔한 일입니다.

내가 모르는 또 다른 스포츠의 장마다 각각의 언어가 있고 따라서 나름의 세계가 있다는 사실이 새삼스럽습니다. 어찌 스포츠뿐이겠습니까. 음악이나 미술 등 예술영역 역시 아는 만큼 보이고 아는 만큼 들리는 법이니까요. 악기를 배우는 것, 악기도 세분하여 피아노·기타·바이올린이 각각의 언어를 가지고 있고, 그림·바둑을 시작하는 등의 모든 행위가 새로운 언어, 새로운 세계로의 입문이라 할 것입니다.

탁구라는 '새 언어, 새 세계'를 알게 된 후 삶이 보다 풍성해졌습니다. 제 삶의 메뉴 보드가 달라진 것입니다. 일상의 메뉴가 바뀌니 삶의 의미와 가치, 결과물에도 차이가 날 수밖에요.

평균 주 5일, 어떤 때는 일주일 내내 하루 서너 시간을 탁구장에서 보내는 일상은 풍요로워짐과 동시에 단순해졌습니다. 단순함은 풍성함을 거스르는 개념처럼 들리지만 탁구를 하기 위해 시간과 물질의 우선순위를 재조정하고 필요치 않은 일, 덜 중요한 것을 과감히 삭제해 버린 결과 삶의 실속이 깊어지고 온전에 가까워진 것입니다.

지금 막 새로워진 일상이 습관으로 굳어지고 규칙성을 갖게 된다면 수행이나 영적 훈련에서 얻어지는 기쁨 비슷한 것을 누릴 수 있을 것 같은 기대감조차 있습니다.

2. 나이듦, 편안함

머리가 아닌 '몸이 기억하는 행위'를 훈련시키는 과정에서 오는 즐거움은 나이 들어가는 자신과의 천진한 조우입니다. '감'을 익힌다고 표현하듯이 반복 훈련된 직관과 반사신경에 의존하여 자기 자신의 미지의 영역을 개발해 나가는 긴장과 흥분은 각별하고 신선합니다.

사람은 어느 나이에나 살아가는 재미가 있다는 말을 요즘, 저는 탁구를 통해 확인하고 있습니다.

탁구예찬 2

탁구를 시작한 지 얼추 두 달째입니다. 지난 두 달 동안 거의 매일 탁구장을 드나들며 탁구와의 인연과 사귐이 제법 깊어진 느낌입니다.

함께 탁구를 하는 사람들을 자주 접하면서 사람이 모이는 곳이면 으레 있는 소소한 갈등과 잡음이 동호인 모임에도 예외가 없다는 것을 더불어 실감합니다.

'하룻강아지'인 저로서는 땀 흘리며 운동하는 자체가 재미있기만 한데, 오래 하거나 어느 정도 수준에 이른 사람들은 서로간의 경쟁심 때문에 적잖은 스트레스를 받고 있는 게 은연중 보입니다. 말로는 "운동 삼아 하는 거지 선수될 건가, 뭐?" 하면서도 회원 모두가 정도의 차이만 있을 뿐 약간의 시기와 질투로 조금씩은 괴롭게 취미생활을 하고 있지 않나 싶습니다.

"어젯밤 게임에선 아무개가 아무개를 3 대 0으로 이겼다더라. 이제 소문 좀 나게 생겼다. 아무개는 창피해서 어쩌나, 의외로 소문이 오래 가거든."

"여자한텐 지면 완전 쪽팔리지만 이겨도 본전이야. 남자가 여자를 이기는 건 당연하다고 생각하니까. 남자하고 여자가 게임을 하면 결국 남자만 손해 거지."

"5년 전엔 내가 아무개를 이겼잖아. 기억 안 나? 근데 오늘은 내가 왜 진 거야. 속상하네, 정말."

"오늘따라 왜 이렇게 안 맞는 거야. 평소엔 잘되는데 게임만 하면 실력이 다 안 나오는 게 문제야."

게임이 끝나면 겸연쩍게 웃거나 투덜대며, 심지어 5년 전 기록까지 들먹이면서 제각기 구시렁구시렁 변명을 하거나 노골적인 불만을 쏟아냅니다.

어찌 탁구뿐일까요. 골프나 고스톱을 쳐보면 본래 성격이 다 드러난다고 하지 않습니까.

시기심은 가장 근원적이고 원시적인 정서인지라, 탁구장에서도 말이 좋아 승부욕이지 비교에서 오는 우월감과 좌절감이 '핑퐁감염'처럼 기류를 탑니다. 남보다 잘해야 한다, 저 사람을 이기고 싶다는 생각에 골똘함으로써 결과적으로는 자신의 실력과 기록을 향상시키겠지만 남보다 좀 잘한다고 유세를 떨거나 대놓고 상대를 깔보면서 동호회의 분위기를 망치고 화목을 깨뜨리는 것은 좋아

보이질 않습니다.

나이 들면서 이런 유의 감정소모가 피곤해진 저는 종종 '살리에르 체험'을 스스로에게 시도합니다. 모차르트의 재능에 대한 시기심을 불쏘시개 삼아 자신의 삶을 몽땅 잿더미로 만들어버린, 영화 〈아마데우스〉의 비참한 살리에르가 되지 않기 위해 시기심과 좌절을 번갈아 맛보며 면역력을 키우는 경험을 반복하는 것입니다.

　이를테면 반에서 1등을 하는 '모차르트'는 그 반의 나머지를 '살리에르'로 만들지만, 전교 1등 모차르트 앞에서는 살리에르가 될 수밖에 없는 것처럼, 이런저런 삶의 장에서 자꾸만 살리에르가 되어보면서 시기심을 완화시켜 현실의 제 모습을 받아들이는 것입니다.

　시드니 탁구협회 동호인이 백 명쯤 되고 모두가 게임을 한다고 칠 때 결국 한 명이 나머지 99명을 살리에르로 만들겠지만, 그도 역시 국가대표 선수인 코치 앞에서는 살리에르입니다. 그러나 우리의 '모차르트 코치'는 국가대표 5위이기 때문에 국내에서도 이미 '살짝 살리에르'이고 세계대회에서는 '거의 살리에르'입니다.

　이렇게 생각한다면 그까짓 작은 모임 회원끼리는 이기고 진들 '우물 안 개구리'요, '도토리 키 재기'련만 그럼에도 묘한 감정의 기류가 생긴다는 거지요. 하기야 저는 올챙이도 못 되고 도토리 축에도 못 끼지만 말입니다.

어차피 경쟁은 우물 안에서 하고, 키는 도토리끼리 재는 거라고 한다면 할말이 없지만 모든 면이 그렇듯이 어쨌거나 과도한 경쟁은 무의미하고 해롭습니다.

낡고 처진 외투 같은 일상의 무기력을 떨치기 위해 애써 용기를 낸 사람, 나이듦에 위축되고 초라해지는 자신을 다독이며 망설임 끝에 시도한 경우, 비갠 오후 창문을 열어젖히듯 삶의 활기를 되찾고 싶은 모처럼의 결심 등이 또 다른 경쟁의 장 앞에 실망하여 무너지지 않기를 바라기 때문입니다.

탁구를 시작한 후 저는 더 많이 웃습니다. 돌발적으로 날아오는 공을 우연히나마 받아내고, 또는 아차 하는 순간에 놓치고 하면서 2.7그램에 불과한 작고 가벼운 공을 정신없이 쫓아다니다 보면 자신의 의지와 상관없이 웃음이 계속 터지는 것입니다.

탁구장에서 막 돌아와 글을 쓰고 있는 지금도 공에 걸린 마법에 희미하게 미소 짓습니다. 승부에 집착하지만 않는다면 어찌 아니 즐거운가 말입니다.

청춘

성형수술을 받으러 한국엘 갔던 친구가 엊그제 돌아왔답니다. 얼굴 주름을 펴려고 간다는 소리조차 다른 사람을 통해 들었으니 만나도 모른 척해야 합니다. 상대가 어색하지 않도록 무심히 굴면서 어디가 어떻게 달라졌는지 순간포착을 해야 하니 간질간질한 호기심과 함께 대면에 대한 긴장감마저 돕니다.

그나저나 그 친구가 성형수술을 받으러 간다고 할 때 들었던 심란한 마음이, 왔다고 하니 또 도집니다. 아무리 성형이 대세라지만 가까이 지내던 사람의 그것은 '너마저' 하는 배신감과 '난 뭐야' 하는 허탈감, '넌 그래도' 하는 선망감과 '하지만 난' 하는 박탈감 등등 묘한 감정을 요동치게 합니다.

마치 교복 입은 친구들에 대한 중학교에 진학 못한 여공의 심정 같다고 할까요? 구질한 완행열차를 가뿐히 뒤로하고 급 높은

열차로 깔끔히 갈아타는 동행에 대한 처연한 심사라고 할까요.

눈가 잔주름, 입가 팔자주름, 처지는 볼, 두루뭉술한 턱 등 마주하고 있으면 거울 없이도 "이 얼굴이 내 얼굴이지, 이렇게 함께 늙어가는 거지" 하던 위로에서 이제는 비켜가야 하는 심정이 스산하고 비탄합니다.

자연산 얼굴은 해외 동포사회에나 있다는 말을 한국에서는 한다지만, 웬걸 잦은방귀 뀌듯이 잠깐잠깐 표 안 나게 들락거리며 살짝살짝 티 안 나게 고쳐오는 줄 니 알고 나 몰랐단 소리로밖엔 안 들립니다. 수술은 지네들이 받았는데 민망스러운 건 되레 이쪽이니 그럴 때마다 표정관리를 해야 하는 것도 짜증납니다.

남의 성형수술에 삐딱한 관심으로 어기대는 연유는, 짐작하셨겠지만 실은 저도 하고 싶어서입니다.

하고는 싶은데 못하는 이유가 일단 버틸 때까지 버텨보려고, 적당한 시기를 못 잡아서, 남이 알면 '쪽 팔릴까 봐', 무엇보다 돈이 없어서 등등이지만, 더 큰 이유는 "하면 안 된다, 그런 건 하는 게 아니다"라는 내면의 목소리, 초자아 같은 것이 계속 훼방을 놓기 때문입니다. 그것은 반칙이자 무럼이며 정직하지 못한 행위라며 가치평가와 윤리까지 들이대며 속을 시끄럽게 합니다.

막상 하라면 하지도 못할 성형의 유혹에 시달리다 못해 이쯤에서 결단을 내려야 할까 봅니다. 무소의 뿔처럼 혼자서, 의연하고도 표표히 늙어가기로 말입니다.

돌이켜보면 살면서 지금처럼 홀가분하고 자유로웠던 적은 없었습니다. 어쨌거나 아이들 다 컸겠다, 집안 단출하겠다, 더구나 일찌감치 폐경도 되었겠다, 아프지만 않으면 후반전 인생을 설계하기에 이보다 더 좋은 조건은 없을 것입니다.

그럼에도 고작 주름살 느는 것 가지고 마치 다 산 것처럼 한숨 쉰다는 건 중년의 위기를 스스로 불러오는 어리석음이 아닐 수 없습니다.

주름살로 인해 갑자기 기운이 떨어진 것도 아닐 바에는 나만의 서사를 쓸 수 있는 가슴 벅찬 시기에 뒤태를 보이며 돌아선 젊음의 한 자락을 그러잡고자 자기파괴적 감정에 시달려서는 안 되지 않겠습니까. 지금까지 살아온 패러다임을 바꾸고 정체성과 생의 목표, 꿈을 재조정해야 할 때, 한마디로 삶의 판을 새로 짜야 할 이 중요한 때에 말입니다.

미국의 사회·교육 사업가 새뮤얼 울만(1840~1924)은 시 「청춘」에서 이렇게 말합니다.

청춘이란 인생의 어떤 한 시기가 아니라
마음가짐을 뜻하나니
장밋빛 볼, 붉은 입술, 부드러운 무릎이 아니라

풍부한 상상력과 왕성한 감수성과 의지력
그리고 인생의 깊은 샘에서 솟아나는 신선함을 뜻하나니

청춘이란 두려움을 물리치는 용기,
안이함을 뿌리치는 모험심,
그 탁월한 정신력을 뜻하나니
때로는 스무 살 청년보다 예순 살 노인이 더 청춘일 수 있네.
누구나 세월만으로 늙어가지 않고
이상을 잃어버릴 때 늙어가나니

세월은 피부의 주름을 늘리지만
열정을 가진 마음을 시들게 하진 못하지.
근심과 두려움, 자신감을 잃는 것이
우리 기백을 죽이고 마음을 시들게 하네.
그대가 젊어 있는 한
예순이건 열여섯이건 가슴속에는
경이로움을 향한 동경과 아이처럼 왕성한 탐구심과
인생에서 기쁨을 얻고자 하는 열망이 있는 법,

그대와 나의 가슴속에는 이심전심의 안테나가 있어
사람들과 신으로부터 아름다움과 희망,

기쁨, 용기, 힘의 영감을 받는 한
언제까지나 청춘일 수 있네.

영감이 끊기고
정신이 냉소의 눈[雪]에 덮이고
비탄의 얼음[氷]에 갇힐 때
그대는 스무 살이라도 늙은이가 되네
그러나 머리를 높이 들고 희망의 물결을 붙잡는 한,
그대는 여든 살이어도 늘 푸른 청춘이네.

그가 이 시를 썼을 때가 이미 78세였고, 그러고도 한참 후에 세상에 알려졌다고 하니 나이는 숫자에 불과하다는 말이 그냥 나오지는 않았나 봅니다.

이제 저는 얼굴 가득 주름을 잡고도 용기 있게 '청춘'을 살고자 합니다. 적어도 세월만으로 늙어가지는 않아야겠기에 말입니다.

Don't get old

가게에 자주 오시는 손님 중에 노년의 오누이가 계십니다. 오전 열한시 무렵, 따스한 차와 커피, 토스트 한 쪽을 가운데 두고 조곤조곤 오순도순 말씀을 나누다가 돌아가곤 하십니다. 두 분은 불편한 걸음을 지팡이에 의지한 채 늘 손을 꼭 잡고 다니시는데, 하루는 할아버지가 자리에서 일어나시면서 지팡이를 바닥에 떨어뜨리셨습니다.

마침 옆에 있던 제가 부축해 드리자, 온화한 웃음으로 인사를 대신하며 "Don't get old"(늙지 마세요) 하시는 게 아닙니까. 얼결에 저도 "Impossible"(가능한 일인가요?)이라며 웃었지만, 어쩐지 할아버지의 그 한 말씀이 노년의 서글픔과 무기력, 신체적 불편과 한계를 압축적으로 표현하는 것 같아 한동안 어두운 여운을 남겼습니다.

늘 함께 오시던 노부부가 어느 날부터는 할머니 혼자만 오시기에 망설이다 할아버지의 안부를 물으니 그새 돌아가셨다고 합니다. 손이 떨리던 분이라 사기잔 대신 뚜껑 덮은 종이컵에 차를 담아드리곤 했지만 건강이 그다지 나빠 보이지는 않았는데 돌아가셨다니 선뜻 믿기지 않았습니다. 할아버지가 안 계신 지금도 할머니는 이따금 혼자 커피를 마시러 오십니다.

우리 가게에는 유난히 노인 손님이 많습니다. 탄력 잃고 주름진 뺨일지언정 발그레한 볼터치에, 머리부터 발끝까지 세심하게 멋을 낸 할머니들이나 고령임에도 여성을 배려하는 신사도가 여전히 몸에 밴 할아버지들을 뵐 때면 마음이 절로 훈훈해집니다. 그런가 하면 혼자 힘으로는 외출할 수 없어 간병인이나 보호자에 이끌려 휠체어에 의지하여 나들이를 나오는 분, 보호시설에서 지내지만 일주일에 한번씩 자상한 사위와 도란도란 점심을 함께하며 아기처럼 투정을 부리는 할머니도 계십니다.

상황이 조금 낫든 그렇지 못하든 노년의 무력함과 우울, 서러움과 외로움이 몇 마디 격려나 위로로 가실 수는 없겠지만 그래도 우리 가게의 노인들처럼 비록 거동은 불편해도 아직은 바깥세상을 구경할 수 있고 입에 맞는 음식을 드실 수 있는 분들은 행복해 보입니다.

10년 전쯤 노인 요양시설에서 일을 한 적이 있습니다. 다 그런 건 아니지만 호주의 노인시설은 건물을 둘러싼 세밀한 조경과 운치 있는 경관으로 바깥에서 보면 누구에게나 고급스런 휴양단지를 연상케 합니다.

단출하지만 정갈하고 품위 있는 내부장식 또한 차가운 병동과는 또 다른 분위기를 자아내지만, 정작 노인들에게 시설입주는 곧 무덤을 의미한다는 것을 그곳에서 일한 지 얼마 되지 않아 느끼게 되었습니다.

한번 들어가면 살아서는 나올 수 없으니 무덤은 무덤이되, '아직은 산 자의 무덤'이라는 점에서 거대한 묘지에 출입문을 달고 직원인 우리들은 순번을 정해 무시로 그곳을 들락거렸습니다. 마치 우리는 영원히 살 자인 것처럼 죽어가는 노인들을 무척이나 가엾어하고 동시에 직업적임을 핑계삼아 지나치게 무심하거나 덤덤하게 굴었습니다.

야간근무 시간, 앙상한 나뭇가지처럼 핏기 없는 손을 허공에 내저으며 구천과 이승을 넘나드는 혼령과도 같이 복도를 배회하던 노인을 가까스로 달래면서도 어쩔 수 없이 들던 섬뜩함과 기괴함, 다음 근무교대 시간에 듣게 된 그 노인의 그날 신새벽의 임종소식, 왜 하필 나와 부대낀 그날…

내 탓이 아님에도 내 탓인 것만 같은 자책감 따위로 우울함이 반복되면서 알록달록하던 생활이 흑백텔레비전 속처럼 갑자기 무채색으로 보이는 것도, 아기자기하던 일상사가 두터운 회칠을 한 듯 무감각하게 느껴지는 것도 모두 그 일을 시작한 이후인 것만 같았습니다.

지나친 감수성으로 힘들어하는 저를 주변에서는 일은 일로 끝내야지 자기 생활에 끌어들여서는 안 된다는 말로 딱하게 여겼지만, 어떤 영화나 소설의 결말을 이미 알고 있을 때의 재미없음과 시들함처럼 모든 삶의 비참한 종말을 미리 보아버린 것 같아 그 무렵 저는 시들시들 병이 들 지경이었습니다.

그런 이유로 6개월을 못 채우고 결국 그 일을 그만두게 되었지만 내 여생의 알아야 할 모든 것을 양로원에서 배웠다고 할 만큼 갓 40세에 경험한 그때의 일이 50을 코앞에 둔 지금도 생생하기만 합니다.

식당을 꾸리면서 다시 노인들을 모시되 그때처럼 병들고 아픈 분들이 아닌, 젊은 여인 못지않게 화장과 장신구로 멋을 낸 건강한 할머니들, 여전히 넘치는 매너로 파트너를 에스코트하는 노년의 신사를 자주 뵐 수 있다는 것이 제게는 남다른 행복입니다. 와인 잔을 부딪치며 왁자지껄 시끌벅적 떠드는 것도 그렇거니와, 이성과 주고받는 백발 홍안들의 청춘 못지않은 은밀한 눈빛들이 노년의 삶도 여전히 즐겁고 흥겨울 수 있다는 것을 제게 속삭여주는 듯하기 때문입니다.

2. 나이듦, 편안함

마감은 나의 힘

글 이 잘 안 써지거나 아예 안 쓰고 싶을 때면 이따금 제가 쓴 글을 다시 읽어보곤 합니다. 마치 남의 글을 검색하듯 인터넷 검색창에 제 이름을 친 후 떠오르는 글을 찾아 읽는가 하면 잡지나 신문에 난 글을 뒤적이기도 하고, 그간 낸 책을 떠들리는 대로 아무데나 펴서 읽기도 합니다.

얼추 20년이 넘는 세월 동안 참 많은 글을 썼습니다. 칼럼도 쓰고 르포도 쓰고 사진 에세이도 쓰고 번역 글도 쓰고 콩트도 쓰고 마구마구 써왔습니다. 그런 자신을 돌아보면 대견하기도 하고 '징하기도' 합니다. 어떻게 이렇게 쉼 없이 글을 쓸 수 있었는지, 지속적으로 글을 쓰게 하는 에너지는 어디서 나오는 건지 스스로에게 물어봅니다. 아직 아무도 안 물어왔지만 혹시 누가 저에게 글쓰기의 동기를 묻는다면 대답할 말도 준비할 겸 말입니다.

"주변에 희망과 용기를 주기 위해서, 아름다운 세상을 표현하기 위해서, 관계의 회복과 사랑을 나누기 위해서" 같은 거창한 동기로 글을 써왔다면 얼마나 좋겠습니까만, 어이없고 맥빠지게도 지금까지 제 글은 순전히 '마감'에 떠밀려서 나왔습니다.

　기형도 시인은 "질투는 나의 힘"이라 했지만 제게는 "마감은 나의 힘"인 것입니다. 기 시인이 "내 희망의 내용은 질투뿐이었다"고 했다면 "내 글의 내용은 마감에 쫓긴 기록뿐이었다"고 해야 할 것 같습니다. 더 나아가 미당 선생이 자신을 키운 8할은 '바람'이라고 했다면 제 글을 키운 8할은 '마감'이라고 해야겠습니다.

　'마감' 떠다 밀리기는 비단 글뿐이 아닙니다. 공과금이나 전화요금, 보험료 등을 비롯해 각종 서류나 서식을 작성하고 제출할 때도 마지막날에 가서야 처리하는 습성이 있습니다. 마감일까지 원고쓰기를 미루는 데서 비롯된 일상의 못된 버릇입니다.

　의식을 하든 안하든 사람은 누구나 어떤 에너지에 의해 추진을 받습니다. 아비의 원수를 갚아야 한다는 복수심을 추진력 삼아 소림사 칼잡이가 무술의 기막힌 경지에 도달하는 것처럼요. 어떤 사람은 질투나 경쟁심을 연료로 하여 에너지를 만들어내기도 하고, 좌절과 배신감이 어떤 행동과 목표를 집중적으로 몰아가거나 와신상담하며 기회를 노리게 합니다.

　꿈을 이루고자 하는 열정과 순수한 이타심 같은 긍정적 에너지

원은 구도와 구원에까지 이르게 할 수 있지만 부정적 에너지의 펌프질이라 해서 반드시 구정물을 퍼올리는 것은 아닙니다. 앞서 말한 시기와 질투, 탐심과 욕망, 경쟁과 비교 등을 구태여 '부정적 에너지원'이라고 할 필요가 있을지 모르지만 여하튼 이기심의 충족이라는 점에서 그렇게 지칭하기로 한다면 말입니다.

긍정적 에너지로 몰아가든 부정적 에너지로 충전되든 간에 적극적이고 능동적이며 목표와 방향이 뚜렷하고 성취 지향적이라는 점에서 어찌 '마감' 따위의 추진력과 비교할 수 있겠습니까. 마감은 실상 어떤 형태의 추진력이라고 할 수도 없습니다. 치대고 드는 귀찮고 부담스런 존재를 일시적으로 떼어놓는 모호하고 수동적인 마지못한 몸짓일 뿐.

마치 마음은 원이로되 육신이 연약하여 마땅히 해야 할 공부를 미루고 있는 고3생처럼 일상에서 노상 미적거리고 뭉개는 제 버릇이 바로 이 '데드라인'에서 연유했으니, 이 버릇을 그대로 뒀다가는 그야말로 생을 잠식하는 데드라인이 될 것만 같습니다.

결코 깨어남이 없는 잠을 자듯, 깊고도 가없는 고질적 우울증에 걸린 듯, 게으름과 나태에 매몰된 타성을 벗어던져야 한다는 반성과 자각이 최근 들기 시작한 것은 그나마 다행스런 일입니다.

요즘은 "늦었다고 생각할 때가 정말 늦은 때"라고 격언이 비틀어졌지만 늦었어도 하는 수 없습니다. 그래도 고쳐 살 수만 있다면 지금이라도 고치고 싶습니다.

실은 조만간 제 삶의 기반에 불어닥칠 변화로 인해 이런 늦은 깨달음이 '떠밀리듯 왔다'는 것을 부끄럽지만 고백합니다. 하지만 살아 있는 한 잘못 살아온 것을 깨닫고 고치고 다시 시작하는 데는 결코 '마감'이 없으니 얼마나 감사한 일입니까. 제 삶을 밀어올리는 에너지원을 교체함으로써 밝고 건전하며, 투명하고 순박한, 생명력 넘치는 생활이 제 앞에 펼쳐지기를 진정 소망해 봅니다.

위기의 중년남성들

한국 기업의 호주 시드니 현지법인에서 20년 가까이 근무한 지인 한 분이 몇 달 전에 회사를 그만두셨습니다. 월급쟁이들이 강제퇴직 비슷하게 회사를 나오게 되면 토사구팽이라는 말을 떠올리듯 그분도 아마 그런 상황에 처했던 것 같습니다.

떠밀리듯 직장에서 나오게 되니 난감하고 대책 없는 심정이야 오죽했을까요.

해외에 지사나 상사를 둔 한국 기업들은 아무리 나라 밖에 사무실을 열었다 해도 기업문화는 한국식을 따르는 경우가 적지 않습니다.

호주 현지 직장인들처럼 5시가 '땡'하는 순간 '칼 퇴근'을 할 수도 없거니와, 한국만큼은 아니라 해도 한국인 상사나 동료들과 퇴근 후 술자리를 함께하거나 2차로 노래방을 가는 일이 아무래도 잦습니다.

　호주에 산다 해도 한국계 회사를 다니는 한 분위기상 어쩔 수 없이, 아니면 본인들이 좋아서 '한국의 밤문화'를 옮겨오는 것입니다. 물론 한국도 요즘 젊은 세대들의 퇴근 후 문화는 기성세대와는 사뭇 다르다고 들었습니다.

　하지만 이번에 회사를 그만둔 그분처럼 4,50대 직장인들은 거의 비슷한 일상의 쳇바퀴를 돌면서 조직생활을 해오지 않았나 싶습니다.

　그분의 퇴사소식을 접하니 "중년남성들은 무엇으로 사는가" 하는 생각이 불현듯 듭니다.

　직장인이라면 사무실 문을 나선 후, 자영업자라면 하루의 업무를 마감한 후의 '사생활'에 따라 답이 달라질진대, 거개는 지금 말씀드린 것처럼 '술이나 한잔'하면서 저녁시간을 보내겠지요.

　한국의 직장문화가 좀 스트레스를 받게 합니까? 그렇게라도 풀지 않으면 하루이틀도 아니고 어떻게 가족을 먹여살릴 수 있겠냐 싶기도 합니다. 남자들 스스로가 '돈 버는 기계'라고 자조하며 그렇게 10년, 20년 일을 하다 어느 날 문득 은퇴를 하게 되겠지요.

　사정이 이러니 한국의 중년남성들 중에 일을 떠나 "나는 이런 사람이다"라고 달리 자신을 말할 수 있는 경우가 얼마나 될까요?

　그러나 그분은 달랐습니다. 가족들의 생계를 혼자 책임져 왔음에도 연륜만큼 경륜만큼 자신의 세계를 오롯이 일구어왔던 것 같습니다.

그분은 재즈음악 분야에 남다른 열정을 가진 음악가이자 독서광으로 '직장인 아무개'말고도 자기를 표현하고 드러낼 수 있는, 어쩌면 그분의 참 정체성에 더 가까운 모습을 꾸준히 가꾸어왔던가 봅니다.

직장인이라는 상투적 외피를 벗자 참 자기가 드러나면서, 실직을 했는데도 하나도 초라해 보이지 않고 오히려 더 멋지게 보였습니다.

한국계 회사를 다니면서도 용하게 그 물을 피했다고 할까요? 무슨 말이냐 하면, 그분은 마치 '호주 중년남성들'처럼 퇴근 후 자기 시간을 잘 활용했던 것 같아서입니다.

일전에 만났던 회사의 중간간부로 일하는 40대 호주 남자 한 사람은 아마추어 도자기 공예가로서 10년 남짓 제작한 작품이 200여 점에 이른다고 합니다. 직장생활과 궤를 같이하는 평생 취미를 계발한 것입니다.

그런가 하면 주말에 한번씩 가족들에게 봉사하는 마음으로 요리를 하는데 가히 수준급이랍니다.

직장 일을 마친 후 하루 두세 시간을 꾸준히 투자한 결과, 생업과는 구별되는 또 다른 성취를 이루어 가는 삶을 살고 있었습니다.

비슷한 또래로서 활동적인 성격의 소유자들 중에는 운동 한

가지를 거의 선수 수준으로 연마하는 부류들도 있습니다.

마흔 살이 넘은 직장남성으로서 가정과 일 그리고 이렇다 할 취미생활까지, 속된 말로 인생의 삼박자를 고루 갖춘 그 사람의 사는 모습을 통해 이 나라 중산층 가장의 한 전형적 삶을 짐작할 수 있었습니다.

그러면서 전쟁 같은 출근길을 시작으로 자정이 넘어서야 곤죽이 되어 집으로 돌아오는 지친 일상의 반복, 여가가 생겨도 보통은 술자리로 보내는 타성, 일주일 동안 가족들과 얼굴 맞대는 날이라곤 손꼽을 정도로 공허한 한국의 직장인들을 떠올리지 않을 수 없었습니다.

오롯이 개인만의 탓이 아니라는 것을 잘 알면서도 말입니다.

물론 새벽잠을 설쳐가며 혹은 올빼미족이 되어 영어 등 외국어를 공부하는 분들도 많지만, 퇴근 후 외국어나 자격증 취득에 매달리는 것은 엄밀히 말하면 노동의 연장이자 휴식 없는 고단한 시간의 연속이 아닌가 싶습니다.

순수한 호기심과 배움에 대한 열정에서 비롯된 것이 아니라 승진이나 또 다른 밥벌이에 대한 준비를 위한 것이라면 말입니다. 돈을 좀더 벌기 위한 투자 개념이라면 순수 취미라고 보긴 어려울 테니까요.

그분은 직장생활 동안 음악에 관련된 장비와 읽고 싶은 책을 사는 데 '솔찬하게' 비용을 쓴 것으로 압니다. 그래서 평소 아내로부터 적잖은 구박도 받았다고 했습니다.

　하지만 그것들이 지금 옹벽이 되어 실직의 칼바람에도 거뜬히 자존감을 지키고 새로운 일을 모색할 심적 여유와 내면의 옹골진 자신감을 피워 올리는 걸 보면서, '위기의 중년남성들'이 무엇으로 살아야 할지를 곰곰 되짚어보았습니다.

담담하게 맞는 새해

올해 60세를 막 넘긴 지인 한 분은 시간이 아까워서 몇 년 전 부터는 잠자는 시간도 줄였다고 하십니다. 아직 기업체의 현역이면서 잠을 줄여가며 활동해도 거뜬한 그분의 건강이 놀랍지만, 일부러 잠을 줄이지 않더라도 연세가 그쯤 되면 대부분 일찍 눈이 떠진다고 하지요.

아마도 생체시계가 나이가 들어갈수록 시간 아까운 줄 알고 스스로 그렇게 움직이나 봅니다.

누리고 가지고 있을 때는 모르다가 소진하고 잃고 나서야 소중함을 알게 되는 것 중에 젊음과 나이와 세월이 있는 것 같습니다.

결국 그 말이 그 말이지만, 그래도 왠지 청청한 '젊음'이 흘러가 버렸다 해도 아직은 '짱짱한 나이'라며 시간을 옭아매는 시늉을 해볼 수도 있고, 그러다 급기야는 누가 봐도 시들한 때에 달하고 나면 "그래도 세월은 남아 있지" 하면서 자조를 할 수 있으니 일부러 '젊음, 나이, 세월'로 구분해 보았습니다.

시간의 소중함이 진정으로 와닿는 때는 언제부터일까, 곰곰 생각해 봅니다. 사람마다 모두 다르겠지만, 제 경우는 40이 되어서야 그런 생각이 들었습니다.

'철들자 망령'보다는 한결 윗길이지만, 잃어버린 시간들을 되돌릴 수 없다는 것에는 어쩔 수 없는 회한이 남습니다.

그렇다 해도 만약 누군가가 잃어버린 시간을 되찾아준다면 무작정 '좋아라'며 덥석 받아안을 수 있을까 싶어집니다. 곰곰 생각하면 별로 그러고 싶지 않습니다.

시간을 되돌리는 것이 젊은 날의 그 미열 같은 들뜸과 다듬어지지 않은 성정, 아슬아슬 부박한 언행과 미숙함 따위, 어느 것 하나 원만하지 못했던 그 시행착오 속으로 다시 돌아가는 것을 의미한다면 말입니다.

오늘 다음에 어제가 온다면 얼마나 좋을까. 지나온 시절이 좋았던 건 결코 아니지만 내가 이미 다 아는 일들이 닥쳐올 테니 적어도 두렵지는 않을 거 아냐.

어느 소설 속 구절입니다.

어제의 시점에서 오늘의 예측불허를, 오늘 지금 이 순간에서 내일의 불확실성을 얼마나 힘들어했으면 그 무력감을 차라리 무슨 일이 벌어질지 벌써 다 알고 있는 어제가 오늘 다음으로 왔으면 좋겠다고까지 표현했겠습니까.

저는 큰 도서관에 가면 묵은 신문, 잡지를 보는 것을 좋아합니다. 몇 년 전 혹은 몇 개월 전에 발행된 인쇄물을 뒤적이다 보면 전세계나 온 나라를 떠들썩하게 했던 사건이나 사고의 결말을 놓고 이런저런 예측이나 초미의 관심을 드러낸 기사를 발견합니다.

묵은 신문에는 지난해 여름 아프간에 인질로 잡혀간 사람들이 언제 풀려날지, 전원 무사히 돌아올지를 놓고 피를 말리는 내용이 있지만, 지금은 그 가슴 아픈 결말을 다 알고 있지 않습니까.

서로 대통령이 되려고 이전투구 할 때는 도대체 누가 되려나 싶더니 이제는 다 끝난 이야기이고, 과거 미궁에 빠진 사건도 시간이 얼마간 흐른 후 백일하에 드러난 것을 보게 됩니다.

지금은 이미 결론이 다 난 일에 대해 전전긍긍하고 있던 옛날 기사를 읽다 보면 마치 미래인간이 타임머신을 타고 과거로 날아간 것도 같고, 그 시점 속에서 노심초사하던 일의 결론을 이미 알고 있는 이 순간만큼은 전지한 신의 관점을 누리는 착각이 듭니다.

그러면서 젊음으로 되돌아간다는 것도 이와 유사하지 않을까 생각해 보게 됩니다. 묵은 잡지 속에 갇힌 혼돈과 혼란처럼 말이지요. 그렇게 생각해 보니 무작정 흘러간 세월을 아쉬워하기보다 차라리 "이제는 돌아와 거울 앞에 선 누이"가 되는 게 나을 것 같습니다.

세월의 긴 강, 어드메 강둑에 다시금 섰습니다. 그 유장함 앞에 이제는 담담해질 때도 된 나이입니다.

새해 벽두, '그 거울' 앞에서 이희승씨의 '소경'처럼 "반갑지도 대견치도 않은 나이를 속절없이 또 하나 먹게 되는구나!"라는 '잠꼬대'는 하고 싶지 않습니다.

요즘 우리는 자연스럽게 나이 먹어가는 것도 가만두지 않는 시대에 살고 있습니다. 얼짱, 몸짱, 동안이니 하면서 저 같은 중년여자들도 아랫배 나오고 주름 느는 것에 공포심을 느끼게 하는 요사스런 시절입니다. 이 나이에 예쁘면 얼마나 예쁘며, 동안은 또 무슨 동안입니까. 도무지 나잇값을 할 수 없도록 부추기는 세태에 살고 있습니다.

생체시계마저 각성을 일깨우고 잠을 줄여가면서까지 조금이라도 더 함께 있고 싶은 소중한 시간이건만, 붙들 수 없는 안타까움이 단지 육체적 쇠락에의 미련일 뿐이라면 좀 저급하다 싶습니다.

정말이지 새해가 시작된 지금도 순간순간 흐르는 시간 속에서 진정 무엇을 소중하게 걸러내고, 무엇을 가차 없이 떠나보내야 할지 깊이 성찰해 보아야 할 것 같습니다.

환상에 관한 이야기

'**착**각은 자유'라지만 환상은 그렇지 않다고 생각합니다.

착각은 저 혼자 시작한 후 좀 빠져서 얼마간 허우적대다가, 어느 계기를 만나 또 저 혼자서 피식하고 무안쩍게 끝내버리면 그만이지만, 환상은 내부의 어떤 집요한 영양을 공급받으면서 형체를 갖춰가는 양상을 띕니다.

철저히 내부 소관이라는 점에서는 착각과 환상 모두가 무죄입니다만, 환상에 있어서만큼은 그 대상에게 고단한 상황을 끼칠 때가 없지 않다는 점에서, 실체와 본질과는 무관하게 일방적으로 키워나갈 수 있다는 점에서 더러는 위험스러운 상황을 만들기도 합니다.

"이 세상에서 섣불리 맞닥뜨려서는 안 된다고 알려진 크고 작은 금기들이 존재하는데 그중에는 작가의 맨얼굴, 옛사랑의 현재 모습 같은 것들도 있다. 물론 그것은 작가의 인간성이나 옛사랑의 속물성에 대한 이야기는 아니며, 단지 환상에 관한 이야기"라고 일찍이 설파한 어느 소설가의 말을 슬쩍 빌려봅니다.

서리서리 풀어져 나오는 글이 곧 작가의 고매한 인격과 옥토 같은 마음밭의 절대 반영일 것이라는 환상을 경계하지 않는다면 혹여 '작가의 맨얼굴'을 만날 기회가 있을 때 공연한 배신감과 박탈감에 허망해할지도 모릅니다.

유들유들한 표정에 머리 벗어지고 배 나온 현재 모습의 그, 탄력 잃은 얼굴 피부와 두루뭉술 흐트러진 선의 그녀를 확인하는 순간 무너져 내리는 것은 다름 아닌 "내가 품고 있던 환상"인 것처럼 말입니다(그러니 '아이러브 스쿨' 같은 사이트를 통해 옛사랑, 첫사랑을 찾아나서지 않도록 스스로에게 '엄중히' 경고하는 것이 좋겠습니다).

구구절절 옳은 말만 하는 목사나 교사들도 실제 자신의 삶은 그 가르침대로 완전히 꾸릴 수 없듯이, 글 쓰는 사람 역시 자기가 표현한 글의 내용만큼 지당하고 멋지게 살지 못하는 것은 당연합니다.

함께 글을 쓰는 분 중에 제가 존경하는 K선생님은 "남들이 글에서 생각하는 자신에 대한, 실제의 자신은 한 60~70퍼센트 정도인 것 같다"고 하셨습니다. 나머지 30~40퍼센트는 "글에서 보여지는 꽉 찬 듯한 이미지를 향해 스스로도 노력해야 할 분량"이라는 의미였습니다. 달리 말하면 K선생님 실제의 모습은 60~70퍼센트이며 나머지 30~40퍼센트는 환상이라는 뜻도 될 것입니다.

저도 이따금 그런 경험으로 당황할 때가 있습니다.

어떤 글을 쓰느냐에 따라 읽는 이들이 키우는 환상도 각기 다를 것입니다만, 제 경우는 마음이 무지 여리고 결이 고울 것이라는 생각들을 하시는 것 같습니다. (아닌가요?) 남들이 보기엔 제가 그런 분위기로 글을 쓴다 해도 실은 저는 끝장을 볼 때까지 질기게 구는 면이 있고, 가혹하리만치 제 자신을 들들 볶는 편입니다.

제 맘자리가 노상 편치 않다 보니 오히려 글에서는 '맑은 척'하는지도 모릅니다.

사진을 찍을 때 속된 말로 '얼짱 각도'라는 게 있듯이 글을 쓰는 사람에게는 '맘짱 각도' 같은 게 있습니다.

사진을 예쁘게 나오게 하려고 얼굴의 순간 각도를 포착하는 것처럼, 글을 쓰는 동안은 정신과 마음, 의식을 순수히 모아 '맘짱'을 내어보려는 노력을 매번 할 뿐입니다.

그러다 어떤 계기로 '쌩얼'을 보여야 할 인연이 닥치면, '보시는 분'들은 아쉽고 허망하고 쓸쓸하실지 모르지만 '보이는 처지'에서는 웃자라는 환상의 가지들을 솎아주기에 더없이 좋은 기회가 되는 겁니다.

2. 나이듦, 편안함

그러나 돌이켜보면 아무리 실체와 본질에 무관하다고 한들 삶이 어찌 환상 없이 꾸려질 수 있겠습니까.

그것이 환상이라는 것을 알면서도 일상을 버티기 위해 또 다른 환상을 짓는 것, 그것이 곧 사는 일이 아닐까 싶습니다.

어찌 옛사랑에 대한 환상이나 작가에 대한 환상만일까요.

부와 명예·권력 따위에 대한 환상, 남자에 대한, 여자에 대한 환상, 결혼에 대한 환상, 자식과 부모에 대한 환상, 외국생활에 대한 환상, 이루지 못한 꿈에 대한 그리고 자기 자신에 대한 환상에 이르기까지 권태와 불안이라는 두 레일 위에 놓여 있는 일생을 끌어가기 위해 크고 작은, 가깝고 먼 환상을 끊임없이 품어야 하는지도 모르겠습니다.

'일상'은 진저리를 칠 만큼 도망가고 싶지만 '현실'은 절대 피해 갈 수 없다고 생각하는 사람들에게 어떤 '환상'은 청량감을 줄 수 있으니까요. 마치 '화~한' 박하사탕이 답답했던 목을 일순 씻어내린 것 같은 '느낌의 환상'처럼 말입니다.

제발 나를 아줌마라고 불러주오!

"**어**머님 연세에는 이런 스타일도 괜찮으실 것 같은데요."

'헉~, 웬 어머님!'

흠칫 놀란 저의 당황스런 신음소리였습니다.

엊그제 미용실에서 제 머리를 다듬어준 미용사가 저더러 연신 '어머님'이라고 하지 않겠습니까. 우여곡절 끝의 극적인 모녀상봉일 리는 만무하고 젊은 미용사 눈에 제가 그만큼 나이 들어 보인다는 뜻이었겠지요.

얼마 전까지만 해도 한인 가게나 미용실에 들를 때면 '이모'나 '언니'라고 했는데, 이제는 급기야 '어머님'으로 불리기 시작하나 봅니다.

하기사 피 한 방울 나눈 적 없이 이모가 되고 싶은 맘은 눈곱만치도 없었고, "누구 맘대로 내가 지 언니래?" 하고 언니라고 불리는 것에도 고깝기는 마찬가지였습니다.

그래도 이모나 언니에는 나이 개념은 없었는데 어머니는 누가 들어도 연장자임을 내포하는 호칭인지라 "아니, 벌써!" 하는 느낌이 확 들었습니다.

"한국 사람들은 그노므 호칭이 문제인 거라. 호주처럼 나이, 신분 구분 없이 죄다 이름을 부르면 좀 좋아."

기분이 상해서 얄궂은 한국의 호칭문화에다 대고 화풀이를 해봅니다.

전에 한국 가서 보니 40대 이상 중년 아저씨들은 무조건 '사장님'이더군요. 하도 지나쳐서 짜증도 나는데다 무심코 넘기기에는 당사자보다 주위사람들이 더 민망할 정도였습니다.

서울 언니 집에 머물던 어느 날 저녁, 직장에서 돌아온 형부는 그날, 호칭과 관련하여 민망함의 극치를 경험했다는 것이었습니다.

형부는 그날도 예의 여러 사람을 만났는데 그중 한 사람이 처음부터 끝까지 꼬박꼬박 "사장님, 사장님"이라고 자신을 부르더랍니다.

그러지 말라고 하자니 무안해할 것 같고, 그냥 듣고 있자니 주위사람들이 킥킥대고 웃는 것 같아 그야말로 함께 있는 내내 황당해서 어쩔 줄 몰랐다는 것이었습니다.

제 형부는 치과의사입니다. 건물 외벽에 자기 이름이 들어간 'ㅇ

○○치과'라는 간판을 써붙이고 진료를 하지요. 그날 그 사람도 그 간판을 보고 들어왔을 터인데, 그럼에도 흰 가운을 입은 의사에게 꼬박꼬박 사장님이라고 불러댔다는 것 아닙니까.

첫마디 실수도 아니요, 그렇다고 작정하고 약 올리자는 건 더욱 아닌 것 같아 은근히 그 환자의 직업이 궁금해지더랍니다. 사장 소리가 습관적으로 입에 붙지 않고서야 어찌 제 이를 고쳐주고 있는 의사를 아무 생각 없이 사장이라 부를 수 있을까 싶어 기가 찼던 게지요.

그런가 하면 거리를 지나는 사람들의 절반은 여자이고, 그 여자들 중에 얼추 반은 아줌마들이건만 '아줌마'라는 말을 입에 담는 것은 거의 '불경죄' 수준인 것 같았습니다.

단언컨대 같은 아줌마들끼리도 시침 뚝 떼고선 서로를 아줌마라고 부르는 걸 보지 못했습니다. 저 역시 한국에만 가면 '아줌마' 소리를 듣는 일이 없으니까요.

그러던 어느 날, 사람들로 붐비는 지하철역 내에서 느닷없이 "아줌마!" 하는 또렷하고 낭랑한 음성이 쩽하니 울려왔습니다. 실로 오랜만에 들어보는 '아줌마'였습니다.

"누군지 어지간히도 '아줌마스러운'가 보다. 요즘 세상에 아줌마 소리를 다 듣고"라며 비웃음을 머금는 순간, "아줌마, 시내로 가려면 어느 쪽 지하철을 타야 되나요?" 하며 상큼한 아가씨 하나가 제게 길을 물어왔습니다. 아, 그 '아줌마'는 바로 저였던 것입니다.

대학생 차림의 해맑은 미소를 띤 여학생이 저를 빤히 쳐다보며 우리 시대 금지된 호칭인 '아줌마'를 입에 담고 있었습니다.

한순간에 일격을 당한 듯 저는 아찔해졌습니다. '저 학생의 눈에는 내가 제대로 된 아줌마로 보인단 말인가.'

그 아가씨는 「벌거벗은 임금님」의 주인공 꼬마처럼 허위와 속임으로 어설프게 부풀어 있는 가식적 호칭 세태에 신선한 일갈을 날린 것입니다.

진실은 언제나 아픈 법. 비로소 '나의 나' 됨을 되찾는 순간, 오리무중 떠다니던 나의 정체성이 그제야 제자리를 찾는 것 같았습니다.

"그래, 이제부터 나를 아줌마라고 불러다오! '사장님'들도 어서 '아저씨'로 돌아와 한 쌍으로 정겹던 예전의 호칭 '아저씨와 아줌마'로 맘 편하게 살아봅시다!"

큰 깨달음(?)을 얻은 저는 이렇게 양심선언을 한 후 그때부터 착하고 정직한 아줌마가 되기로 맘을 먹었습니다. 그런데 그 이후, 변변한 아줌마 소리 한번 못 들어보고 급기야는 그만 '어머니'가 되어버린 것입니다.

"아아~, 제발 나를 다시 한번 아줌마라고 불러주오!"

그대 아직도 꿈꾸고 있는가

놀랍게도 며칠 전 꿈에서 박완서 선생을 뵈었습니다. 평소 선생의 글을 좋아해서 작품을 샅샅이 찾아 읽다 보니 글마다 녹아 있는 그분의 가족사를 마치 일가붙이 이야기인 양 줄줄 외우게 되었습니다. 이런저런 모양으로 가족과 시대의 아픔을 형상화하는 소설과 산문을 오랜 세월 접하는 동안, 어떤 때는 그분과 제가 원래 친척인데 그 사실을 저만 알고 그분은 모르는 것처럼 느껴질 정도입니다.

그런 분을 꿈속에서 만났으니 어찌 놀라지 않았겠습니까. 그것도 그저 만난 정도가 아니라 제 글과 책을 보여드리고 칭찬까지 받았으니 어찌 감히 꿈에서라도 언감생심 꿈꿔 볼 수 있는 일이겠습니까.

하기사 전혀 느닷없고 뜬금없이 불쑥 대작가를 꿈속에서 만난 것은 사실 아닙니다. 평소 한국 책을 빌려보던 도서대여점에서 그 날 낮에 전화가 왔더랬습니다. 최근에 가게를 다른 사람에게 넘기게 되었는데 인계인수를 하는 김에 평소 갖고 싶어하던 박완서씨의 산문집 한 권을 제게 주겠다는 것이었습니다. 언제든 가게를 그만둘 때 그 책을 제게 팔라는 부탁을 한 게 엊그제인데 며칠 후에 정말 그런 일이 생긴 겁니다.

하루를 보내면서 의식할 새도 없이 언뜻 스쳐 지나가는 사물, 털옷의 보푸라기처럼 일상에서 미미하게 벗어난 상태나 미세한 움직임, 아주 작은 에피소드에도 해진 소맷자락의 실오라기를 풀어내듯 스토리에 스토리를 이어가며 꿈을 꿀 수 있는 '능력'을 가진 제게 그 일은 그날 밤 꿈을 위한 어마어마한 콘텐츠를 제공하고도 남음이 있었습니다.

그러니까 박완서 선생의 산문집을 가져가라는 말 한마디에 그만 꿈속을 내처 달려 선생을 직접 만나뵙게 된 것입니다.

수학시험 보는 날 모르고 들입다 영어공부를 해가서 낭패를 보거나 산더미 같은 이삿짐을 싸고 푸는 유의 심란하고 속 시끄러운 꿈을 주로 꾸는 제게 한국의 대작가를 만난 꿈은 아무리 꿈이라지만 분명 횡재였습니다.

거기까지는 참 좋았습니다. 다음날 달콤한 꿈에서 깨고 났을 때의 허망함과 아쉬움, 며칠 후의 쌉쌀한 여운마저 핥듯이 알뜰하게 즐길 때까지는 좋았는데, 시간이 얼마간 지나자 허탈하고 당황스런 마음이 스미는 것은 왜였을까요.

선생의 소설 중에 「그대 아직도 꿈꾸고 있는가」라는 제목처럼 "내가 지금 몇 살인데 아직도 그런 꿈을 꾸는가" 싶어서 철없는 내면을 들킨 것 같아 부끄럽기도 하고 당혹스럽기도 하고 고약스럽기도 했습니다.

정직하게 느낌대로 말하자면 선생을 만난 '꿈'이 잠복해 있던 제 '꿈'을 건드린 것 같았기 때문입니다. 하지만 저는 더 이상 꿈과 짝을 이루는 말을 찾아 '희망' 혹은 '낭만'으로 선긋기를 할 수 있는 나이가 아니니 그 꿈을 가지고 좋아라 할 일이 아니라 황당해해야 할 일이 아닐까 싶었습니다.

한국에서 기자생활을 할 때 인터뷰 요청 건으로 선생과 전화통화를 한 적이 있었습니다. 20대의 끄트머리를 지나고 있던 저는 그때 선생에 대한 선망과 존경, 부푼 기대감으로 가슴이 뛰어 전화상인데도 말조차 더듬었던 기억이 납니다. 이후 호주로 이민 와서 내 이름으로 된 칼럼집을 냈을 때 선생에게 그 책을 보여드리고 싶은 들뜬 열망으로 기자시절에 보관하고 있던 주소를 재차 확인하고 우체국으로 냅다 달려간 일도 있습니다. 용기가 없어 막상 부치지는 못했지만 그때 저는 30대 중반이었고 아마도 아직은 꿈을 꿀수 있는 나이라고 스스로 생각했던 것 같습니다.

지금 저는 40대 중후반을 지나고 있습니다. 언제부턴가 누구를 만나도 가슴이 뛰는 일도 없고 정말이지 코앞에 선생이 나타나면 모를까, "저 사람처럼 되고 싶다"는 풀무질을 더 이상 하지 않게 되었습니다. 시쳇말로 꿈을 잃은 인간이 되어버린 것입니다.

뭐 그렇다고 인생의 무상과 허무에 겨워 밤을 뒤채는 일은 없습니다. 남과 비교하는 일도 이제는 피곤해졌고, 현재 가진 것으로는 승산이 없기에 경쟁에서도 밀려나 버렸습니다. 그러니 '모 아니면 도'라는 식으로 현실에서나마 대박이 나기를 안달하는 속속들이 속물도 못되는 것이지요.

그렇다면 지금의 저를 살아 있게 하는 것은 무엇일까요. 어떤 힘에 이끌려 삶을 꾸려가고 있는 것일까요. 현실에서건 이상에서건 쪽박도 대박도 아니 바란다면 그저 숨만 쉰다고 산 것은 아닐 것입니다.

박선생을 만난 꿈을 며칠 되뇌며 어쩌면 그 꿈은 제풀에 지친 제 의식을 깨우기 위한 무의식의 작용이었는지도 모른다는 생각을 해봅니다. "아직도 꿈꾸어도 된다"는, "꿈꾸고 싶다"는 내면의 속삭임 내지 본래 제 목소리 같은 것 말입니다.

나의 C를 찾아서

최근 한국의 '열린치과의사회'라는 봉사단체에서 10년간의 활동상을 담은 회보를 묶어 영인본을 냈습니다.

열린치과의사회는 어려운 이웃을 돕기 위해 1999년에 치과의사들이 만든 봉사단체입니다. 이 단체는 그간 북한과 중국 동포를 위한 봉사활동을 비롯하여 노숙자 무료 틀니 사업, 한국 내 외국인 근로자 치료 및 몽골 등 해외에도 무료 진료활동을 펼치고 있습니다. 그 단체가 발행하는 회보에 5년째 글을 쓰고 있는 인연으로 제게도 얼마 전 그 두터운 책자가 배달되어 왔습니다.

국어대사전만한 두께의 책자를 바다 건너 호주까지 보내준 정성에 감복하며 한 장씩 넘겨 보다 이런 글을 발견했습니다.

이나 빼고 틀니나 해넣으며 안정된 수입으로 인생을 엔조이하

2. 나이듦, 편안함

는 존재라면 그는 의사가 아니다. 그 이전에 자신을 믿고 의지하려는 이웃의 상처받은 마음을 감싸주는 존재여야 한다.

한때의 인기사극 〈허준〉에서 강조되는 '긍휼히 여김'은 옛 의원들만이 가져야 할 이웃에 대한 감상주의적인 동정심이 아닌, 모든 지식인들이 시대와 사회에, 그리고 어려운 이웃에 대하여 함께 나누는 아픔과 고통에 대한 동참을 의미한다. 4백 년 전 그 옛사람들도 가졌던 이웃사랑이 많은 역사와 발전이 이루어진 현대에 그만하지 못하다면 이는 어불성설이다.

평등하게 태어난 모든 사람 가운데, 선택되어 남들보다 더 많은 기회와 교육이 주어진 데 대하여 우리 치과의사라는 특정 그룹은 늘 처지를 감사하며 남달리 더 받아 누린 기회를 어려운 이웃과 나누려는 당연한 양심을 가져야 할 것이다.

치과의사로서 자신들을 우리 사회의 가진 자로 인식하되 이웃과의 나눔에 대해 거창한 의미를 부여하지 않는, 당연한 듯 소박한 진술이 마음에 와닿습니다. 이후 알 수 없는 힘에 끌리듯 이 방 저 방 두터운 책자를 옆구리에 끼고 다니며 틈틈이 의료인들의 봉사 세계로 빠져들게 되었습니다.

제게는 마치 고질화된 두통처럼 주기성을 가지고 삶의 권태감과 무력감이 찾아오곤 합니다.

쇼핑센터를 어슬렁거리거나 맛있는 것을 먹고 자극성 있는 재미거리라도 찾으면 어느 정도 풀리는 일상의 스트레스와는 다른, 한번씩 사는 것 자체가 싫증이 나버리는 증상입니다. 살아 있다는 전제하에 할 수 있는 것이 다 시큰둥하게 여겨져서 마치 쏟아지는 비를 피할 생각도 않고 우두망찰 서 있을 때처럼 갑자기 살맛이 없어지는 겁니다.

경상도 말로 '포시랍다'는 소리 듣기에 딱 좋겠지만, 어쩔 수 없습니다.

"오늘은 어제 죽어간 사람이 그렇게 살고 싶어한 내일"이라는 말로 '저의 살아 있음의 사치'를 따끔하게 나무라고 싶은 분도 계실 겁니다. 하지만 당장 과식으로 배탈이 난 사람더러 배곯는 사람 생각해서 참으라고 할 수는 없는 노릇 아닙니까.

사람이 무슨 기계도 아니고, 개돼지도 아닌데 등 따습고 배부른 것만 가지고 어떻게 평생이 만족스럽겠습니까. 사람이니까 허전하고 사람이니까 공허하고 사람이니까 권태로운 게지요. 몰라서 그렇지 개돼진들 실존적 고뇌가 없으리라고 뉘라서 장담할 수 있을까요.

똥인지 된장인지 꼭 찍어먹어 봐야 아는 게 아닐진대, 지금껏 단 한번도 부귀영화를 누려보지 않았음에도 부귀영화가 사는 맛을 되찾아주지는 않을 게 뻔합니다. 부자들이나 유명하고 잘난 사람들한테 물어보면 당장 답이 나올 게 아닙니까. 부귀영화는커녕

오싹한 '괴기영화'가 순간적으로 정신을 차리는 데는 차라리 도움
이 될 것 같습니다.

그런데 실은 권태를 느끼고 살맛을 자주 잃는 것은, 반대로 삶의
애착과 욕심이 그만큼 크기 때문이라는 걸 잘 압니다.

맨날 먹는 밥, 김치나 있으면 한 끼 때운다는 사람하고 식도락
의 사람을 견줄 수 없듯이 "사는 게 다 그렇지, 똑별난 게 있나" 하
고 무감각하게 사는 사람에게는 권태감이나 공허감도 그다지 자
주 찾아들지 않을 것입니다. 미각을 돋우어 매끼 맛있는 것을 찾
고, 어쩌다 미식을 놓쳤을 때 애석하기 그지없어 하며 다음 기회를
벼르는 식도락가처럼, 매순간 살아 있음을 오감과 내성을 동원하
여 육적·혼적·영적으로 민감하게 느끼며 늘 깨어 활동하는 파수
꾼을 세워 삶의 예민성을 다지는 사람일수록 그 반작용으로 권태
와 공허라는 어둡고 깊은 골을 보다 자주 맞닥뜨리게 되는 것 같
습니다.

그렇다면 "누구보다 삶의 애착과 욕심이 많은 나, 여생을 어떻
게 살 것인가"의 해답을 찾는다면 불쑥불쑥 찾아드는 공허와 권태
가 해결될지 모르겠습니다.

요즘 부쩍 이런 번민을 하고 있던 차라 한 의료단체의 봉사활
동상에 저도 모르게 매료되었던 것 같습니다.

인생은 "B(Birth)와 D(Death) 사이에 C(Choice)가 있는 것"이

라고 하지요. 우리에게 주체적으로 주어진 것은 C뿐이며, 그 C가 우리 인생의 내용과 질을 결정할 것입니다. 봉사하는 치과의사들을 통해 나의 C도 지금껏 받아 누린 것을 이웃과 사회에 되돌리는 데 초점이 맞춰지기를, 그래서 찾고 있는 여생의 해답이 얻어지기를 진정 소망해 봅니다.

공포의 베갯자국

지난 일요일 아침이었습니다. 교회 갈 준비를 하느라 거울을 보니 얼굴에 베갯자국이 선명하게 나 있었습니다. 당황스러 웠지만 곧 없어지겠지 하고 준비를 마치고 차에 올랐는데 그때까 지도 그대로 있는 게 아닙니까.

제 일은 아침 일찍 어디로 출근해서 하는 일이 아니기 때문에 평소에는 얼굴상태가 어떤지 별 신경을 안 쓰지만 교회에 가는 날 은 사정이 다릅니다. 자칫하면 뺨에 한 줄기 내지 두 줄기 베갯자 국을 새긴 채 그대로 나다녀야 하기 때문입니다. 그래도 지금까지 는 한 시간 정도만 지나면 회복이 되었기 때문에 아직 큰 우세를 당한 적은 없었습니다.

그런데 이번에는 잠자리에서 일어난 지 두 시간이 넘었는데도 없어지질 않으니 당황할 밖에요. 하긴 작년 어느 날도 베개에 눌린 얼굴을 하고 교회에 갔더니 누군가가 "지금은 그래도 괜찮지. 더 나이 들어봐. 반나절 지나도 원래대로 안 돌아올걸" 했던 기억이 납니다.

그 사이 1년이란 세월이 지났으니 그만큼 얼굴탄력이 더 떨어졌나 봅니다. 남 앞에 드러나는 곳이다 보니 온 신경이 얼굴로 뻗치지만 얼굴이 그 모양인 날은 사실 팔다리에도 마치 문신을 하려고 본을 떠놓은 것처럼 이부자리에 눌린 자국이 어지럽습니다.

아침 첫 뉴스를 위해 새벽에 방송국에 나가는 아나운서들 사이에서 '베갯자국 에피소드'가 있다는 소리는 더러 들었지만 요즘 제게 그 일이 노상 벌어질 줄은 생각도 못했습니다.

나이 들어가는 서글픈 흔적들은 복병처럼 수시로 나타나 사람을 당황하게 합니다.

버스나 지하철에서 처음 자리를 양보 받던 날, 갑자기 눈앞이 흐려지는 통에 팔을 뻗어 읽던 책을 멀리 하니 오히려 초점이 맞던 순간, 스스로도 더 이상 흰머리를 새치라고 우기기에는 염치가 없어지는 때, "아니 내가 벌써!" 하는 충격과 함께 저마다 늙어감의 징후와 '외로운 독대'를 한 경험이 있을 것입니다. 어떤 이는 어느 날 '나이'가 '연세'로 불리는 것에 스산함을 느꼈다는데 그 정도는 애교라고 봐야 할 것 같습니다.

저는 마흔 살도 되기 전에 돋보기를 쓴데다 흰머리 염색을 시작한 지도 벌써 7년째입니다. 제아무리 가꾸어도 속일 수 없다는 목과 손의 주름살도 나이에 비해 많은 편입니다. "모가지가 길어서 슬픈 짐승"이라더니 유난히 목이 길고 가늘어 주름이 더 많이 잡히는데다 땅덩이 넓은 나라에 살다 보니 정원 일을 하지 않을 재간이 없어 손도 농가 아낙네의 것처럼 마디가 굵고 거칩니다. 웃기도 잘하고 찡그리기도 잘하는 탓에 이마와 입가의 표정주름도 심란합니다.

군이 감출 것도 없지만 묻지도 않은 것을 발설하는 이유는 제나름으로는 나이 들어감에 정직하게 반응하고 세월에 순응하며 살고 있다는 것을 말하고 싶은 것입니다. 한 살이라도 젊어 보이고 싶어 '발악'을 하는 부류는 애초 못될 뿐더러 누구보다도 저항 없이 수굿하게 늙어가고 있다는 뜻입니다.

그럼에도 요즘처럼 아침마다 '베갯자국의 공포'에 시달릴 때면 "주여, 언제까지이니까!" 하는 앓는 소리가 나오게 됩니다.

별 수 없이 수시로 얼굴에 '줄을 긋고' 간간이 젊은 시절을 되돌아봅니다. 한 가지 아쉬운 것을 들라면 좋은 나이였을 때 한번쯤 짧은 치마를 입어보았더라면 하는 것입니다. 굵은 종아리가 드러나는 게 싫어서 주로 바지를 입고 다닌 것이 지금 이 나이가 되고 보니 후회스럽다고 했더니 옆에서 또 누군가가 거들고 나섭니다. "지금이 바로 적기"라고. 왜냐면 아무도 안 보니까 그렇답니다.

외출하려던 어느 중년부인이 거울 앞에서 이 옷 저 옷을 입어 보며 어떤 게 어울리는지 옆에 있던 아들한테 물었다지요. 아들 대답이 "아무거나 입으세요. 어차피 아무도 안 봐요"였다는데, 제게도 같은 대답이 돌아온 것입니다.

물론 제 나이는 '아주 늙었다'고 할 정도는 아니라는 걸 모르지 않지요. 하지만 늙어서 서러운 게 아니라 안 예뻐서 서러운 나이라는 것에 서글픔의 초점이 있습니다. 우스갯소리도 있듯이 더 늙으면 '인물의 평준화'가 와서 건강에만 신경을 쓰고 살면 되지만 중년을 통과하고 있을 때는 아무리 가꾸어도 봐줄 사람이 없다는 비애감에 가슴이 쓰라린 법이지요.

요즘 저는 아침에 일어나기만 하면 거울 앞으로 달려가는 새 버릇이 생겼습니다. 간밤에 또 베갯자국이 생겼나 확인하기 위해서입니다. 중요한 외출이 있는 날은 염려가 되어 평소보다 한 시간은 더 일찍 일어납니다. 숫제 노이로제 증상입니다.

이러다 세월이 많이많이 흘러 얼굴에 주름이 왕창 잡히면 베갯자국이고 뭐고 구분이 안 될 때가 올 테지요. 그때는 어쩌면 '공포의 베갯자국'을 그리워하게 될지도 모르겠습니다.

노인과 비노인

어머니를 모시고 살기 때문에 새해 첫날부터 이곳저곳에서 안부전화가 연이어 왔습니다. 어머니가 먼저 하고 싶어하실 만한 곳에는 남편이 눈치 빠르게 번호를 눌러드렸지만, 피차간에 평소 연락도 않다가 기껏 1년에 한두 차례 안부를 묻자니 마음은 그렇지 않은데 말이 헛도는 것은 어쩌면 당연합니다.

"새해 복 많이 받고, 식구들 모두 건강하고. 그려, 건강해야 혀…"

상대는 달라도 덕담은 매번 같습니다. 집안에 혼사를 치렀다거나 후손을 봤다면 모를까, 사는 공간이 다른 친척과 일가의 공감대에 걸릴 만한 소소한 이야깃거리는 어지간해선 찾기 힘듭니다.

그래도 전화를 받는 동안의 어머니 목소리는 탱탱한 탄력으로 기운이 넘칩니다. 이 나라 저 나라에 흩어져 사는 아들, 딸, 며느리,

손주 들의 푸진 '전화효도'와 모처럼 친정붙이의 소식을 들으니 즐거워서이기도 하지만 당신을 중심으로 한 가족친지들의 무탈과 안위함을 확인하니 적이 마음이 놓이시기 때문일 겁니다.

당신이 아는 범위 내의 사람들만 그대로 있어준다면 가는 세월의 두려움을 견딜 만하다고 생각하시는 걸까요.

그래서 어머니는 새해 덕담의 의미 이상으로 전화마다 '건강에 건강'을 되뇌신 걸까요.

모든 설움은 자기설움이라고, 자손들에 대한 어머니의 건강다짐은 곧 당신의 건강과 장수에 대한 염원이란 걸 모르지 않기에 연세가 많이 드신 분들이 맞는 또 다른 한 해는 어떤 의미일까에 마음이 쓰입니다. 마침 구랍 어떤 칼럼에서 "나이를 한 살 더 먹는 것은 죽음과 꼭 한 살 더 가까워지는 것"이라는 구절을 읽고 난 후라 더욱 그러합니다.

"태어남의 순서는 있어도 가는 순서는 없다"는 어르신들의 서운함이나 "너도 늙어봐라. 다를 바 있을 것 같으냐, 버르장머리 없기는" 하는 노여움 실은 꾸중을 듣자는 것은 아닙니다. 제 시어머니나 친정어머니처럼 집안의 동세대가 모두 떠난 후 죽음의 제일선에 계신 어른들을 조롱하고 겁주기 위한 것도 아닙니다.

…명문학교 출신이나 학교를 다니지 못한 노인이나, 못 쓰는 칼처럼 이성(理性)을 버려두고 장수(長壽)에 대한 열망과 추억으

로 소일하기는 마찬가지입니다. 그래서 "노인은 다 같다"고 단정
하는 사람들이 있지만 아버지, 당신은 아직 '노인'이 아닙니다.
당신의 문제의식과 호기심이 명절 전 갈아놓은 칼날 같으니 말
입니다….

지난해 『한국일보』에 칼럼을 연재한 김흥숙 선생은 지난가을,
고령의 아버지께 드리는 편지에서 이렇게 썼습니다. "먹기 위해 사
냐, 살기 위해 먹냐"는 말처럼, '노인'과 '비노인'을 구분하는 선생의
명징한 예지가 돋보입니다.
    어찌 불에 달구어 두드려서 날카롭게 벼리기로 말하자면 이성
뿐이겠습니까.
    비록 육체의 관절은 뻣뻣하게 서로 부대낄망정 영혼의 경이와
정서적 감동의 탄력을 잃지 않는 연성의 마음, 내면으로만 흐르는
강이 있어, 삶이란 위험을 무릅쓴 모험일 뿐 그외엔 아무것도 아니
라는 것을 무시로 자기와 대화할 수 있는 관조, 그럼에도 어제 먹
던 밥에 오늘 새 밥을 지어 뒤섞고는 팔자타령과 자기연민에 빠지
는 일 없는 구차하지 않은 자기사랑 등 '노인'과 '비노인'을 분류하
는 범주는 인간존재의 전영역을 고루 진동시켜 아울러야 할 것입
니다.

새해를 맞은 지 8일째이지만 나이를 한 살 더했다는 것 외에는 어

제가 오늘 같을 뿐임을 벌써 알 것 같습니다. 지난해 이맘때에도 그랬듯이요. 순항을 하든 거센 풍랑을 맞든 올해의 삶도 여전히 일상의 파도에 밀려갈 것입니다.

하지만 1년을 경주하는 와중에 전에 없이 '노인'이 되거나 전에는 노인이었는데 오히려 '비노인'이 되는 수도 있을 것입니다.

싫든 좋든 새로운 한 해의 출발선상에 다시금 선 지금, 몸은 비록 젊되 어처구니없게도 갑자기 노인이 되지 않기를, 거꾸로, 나이는 숫자에 불과할 뿐 목숨이 다할 때까지 결단코 노인이 아닐 수 있기를 모두를 향해 소망해 봅니다.

계기(契機)

그랜드마 모지스(애너 메리 로버트슨 모지스 Anna Mary Robertson Moses, 1860~1961)는 미국 시골 농부의 아내로 자식을 10명 낳았지만 5명은 아주 어려서 죽었다. 62세 때 남편을 잃고, 농촌을 떠나 뉴욕으로 거처를 옮긴다. 수예를 하다 관절염으로 그만두고 대신 그림을 그린다. 그때 그는 76세 였다. 미대를 나온 것도, 그림을 배운 적도 없었다. 주로 시골풍경을 그렸으며 작은 그림은 2불, 좀 큰 것은 3불에 팔렸다.

그러던 어느 날 한 약국 창문에 걸린 그녀의 그림이 지나가던 수집가의 눈에 띄었다. 그것이 첫 개인전을 여는 계기가 되었고 마침내 유럽과 일본에서도 성공적인 전시회를 개최했다.

76세 때부터 101세까지 모두 1600점을 그렸는데 100세 이후에 그린 것이 무려 250점이나 된다. 그중에는 1백만 달러가 넘는 그림도 있으며, 그가 100세 되던 날을 기념하여 '그랜드마 모지스의 날'로 지정했다.

그의 그림 어디에도 불행, 세월, 절망을 슬퍼하는 애탄의 색조(色調)는 없다. 그저 좌절하지 않고 꾸준히 그림을 그린 것이 큰 발전의 계기(契機)가 되었다.

위의 글은 은퇴한 대학교수가 운영하는 〈곽무섭의 디카 에세이〉라는 네이버의 한 블로그 공간에 실린 "계기"(契機)라는 제목의 글입니다.

짧고 간결한 내용이지만 마치 들끓는 용광로를 통과한 후의 정제된 쇠붙이처럼 100년의 성상을 굳건하고도 의연하게 살아낸 한 인간의 모습을 감동 깊게 전해 줍니다.

말이 100년이지, 한 사람이 100년을 사는 동안 얼마나 많은 고비와 풍파와 절망과 두려움이 따랐겠습니까. 저는 아직 그 절반인 50년을 채 안 살았는데도 세상 어려움은 혼자 다 겪은 것 같은데 말입니다.

2년 전 꼭 이맘때 "오늘 다음에 어제가 온다면 얼마나 좋을까. 지나온 시절이 좋았던 건 결코 아니지만 내가 이미 다 아는 일들이 닥쳐올 테니 적어도 두렵지는 않을 거 아냐"라는 소설의 한 구절을 인용하여 글을 쓴 적이 있습니다. 저는 그때 "어제의 시점에서 오늘의 예측불허를, 오늘 지금 이 순간에서 내일의 불확실성을 얼마나 힘들어했으면 그 무력감을 차라리 무슨 일이 벌어질지 벌써 다 알고 있는 어제가 오늘 다음에 왔으면 좋겠다고까지 표현했겠냐"고 부연했습니다.

아마도 저는 한 해를 새로 맞으면서 기대와 설렘보다 막막한 두려움을 느꼈던가 봅니다. 곽무섭 교수의 "계기"(契機)가 그때의 제 글을 떠올리는 '계기'가 되어 이런저런 단상을 끌어냅니다.

"어떤 일이 일어나거나 변화하도록 만드는 결정적인 원인이나 기회를 계기(契機)라고 한다"라고 사전은 설명하고 있습니다. 그러니까 '계기' 자체는 좋다, 나쁘다는 가치판단과는 무관한 그저 '중성적인 사건' '일의 되어짐'일 뿐이라고 해석할 수 있을 것입니다.

다만 그 결정적인 원인이나 기회로 인해, 관성에 의해 그저 굴러가던 삶이 갑자기 멈추거나 방향을 선회해야 할 때 모든 '계기'는 '어떤 의미'의 옷을 입는 게 아닐까 싶습니다.

그랜드마 모지스에게 자식을 절반이나 잃은 것과 남편이 세상을 뜬 후 도회지로 거처를 옮긴 것이 어떤 '계기'로 작용했는지를 말해 주는 것은 없지만, 분명 불행한 상황이라고 할 관절염을 얻은 후 인생의 더 큰 지평을 열게 되는 그림을 그리게 되었으니 '좋은 계기'로의 의미전환을 이룬 것을 보여줍니다.

그림이 2, 3달러에 팔릴 때도 100만 달러 넘는 값을 받았을 때도 그는 그저 묵묵히 그림을 그렸습니다. 그의 그림이 곧 그의 일생을 뜻하는 것이라면 거기에는 어떠한 탄식도 절망도 묻어 있지 않았다니, 그의 그림을 통해 오롯이 주어진 내 몫의 삶을 살아가는 법을 배웁니다.

지금 내 인생이 2, 3달러짜리로 여겨지더라도 내 앞의 생에 충실할 것, 나아가 모지스처럼 늦은 나이에 이른바 '인생대박'이 터지는 '계기'를 만날 가능성이 없더라도 좌절하지 않고 온전히 내 삶을 살아낼 수만 있다면 '모르는 내일'이 닥치는 것이 그다지 두렵지 않을 것 같습니다.
　누가 제게 새해 소망을 물어온다면, 아니 일생의 바람이 뭐냐고 묻는다면 "주어진 대로 하루하루를 살아내는 것"이라고 이제는 말할 수 있을 것 같습니다.

신체만사 새옹지마

엊그제 돋보기를 또 하나 장만했습니다. 이미 진행이 시작된 백내장 때문에 바깥에서는 선글라스를 써야 하고, 책이나 서류를 보려면 돋보기가 필요합니다. 거기다 컴퓨터용 돋보기는 따로 있으니 평소 기본 3개의 안경을 갖고 다니느라 가방이 늘 불룩합니다. 외출할 때 아기 우유병 챙기듯 "내 눈들" 하면서 안경부터 찾아넣곤 하는데, 그도 모자라 이제는 하나를 더 챙겨야 하게 생겼습니다. 실은 이렇게 '가지고 다니는 눈들' 외에도 거실 다탁, 침대 옆, 화장실, 세탁실 등 '제 눈들'은 집 안 곳곳에 즐비합니다.

이번에 새로 맞춘 돋보기는 '밥 짓는 용'입니다. 눈앞이 흐려 음식재료를 제대로 볼 수 없으니 밥할 때 아주 답답합니다. 조금 과장하자면 밥을 먹을 때도 "벌건 건 김친가 보다. 검은 건 김이려니" 하면서 대강밖에 구분을 못합니다. 밥이 코로 들어가는지 입으로

144

들어가는지 모르는 것 이전에, 밥은 우선 눈으로 들어온다는 것을 저는 일찍이 터득했습니다. 눈으로 음식을 확연히 구분 못하면 맛도 불분명하게 느껴진다는 걸 깨닫게 되었다는 뜻입니다.

책을 읽을 때와 밥을 할 때의 목표물 거리가 서로 다르기 때문에 돋보기도 다른 도수가 필요하다는 진단이 내려진 후 안경이 또하나 늘어난 것입니다.

저보다 훨씬 나이가 들었어도 아직 맨눈으로 책을 볼 수 있는 사람들이 많지만 저는 마흔 살도 전에 노안이 왔으니 돋보기를 사용한 지 얼추 10년째입니다.

노안이 이렇게 빨리 찾아온 이유는 평소 제 눈이 너무 밝았기 때문이라고 합니다. 시력이 유별나게 좋아 남들보다 더 멀리까지 볼 수 있기 때문에 가까운 물체를 보기 위해서는 남들보다 더 거리를 당겨줘야 하는데 늙어서 시신경에 탄력이 떨어지니 잽싸게 반응하지 못해서 늘 눈앞이 흐리다는 것입니다.

전문적인 설명을 제 말로 옮겨놓으니 영 엉성하지만, 신체의 변화에도 전화위복이나 새옹지마가 적용된다고 할까요. 딱히 '화'까지는 아니라 해도 젊어서 좋았던 것이 나중에는 노화현상을 도드라지게 만드는 경우도 있고 반대로 젊었을 때는 콤플렉스로 작용하던 것이 늙어서는 덕이 되는 일이 있다는 뜻입니다.

너무 밝은 눈 때문에 고생하는 것말고도 젊었을 때 저는 "모가

지가 길어서 슬픈 짐승"이란 다소 고고한 별명을 가지고 있었습니다. 하지만 지금은 "모가지가 늙어서 슬픈 짐승"으로 변했습니다. 유난히 목이 길다 보니 타이어를 쌓아놓은 것처럼 주름이 몇 겹으로 잡힌 탓입니다.

그러니 이제는 저의 긴 목을 부러워하던 짧은 목의 친구들이 거꾸로 제겐 선망의 대상입니다. 하지만 그네들은 몸통과 바로 붙어 있어 주름 잡힐 겨를도 없는 자신들 목의 축복을 과연 인지하고 있을까요.

학교 다닐 때 소위 얼굴의 '개기름'을 연신 찍어내며 비관(?)하던 친구 하나는 이제야 지성피부의 덕을 톡톡히 본다고 합니다. 도무지 잔주름도 찾아볼 수 없는 '뽀샤시한' 얼굴이 나이보다 10년은 젊어 보이게 합니다. '개기름 콤플렉스'를 극복했으니 화가 반대로 복이 된 경우라고 해야겠지요.

같은 원리라면 종아리가 굵어 콤플렉스가 있는 제게도 희망은 있습니다. 다리가 굵으면 신장기능이 튼튼하다고 하니까요. 하체는 쓰레기 처리장이나 하수도와 같아서 다리가 굵을수록 신체기능의 노폐물을 받아내는 기능이 우수하다니 그 말이 사실이라면 노년 건강에 플러스 요인을 타고 난 셈입니다.

그렇다고 노안이나 주름살이 이제 어떻게 전화위복이나 새옹지마로 작용할 것인지, 어떤 행운을 불러올 것인지 기대하는 부질없는 짓은 하지 않으렵니다.

　　노심초사, 안달복달한다고 해서 주름이 펴지고 돋보기를 집어
던질 수 있는 것이 아닐 바에야 힘을 빼고 유연한 물살에 몸을 맡
기듯 지금의 모습과 운명을 온전히 받아들이는 법을 배워야겠습니
다. 살면서 좋았다 나빴다, 줬다 뺏었다를 열 번을 반복한다 해도
결국 '새옹지마' 본래의 뜻은 그런 것 아니겠습니까.

3
가족, 그 징한 이름

아버지의 부음

우리매

내 손이 내 딸

다산모임

어머님의 영정사진

4월은 잔인한 달

아내가 남편 흉을 보는 까닭은?

남편들에게 보내는 편지

자식사랑 꼴불견도 가지가지

여자를 몰래 만난 남자들

글을 쓰고픈 분들에게

어머니

어버이날, 어머니날에

5월은 관계의 달

스승의 날에

소중한 그 번호 856-4435

사랑은 믿어주는 것

아버지의 부음

지인들과 새해인사를 나누면서, 지난해 말에 아버지가 돌아가셨다는 이야기를 몇 분에게 했습니다. 그런데 그중에 한 분이 그런 소식을 어떻게 그리 담담하게 전할 수 있느냐며 듣는 사람이 되레 당황스럽다는 말씀을 하시는 겁니다.

저를, 어떤 일 앞에서도 침착하고 냉정한 성격의 소유자로 인식해서 한 말은 물론 아닌 줄 압니다. 이런 일에는 그렇게까지 침착하고 냉정할 필요도 없으니까요. 그보다는 어쩌면 부친상을 당하고도 눈물 한 방울 흘리지 않는 냉혈한으로 저를 생각했을지도 모르겠습니다.

"아버지가 돌아가셨다."

구랍 23일 밤 11시 30분 무렵 , 서울에서 호주 제 집으로 걸려온 큰언니의 전화는 잠시 머뭇거리는 듯하더니 이 말 끝에 "연락할 곳이 많아서 그만 끊는다"가 다였습니다.

수화기를 내려놓으며 두 방망이질을 하는 가슴을 진정시키자니 생뚱맞게도 '매번 왜 이래야 하는가' '도대체 몇 번을 더 이래야 하는가' 싶은 생각에 속이 홧홧거리며 약까지 올랐습니다.

뭐가 매번이며 몇 번이냐구요?

내 나라 밖에 나와 사는 사람들은 서로 말은 안 해도 각오하고 있는 일이 하나 있습니다. 언젠가는 부모나 가족들의 부음을 느닷없이 접하게 될 것이라는 선연한 사실을 저마다 가슴속에 품고 살아가는 것입니다.

평온한 일상에 날카로운 파열음이 짧게 스침과 동시에 진공상태처럼 세상이 정지된 느낌에 뒤이어, 꿈인 듯 망연한 일련의 순간을 경험하게 될 것이라는 각오입니다. 그것은 마치 무방비 상태로 폭력에 노출되는 무력감이나 상황을 수습할 수 없을 때의 허탈감과 비슷한 느낌입니다.

그래서 외국에 사는 사람들은 한밤중에 예정에 없던 전화가 걸려오면 가슴부터 덜컥 내려앉게 되는 것입니다.

저는 친정붙이는 하나도 없이 호주에서 16년을 살고 있습니다. 7년 전에는 암을 앓던 오빠가 45세의 나이로 세상을 떠난 소식을 오롯이 혼자서 들어야 했습니다. 그때도 언니는 전화선을 통해 "오빠가 오늘 아침에 갔다"고 군더더기 없이 말했습니다.

그 순간 현실은 뒷걸음질치면서 까마득히 물러나 마치 하나의

점 속으로 함몰되어 가는 느낌이었습니다.

　먼 이국에서 가족들의 부음을 접하는 순간은 매번 그런 식이었습니다. 그런 일을 앞으로 몇 번 더 겪어야 할 텐데도 그때마다 아무 대응을 할 수 없다는 것이 안타깝습니다.

형제를 먼저 보내본 사람들은 압니다. 부모가 떠나는 것은 순리로 받아들이기가 훨씬 수월하다는 것을요. 도저히 이해할 수 없을 것 같은 문제를 풀고 나면 다른 문제는 상대적으로 해결하기가 쉬운 것과 같은 원리라고 할까요.

　아버지가 돌아가셨는데도 남의 눈에 제가 그리 담담해 보였던 것을, 형제를 먼저 보내보았기 때문이라고 변명을 하려는 것은 아닙니다.

　그보다는 치매가 시작되던 4년 전에 이미 아버지를 놓아버렸기 때문이라고 해야 할 것 같습니다.

　받지 못한 사랑이 원망으로 엮였던 그 팽팽한 끈이, 언젠가는 한번 따져보리라 벼르던 그 긴장이 당신의 치매로 허망하게 손아귀에서 미끄러져 나갔습니다. 마치 치열하게 겨루던 줄다리기 중에 한쪽이 맥없이 줄을 놓아버린 것처럼 일방적으로 상황이 종료되어 버렸던 것입니다. 아버지의 반칙이었습니다.

아버지는 무기징역을 선고받은 이른바 양심수로 20년 20일을 복역

하셨습니다.

제가 다섯 살 때 징역살이를 시작해서 스물여섯 살 되던 해에 가석방되셨으니 아버지가 제게 물려준 것은, 오랜 동안 지속된 퍼런 서슬의 연좌제와 대학시절 수시로 따라다니며 감시하던 사복형사가 기억될 뿐입니다.

어머니가 항상 제게 고마워하시는, 20년간 아버지께 보내드린 편지 속의 수많은 활자 중 어느 것 한 자도 가석방 이후, 빛바랜 봉함엽서를 빠져나와 부녀간의 정으로 살아 움직이지는 못했습니다.

자칭 국가와 민족을 위해, 인류를 사랑하느라 가족의 희생은 당연하게 여겼던 아버지는 기어코 자식까지 하나 앞세운 채 그렇게 가셨습니다.

그러나 이런 한과 자기연민도 아버지의 부음에 냉랭했던 진짜 이유는 아닌 것 같습니다.

마음속 진짜 이유는 같은 고통 속에 껴안을 수 있는 가족들 하나 없이 혼자서 애도의 시간을 보내고 싶지 않았기 때문인 것 같습니다. 오빠를 보낸 후 그 힘겹고 외로운 슬픔의 시간을 다시금 혼자 겪는다는 건 너무 끔찍할 것 같았기 때문입니다.

그래서 외국생활 중에 가까운 이의 부음을 접하면 가족들과 함께 있기 위해 우선 급하게 비행기를 탑니다. 그 속에 있기 전까지는 감정의 빗장을 열지 않습니다.

미처 장례식에 참석하지 못했던 저는 뒤미처 이번 달 말에 한국에 갑니다. 그때는 혼자가 아니니 감정이 북받친다면 그대로 무너져 볼 참입니다.

하지만 지금은 제 스스로에게 '애도 집행유예 기간'을 선언했습니다.

우뢰매

우연히 시작된 친정조카와의 메일 주고받기가 새로운 일상이 되면서 사는 재미가 늘었습니다. 외국에 사는 이모에게 집 안을 대표하여 후루루 안부를 전하는 내용이 아닌, 순전히 저하고 나하고의 생각과 속엣말을 나누는 '은밀한 편지질'이 늦게 배운 도둑질마냥 꼬숩고 맛납니다.

어렸을 적 빼고는 이민 온 후, 간간이 한국에 갈 때 얼굴이나 보던 조카를 어른이 되어 이메일로 다시 만나니 되살아난 피붙이의 온정이 되작거린 화로처럼 은은합니다.

과거와 현재를 넘나드는 조카와의 이메일 대화가 이어지면서 그 자체의 즐거움과 더불어 한 사람의 인품이 여물어가고 인격이 성장해 온 과정을 엿보는 가슴 뿌듯함의 덤을 얻습니다. 제 기억 속의 조카는 그저 철부지인데, 그 철부지가 이렇게 반듯하게 자랐다는 게 그렇게 대견할 수가 없습니다.

이모를 생각하면 롯데리아에서 치킨을 사주던 기억이 제일 먼저 떠올라. 누나랑 뉴코아에 〈우뢰매〉를 보러 갔는데 영화는 못 보고 치킨만 먹었던 기억이 아직도 생생해. 닭다리의 물렁뼈까지 몽땅 뜯어먹는 모습에 이모가 놀라던 표정이 지금도 눈에 선해.

어느 날 조카는 저와 함께한 유년의 한 조각을 이런 말로 꺼냈습니다. 그 아이가 무심코 한 말에 기억의 빗장이 풀릴 듯 말듯, 아슴아슴 떠오르는 시간의 편린들이 마음을 휘지르며 느닷없이 그 소리가 제게는 아릿아릿한 아픔으로 다가왔습니다.
'왜 그때 우리는 〈우뢰매〉를 보질 못했을까. 신나서 따라나섰을 애들이 얼마나 실망했을까. 그나마 닭고기를 먹어서 서운함이 좀 가셨을까. 아니지, 원래는 영화도 보고 닭도 먹을 계획이었을 거니까 그렇지도 않았겠네. 다음에 꼭 다시 보여주겠다고 약속을 했을까. 그랬다면 영화를 본 기억을 말해 주었을 텐데, 아마 아니었나봐…'

아무리 되돌리려 해도 이미 '공소시효' 지난 일들, 어쩌면 회한의 '건덕지'도 못되는 것을 부여잡고 잎새에 이는 바람에도 괴로워하듯 참회록을 쓰고 싶은 심정이었습니다.

이유는 두 가지, 이미 성인이 되었음에도 조카에게는 이렇듯 생생한 일이 제 뇌리에서는 흔적조차 찾을 수 없다는 당혹감과 무심함이 그 하나이고, 이렇게 훌쩍 커버릴 줄 알았으면 어릴 때 좀더 놀아줄 걸 하는 후회와 미안함이 또 다른 이유였습니다.

생색내지 말자며 일부러 잊으려 노력했을 리는 없고, 마지못해 데리고 나갔건, 모처럼 선심을 썼건 기대에 가득 찼을 애들의 달뜸에는 아랑곳없이 제게 그 시간은 그다지 의미 있지도 중요하지도 않았던 게지요. 그러지 않고야 한쪽은 성장의 갈피에 선명히 찍혀 있는 장면이 한쪽은 무망(無妄)의 어이없음 속에 놓일 수 있을까 말입니다.

놀아달라고 떼를 쓰는 어린 아들에게 졸리다 못해 날을 잡아 하루를 보내준 어느 아빠의 잡기장에는 "오늘은 완전 공쳤다. 시간 낭비에다 아무것도 한 게 없다"라고 씌어 있는 반면, 같은 날 꼬마는 "오늘은 진짜 기분 좋은 날, 맨날 오늘처럼 신나는 일만 있으면 정말 좋겠다"며 만족과 기쁨에 겨운 그림일기를 썼다는 이야기와 제 경우가 꼭 닮았습니다.

다른 메일에서 조카는 "아란이가 사춘기 때 이모가 메일로 말 상대해 줘서 위로가 많이 됐었대"라는 뜬금없는 말로 저를 또 한 번 부끄럽게 했습니다. 아란이는 제 다른 언니의 딸인데 그 일은 비교적 최근 일이라 기억을 못하지는 않지만, 제 딴엔 힘들어서 말을 걸었는지 몰라도 저는 역시 별 생각이나 큰 노력 없이 그때그때 대구해 주었을 뿐이었기 때문입니다.

몸에 영양을 제대로 공급하기 위해서는 비타민이나 무기질 섭취가 필수적이듯이, 자애로운 부모의 다사로운 보살핌 속에서 어린 시절을 보낸 운 좋은 사람도 건강한 성장을 위해서는 이모나 고모, 삼촌의 양념 같은 역할이 꼭 필요할지 모릅니다.

그렇다고 양념을 헤프게 쓸 필요는 없듯이 잊은 듯 무심히 동심 속에 작은 불씨 하나만 던져두면 어떤 아이들은 그 불씨를 생기 삼아 이담에 화톳불을 피우기도 할 것입니다.

그러나 세상은 점점 악해져만 가고 가정과 학교, 사회가 온통 덫인 양 벼랑 끝에 위태위태 서 있는 요즘 아이들에게는 저의 보잘 것 없었던 〈우뢰매〉나 '통닭'에도 시큰둥, 무감동할 것 같아 이런 말을 하는 자체가 솔직히 옹색스럽습니다.

내 손이 내 딸

한 달 넘게 감기를 달고 사는 요즘 엊그제는 얼큰하게 콩나물 국을 끓였습니다. 주부들이 다 그렇듯이 나 먹자고 뭘 만드는 일이 거의 없다가 감기를 핑계로 이번 콩나물국만큼은 식구들 생각 않고 순전히 저 자신을 위한 것이었습니다. 별것 아닌데도 나만을 위한 콩나물국에 두세 끼를 연속 밥을 말아먹으니 감기가 곧 나을 듯 개운합니다.

역시 '내 손이 내 딸'입니다.

친정어머니는 이따금 이 말씀을 하셨습니다. 힘든 세월을 사시느라 말 그대로 밥이 코로 들어가는지 입으로 들어가는지도 모르게 하루하루가 고달픈 중에 어쩌다 당신이 만든 찬이 입맛에 맞아 모처럼 맛나게 식사를 하신 후면 하시던 말씀입니다.

심청이는 못돼도 살갑고 정성스런 딸이 있어서 식욕 잃고 몸

아플 때 맛난 음식을 챙겨준다면 더없이 좋으련만 그런 딸이 없으니 내 손으로 장만하여 스스로 딸 노릇을 하며 입맛을 되찾았다는 의미인 것입니다.

저도 또래보다는 부엌일을 일찍 배운 편이었지만, 어머니가 힘들고 기운 없으실 때 당신 입에 맞는 변변한 음식을 찾아서 해드리지는 못했던가 봅니다. 저는 그나마 그런 딸도 없으니 아마도 이번 콩나물국을 필두로 '내 손이 내 딸'임을 살아가며 연신 되뇌게 생겼습니다.

하기사 그것도 옛말일 뿐, 주변에 딸 가진 집들을 보면 그런 딸 노릇에 대한 부모의 기대도, 본인들의 개념도 아예 없는 것 같습니다. 살림을 거든다거나 부모의 음식 봉양은커녕 제 앞가림도 못하는 것은 딸이라고 해서 아들보다 조금도 나을 게 없어 보입니다. 오히려 예민한 까탈이나 신경전 덜한 걸로 치면 차라리 아들 쪽이 낫지 싶기도 합니다.

그럼에도 아들만 두셋 둔 부모는 '목메달' 감이요, 딸 하나 없이 아들이 여럿 있으면 '거꾸로 목메달'이라는 우스갯소리가 있는 걸 보면 역시나 아들보다는 딸 가진 부모가 뭐가 좋아도 더 좋은가 봅니다.

엊그제 안경을 새로 맞추러 나갔다가 안경점 한켠에서 세 모녀가 토닥토닥 조곤조곤 말싸움을 하는 것을 보았습니다. 얼굴에 어울리는 안경을 두고 서로 이견이 생긴 것 같은데 그깟 일로 모녀간에 삐치고 다툼까지 한다는 게 제게는 도무지 생소했습니다.

아들만 둘인 저로서는 안경이든 헤어스타일이든 옷이든 가방이든, 무엇을 새로 장만하고 시도할 때 자식들에게 의견을 묻는다는 자체가 무의미하며 익숙지 않은 시간낭비로 여겨집니다.

어쩌다 남편이 동반하지 않는다면 어디든, 특히나 쇼핑을 위한 외출에 관한 한 유명한 글제목 그대로 "빗방울처럼 나는 혼자"였고 "거짓말처럼 나는 혼자"였기 때문입니다. 언제나 씩씩하고 용감하게 보무당당 '무소의 뿔'처럼 혼자서 가 버릇을 해왔던 것입니다.

상상력이 모자라서인지 처음부터 부재했던 것에는 선망이나 호기심을 가지는 성격이 아닌 탓에 어려서는 '나도 남들처럼 아버지가 계시다면 어떨까' 하는 생각을 해본 적 없고, 결혼해서 아들 둘만 두고도 '딸을 키우는 건 어떤 재미일까' 하는 아쉬움을 느껴본 적이 없었습니다.

그러던 제가 나이 들어가면서 딸 가진 사람이 새록새록 부럽습니다. 언감생심 '내 손'을 대신해줄 '내 딸'까지는 아니라 해도 그저 곱게 단장한 딸내미를 데리고 어디를 가보았으면 하는 헛된 바람이 자꾸 드는 것입니다.

숲속에 난 두 갈래 길 가운데 한 길을 선택한 후 이담에 돌이켜 생각할 때 가보지 않은 길이 더 아름다워 보이는 인지상정에 기대어 흑단 같은 머릿결에 흰 눈 같은 피부, 버들가지처럼 낭창한 허리의 어여쁜 몸매를 가졌지만 자태만큼은 정결한 내 딸을 내 맘대로 그려볼 때도 있습니다. 어차피 없는 딸, 순전히 제멋대로 상상해 보는 것입니다.

그렇다고 이담에 며느리를 봐서 딸 삼아야겠다는 '착각'은 애당초 품어본 적이 없습니다. 차라리 그때는 그나마 있는 아들마저 잃을 각오를 해야 할 테지요. 20년 공들여 키운 자식을 단 20분 만에 홀리켜서 빼앗아간다지 않습니까.

이런 부질없는 생각중에 오전내 맑지 못하던 하늘이 홀연히 개어 약간 우울했던 마음을 씻어주었습니다. '내 손'이 끓여준 콩나물국을 한 그릇 더 챙겨먹고 어디든 또다시 '혼자' 나가야겠습니다.

다산(多産)모임

교회모임을 통해 알게 된 네 가정의 부부가 한 달에 한번꼴로 만납니다. 야무진 신앙생활, 똑 부러지는 취미활동은 각각 다른 데서 하고 이 모임은 그저 밥이나 먹고 개개는 것이 다이기 때문에 마실꾼처럼 부담 없이 어슬렁거리고 나오기만 하면 됩니다.

이렇듯 명분도 목적도 없이 두루뭉술한 만남을 되풀이하던 중 웬걸, 다른 모임에는 없는 우리만의 뚜렷한 특징을 찾았습니다. 다름아니라 연배가 같은 네 쌍의 부부 밑으로 아이들이 무려 15명이라는 사실입니다. 대부분 하나나 둘, 많아야 셋인 우리 세대에서 네 집이 모여도 보통 16, 17명이 고작이지만 우리 네 가정은 온가족이 모두 23명이나 되고, 게다가 한 집은 애들 할머니까지 모시고 삽니다.

자녀가 다섯인 집이 한 집, 넷인 집이 각각 두 집, 우리 집만 둘

뿐이라 미리 알았더라면 애초 모임에 낄 생각도 하지 않았을 겁니다. 아이를 다섯 둔 집의 부인은 저하고 같은 쉰 살인데 놀랍게도 막내가 다섯 살, 그 바로 위도 이제 겨우 초등학교 3학년입니다.

우리 부부를 뺀 나머지 세 부부는 자식자랑이 대단합니다.

"하나만 더 낳는 건데. 그랬으면 우리도 다섯이잖아."

"우린 아직 안 끝났어, 곧 다섯에 도전할 거야."

"그럼 우린 가만있나? 하나 더 낳아 여섯 만들지."

주거니 받거니 흥부네 부럽잖게 자식농사가 아직도 한창인 양 호기롭습니다.

제 먹을 건 타고난다는 말을 요즘도 하면 온전한 정신 취급 못 받겠지만 신기하게도 우리 모임은 자식 많은 순서대로 형편도 넉넉합니다. 사는 게 풍족하니 자식을 원하는 대로 둘 수 있는 건지, 자식이 자꾸 생기니 더 열심히 일을 해야 해서 결과적으로 남보다 잘살게 된 건지 여하튼 세 집 모두 유유자적입니다.

자식 많은 사람들 공통으로 하는 말, "자식은 많고 볼 일이야. 내가 한 것 중에 제일 잘한 게 애 여럿 둔 거지" 하는 것까지 세 집이 똑 닮았습니다. 아마도 우리 자랄 때처럼 집안에 애들이 뒹굴뒹굴, 고물고물 저희들끼리 놀고 싸우고, 큰애들이 동생들 챙기고, 동생들은 큰애들 보면서 저절로 배우고 무럭무럭 크는 모양입니다.

여럿은커녕 하나둘 가지고도 전전긍긍, 키운다는 표현조차 황공할 정도로 '자식을 모시고' 사는 요즘 세상에 '자식 키우는 재미' 운운 하는 자체가 생경하게 들릴 때가 있습니다.

집안의 '상전'이니 어미아비 된 도리와 책임으로 따끔하게 야단을 치는 일도, 마음 터놓고 푸근하게 대화를 나누는 일도 쉽진 않으니까요. 부모가 못해 놓고는 공연히 학교 탓이나 하고 막상 학교가 개입하면 이번에는 쌍지팡이를 짚고 나서니 새중간에서 애들 버르장머리만 나빠지고 더 심하면 사회적 통제도 불가능해지는 게 현실이지요.

북한이 못 쳐들어오는 이유가 남한의 무시무시한 청소년들 때문이라는 우스갯소리가 있다더니 집집마다 조막만할 때부터 애들 때문에 생몸살을 앓고 크면 큰 대로 휘둘리느라 재미는 고사하고 언제 한번 맘 편할 때가 있는가 싶습니다.

한둘도 이런데 여럿 자식이면 오죽할까 싶은데, 모임에서 들어보면 자식 숫자대로 부모 노릇에 치이고 골병드는 것은 아닌가 봅니다. 우리 '다산(多産)모임'은 부모도 자녀도 자신들의 역할에 각자 '베테랑'인 것 같습니다.

아는 것은 좋아하는 것만 못하고, 좋아하는 것은 즐기는 것만 못하다는 말이 부모자식 관계에도 적용된다고 할까요. 말하자면 부모자식 간, 서로가 서로의 생물환경·심리환경에 화순하고 위순하게 반응하며, 동물적 본능의 얼개를 보다 본능적으로 감응하고 있다는 느낌 같은 것인데, 관계의 유대와 접착력이 크고 더 따뜻하고 자신감이 강하고 외부에 대한 면역력도 셉니다.

한마디로 가정이 매우 건강하고 화목합니다. 유연한 물처럼 부모자식의 관계에 서로 흠뻑 빠져 들어서 '즐기고' 있는 것입니다.

한둘 아이에 집착하며 주물러 기어이 터뜨리고 마는 불안하고 시들시들한 관계를 회복하기 위해서 할 수만 있다면 아이를 많이 낳기를 '강추'합니다. 이를 위해 직접 모범을 보일 수 있는 우리 다산모임은 더 이상 하릴없이 밥이나 먹고 개갤 것이 아니라 젊은이들에게 자식 많이 낳기를 권하는 중요한 사람들로 거듭나야 할까 봅니다.

어머님의 영정사진

옷 정리를 하다 장롱 깊숙이서 시어머니의 사진을 발견했습니다. 일부러 찾으려 했던 건 아니지만 한동안 잊고 있던 터라, 있는 자리를 새삼 확인하니 안심이 되었습니다. 그 사진은 어머님이 돌아가실 때를 대비해 미리 찍어둔 영정사진입니다.

작년인가 그러께인가 교회의 어르신들 모임에서 단체로 촬영한 것인데, 사진이 나온 후 어머님이 저희 부부에게 맡기셨으니 잘 보관하고 간수할 책임은 남편의 다섯 남매 중 막내인 저희에게 있습니다.

사진 속 어머님을 가만 들여다보니 "한복을 차려입고 오래서 모두 곱게들 하고 왔더구만. 나는 그냥 입던 대로 찍었다. 다음에라도 한복 차림으로 오면 다시 해준다는데 마다했어"라고 하시던 말씀이 생각납니다.

어쩌면 그때 어머님은 '에이, 이깟게 무슨 영정사진이 될라구. 찍어준다니까 찍었지. 난 아직도 멀었어, 멀었어'라고 자신만만해하시며 평상시 차림으로 촬영을 하셨는지도 모릅니다. 온화하고 엷은 사진 속 어머님의 미소와 평안한 표정 어디에서도 생의 마지막 순간을 당겨 체감하는 비장미 같은 것은 읽히지 않는 걸 보면 말입니다.

그럼에도 어머님은 영정사진을 장만하심으로써 지상의 과제를 마무리하신 듯 혹은 마지막 선물을 받으신 듯 기분 좋아하셨고 홀가분해하셨습니다.

12년 전 마흔다섯 한창나이에 세상을 하직해야 했던 친정오빠가 자신의 영정으로 쓸 사진을 고르려고 사진첩을 뒤적이던 모습이 잊히지 않습니다.

간암으로 투병중이던 오빠는 진통제에 의지해 가며 올케를 앉혀놓고 서류 등을 간수하고 처리하는 방법 등을 일러주며 신변정리를 하면서 자신의 영정사진까지 올케에게 건넸습니다. 그때 저는 오빠의 마음이 어땠을지 짐작해 보는 자체가 두렵고 고통스러웠습니다.

이승에서 영영 작별해야 할 오빠를 한번 더 보기 위해 그 무렵 한국에 가 있던 저는 삶의 마지막 갈피를 헤집어 끄집어든 사진이 하필이면 여권용이었던 것에 마음이 많이 아팠습니다. 오빠는 아마도 병에 걸린 줄도 모르고 암 선고를 받기 직전, 올케와 해외여행을 계획하고 있었으나 본데 가혹하게도 그만 여권사진이 영정사진이 되고 말았던 것입니다.

오빠가 죽은 후 한동안 저는 앞으로 내가 살아가는 세월은 덤이라는 생각을 했습니다. 특히 오빠의 마지막 세상연수였던 45세를 제 자신이 넘기면서부터는 그런 생각이 부쩍 더 들었습니다.

마치 일찌감치 죽음과 '쇼부'를 봐놓고 나머지 시간을 살아가는 느낌이었는데, 아마도 동기를 잃고 나서 얼마 되지 않았을 때라 죽음에 대한 두려움과 삶의 고통에 직면하려는 제 나름의 반응방식이 아니었나 싶습니다.

이후 제게는 사진을 찍을 때마다 영정용으로 쓸 만한 사진이 있는가를 살피는 버릇이 새로 생겼습니다. 제 속에서는 3년 단위로 영정사진을 폐기하고 새로 만드는 작업을 지속하고 있습니다. 만약 아주 오래오래 살아서 완전 파파할매가 되었는데 나이 50인 지금 사진을 쓸 순 없을 테니, 살아 있는 동안 3년마다 영정사진을 바꿔 준비해 두는 것입니다.

얼핏 기괴한 습벽 같지만 죽음을 대비하여 사진을 챙기고자 하는 이유는 죽어서도 예쁘게 보이고 싶다거나 장례를 치를 가족의 일을 덜어주자는 친절이 아닙니다.

그 이유는 3년 단위로 죽음을 정비하는 일은 같은 간격을 두고 삶을 돌아보는 작업이라는 생각이 들었기 때문입니다. 3년을 단위로, 살아가는 일에 닦고 조이고 기름을 치며 보살피는 계기가 된다는 점에서 제게 영정사진을 고르는 일은 유한한 생에 대한 제 나름의 각성이자 정기점검인 셈입니다.

어머님의 영정사진을 돌아본 날, 정오 무렵 산책길에서 너무나 뜻밖에도 영구차 행렬을 만났습니다. 꽃으로 덮인 관을 모신 리무진과 그 뒤를 따르는 검은 자동차들을 십수년 만에, 그것도 큰길도 아닌 호젓한 동네골목에서 보았으니 그대로 서서 우두망찰할 수밖에 없었습니다.

왜 하필 그때 그 자리에서 장례행렬을 만났는지 우연이라고 하기엔 너무나 기묘한 상황이라 어쩌면 하나님이 영정사진을 찍고 있는 제게 '잘하는 짓'이라고 격려하는 사인일지 모른다는 생각을 지금도 하고 있습니다.

4월은 잔인한 달

잔인하다고 하는 달 4월입니다.

"불모의 땅에서 라일락꽃 피게 하고, 추억과 정욕을 뒤섞어 봄비로 잠든 뿌리를 깨어나게" 할 만큼 삶의 본능이 죽음의 본능을 딛고, 생명 있는 것들은 죄다 살고자 하는 쪽으로 꿈틀대는 계절이 시작되었습니다.

지난해 하반기부터 올 2월까지, 가을과 겨울 두 계절을 쉼 없이 가족과 친지들의 부음을 접하면서 보냈습니다.

이제 아는 사람 절반쯤은 하늘나라에 있고 나머지 반 정도만 아직 이 세상에 남아 있는 느낌입니다.

주위의 다른 분들도 잊을 만하면 가까운 사람의 부고를 듣는다 하니 나이가 이쯤 되면 누구나 비슷한 상황에 처하게 되는 것 같습니다. '사선'의 세대교체가 이루어지면서 그 1선에 이제는 우리 세대가 서게 된 것입니다.

그래서인지 어느 때부터인가는 고인과의 관계가 가깝고 멀고를 떠나 어느 장례식에서건 섧게 우는 일이 민망해졌습니다. 그 까닭은 단체기합중에 앞서 매를 맞고 아파하는 친구를 지나치게 불쌍해하는 것이 좀 같잖다고 느낄 때와 비슷하게 여겨져서입니다.

요행히 그 매가 나를 영영 피해 갈 거라면 모를까, 그럴 가능성이 전혀 없는데도 단지 앞줄의 친구가 먼저 맞았을 뿐인 것을 가지고 호들갑스레 연민과 동정을 품는 짓이 우스꽝스럽지 않냐 말입니다.

그렇듯이, 장례식에 가서도 너무 많이 울면 "나는 안 죽을 건데 너만 죽어서 참 안되었다"는 식인 것 같아 어색합니다.

7년 전 오빠의 장례식에서 조카의 죽음 앞에 허망해하시던 작은아버지가 몇 년 지나지 않아 그 자리의 다음 차례가 되신 이후, 우리 모두는 같은 자리에 영정을 바꿔가면서 죽음의 행렬로 나아가고 있다는 사실이 보다 선명하게 와닿았습니다.

우리를 정말 힘들게 하는 것은 어떤 일이나 사실 자체가 아니라, 거기에 대한 우리의 '생각'일 때가 많습니다.

살아 있는 한 죽음은 실재일 수가 없으니 언제나 우리의 상상 속에서 끊임없이 공포와 두려움을 자아낸다는 점에서 '죽음에 대한 생각'은 가장 고통스럽습니다.

화장장의 불이 켜지고 관이 불길에 휩싸이는 사인을 확인하는 순간 고인이 영영 우리 곁을 떠난다는 '생각'에 견딜 수 없이 슬퍼지지만, 이보다 더 힘든 것은 화장된 유골이 유족들의 눈앞에서 빻아지는 때가 아닌가 싶습니다. 숨 멎는 듯한 오열도 그때는 차라리 기가 막히는 순간으로 화합니다.

가히 인간 고통의 극치와 한계를 마주하는 상황임에도, 그렇다 한들 살아 있는 자로서 죽음 그 자체를 몸소 겪는 것과는 같은 경험일 수 없으니 다시금 두려움이 엄습합니다.

그래도 '두려움과 공포'는 죽음에 대한 예의를 한껏 갖춘 감정입니다. 장례식장의 주조색인 검정과 흰색처럼 이보다 더 잘 어울리는 감정 색채는 없을 것입니다. 시인이 말한 4월의 잔인함이란, 희고 검어야 할 표정 속에 빨갛고 노란 색이 끼여드는 망측함처럼, 망자에 대한 도발적인 버르장머리, 모독, 죽음에 대한 반란 혹은 반전 같은 이미지로 다가옵니다.

일상의 긴 시간 동안 밥상을 마주했던 가족 중 하나가 불구덩이에서 마지막 육신을 태우고 있는 동안에도 남은 식구들은 화장장의 구내식당에서 우동과 김밥을 먹는 일, 마치 병원의 약제실 앞에서 약을 타기 위해 자기 번호에 불이 켜지기를 기다리는 것만큼이나 무심하게, 내 식구를 다 태웠다는 점등 사인을 기다리는 시선, 화장이 진행되는 동안 대기실 천장 밑에 매달린 텔레비전의 시시껄

절한 오락프로를 멍하니 지켜보는 것 따위, 그런 것들이 바로 그 순간의 죽음의 실체를 외면하고 싶은 무의식적 삶의 몸짓이 아닐까 합니다.

타인의 죽음을 마주할 때 일상의 관성을 집요하게 붙드는 것으로 삶을 놓치지 않으려는 산 자의 무의식은 곧 "불모의 땅에서 라일락꽃 피게 하고, 추억과 정욕을 뒤섞어 봄비로 잠든 뿌리를 깨어 나게 하는" 4월과 닮았습니다.

모진 풍상과 불모의 땅을 뚫고 찬란한 꽃을 다시 피우는 4월의 잔인한 생명력처럼, "작년 뜰에 심은 시체에 싹이 트기 시작했냐"고 기어이 확인을 하는 시인처럼, 아직 살아 있는 우리들은 지난 가을과 겨울의 죽음의 냄새를 떨치고 생명의 뿌리를 가만가만 되살리고 있습니다.

지난 두 계절 가족과 친지를 연달아 보내고 살아남은 우리들은 다시금 머리를 맞대고 잘살아 볼 궁리를 하고 있으니 정말이지 4월은 잔인한 달인 것 같습니다.

아내가 남편 흉을 보는 까닭은?

엊그제, 60대 초반 연령의 대여섯 쌍의 부부가 함께 저녁을 먹는 자리에 우연한 계기로 합석을 하게 되었습니다.

이런저런 인연으로 얽히게 되어 만남을 가져온 지가 어느 새 20년이라면서 그때부터 지금까지 한 달에 한번꼴로 모임을 이어오고 있다고 합니다. 제 직업을 의식해서인지 제 앞에 앉은 분이 당신도 소싯적에 하이틴 잡지의 인기 있는 여기자였노라면서 자신을 소개했습니다.

그 모임이름은 'AB'라고 하는데 그렇게 지은 사연이 재밌습니다. 멤버들이 만난 지 얼마 되지 않아 부부동반으로 여행을 가서는 밤에 남편들을 '재워놓고' 아내들끼리 모여 남편 흉을 보기 시작했더랍니다. 모두들 입담이 여간 아니었던지라 야심한 시각까지 '성토'가 이어지면서, 남정네들이 한결같이 그렇게 성미가 고약하고

176

까다로운 것이 혹시 혈액형과 관련이 있지 않을까 하며 급기야는 과학적 분석에 들어갔답니다.

결과는 공교롭게도 남녀 할 것 없이 회원 전체가 A형 아니면 AB형으로 나왔다는 거 아닙니까. 순간 박장대소하며 망설임 없이 그 자리에서 만장일치로 모임이름을 'AB'로 지은 후 오늘날에 이르고 있다는 이야기였습니다.

그러면서 또 한번 와자하게 웃는 것으로 보아 40대 초반에 결성되어 일점 퇴색함 없이 20년을 줄창 이어온 저력을 오늘에 되살려 가일층 매진할 기세였습니다.

하기야 남편 흉보기로 치면 20년 세월이 무색할 뿐 아니라 어디 'AB'모임뿐이겠습니까. 남편이란 존재가 어디 혈액형 골라가며 미운 짓을 하는가 말입니다. 특정 혈액형 구분 없이 AO모임, ABO모임, BO모임, AA모임, BB모임인들 생겨 마땅하지 않으리란 법이 없을 겁니다.

저한테 모임을 소개하는 것을 빌미삼아 또 한번 남편들을 도마에 올리고 있건만, 정작 듣는 남편들은 무심하다 못해 초연하게 한 무리로 모여앉아 식사만 전념하는 모습이 더 재미있었습니다.

"남편이란 존재는 이래저래 애물덩어리—집에 두고 오면 근심덩어리, 같이 나오면 짐덩어리, 혼자 내보내면 걱정덩어리, 마주앉아 있으면 웬수덩어리"라고 하더니, 아마도 그 자리가 바로 '짐덩어리' 자리라는 자각 탓에 누구 하나 가타부타 말씀이 없었는지도 모르겠습니다.

부부모임이라지만 솔직히 제 눈에도 아내들 모임에 남편들이 따라온 것처럼 보였으니까요. 아내가 곰국을 끓이면 남편은 긴장하기 시작한다는데, 그나마 집에서 혼자 곰국을 데워먹지 않아도 되는 상황이 황감스럽다는 듯 말이지요.

제 대학선배는 남편이 뉴질랜드 사람인데도 출타할 땐 곰국을 끓여놓고 나올 정도라니 한국 아내들의 위력은 가히 국제적이라 아니할 수 없습니다.

왜 여자들은 모이기만 하면 앞다투어 남편 흉을 보는지 분통을 터뜨리는 분들이 계실 겁니다. 제 경험으로 그것은 그 자리에 모인 여인들의 결속력이자, 단결력·소속감·친근감의 표현이라 할 수 있습니다.

정서적으로 술에 취한 느낌이랄지, 분위기가 무르익어 갈수록 과장되고 왜곡된 표현도 서슴지 않습니다. 한마디로 말해 재미로 그런다는 말입니다.

그렇기 때문에 '인식이 곧 실제'라는 믿음은 적어도 남편 흉보기에는 적용되지 않습니다. 마치 사진사가 렌즈를 바꿔가며 실체를 변형하는 행위에 대해 스스로 자각하고 있듯이, 남편을 흉보는 그 순간 스스로 사실을 왜곡하고 있다는 것을 인식하기 때문입니다. 객관적 실체와 무관한 순전히 주관적인 인식작용이라는 뜻입니다.

제가 아는 어떤 목사는 초년 목회시절, 여신도 모임을 인도할 때 그이들의 남편은 죄다 머리에 뿔이 서너 개쯤 달린 도깨비려니 했답니다. 모일 때마다 하도 가열차게 남편 흉들을 보기에 흉측해도 이만저만이 아니겠거니 했는데 웬걸, 막상 만나보니 모두들 그렇게 점잖고 멀쩡할 수가 없더랍니다.

그때부터 "아, 여자들은 남편들 좋다는 소리를 거꾸로 하는구나. 설혹 탐탁지 않다 해도 저렇게 드러내놓고 남편을 흉볼 수 있는 한 그 부부관계는 건강하다는 증거구나"라는 큰 깨달음이 오더랍니다.

제대로 잘 깨달으신 겁니다. 아내들이 남편을 헐뜯는 내용은 사실과는 많이 다릅니다. 더구나 남들 앞에서 드러내놓고 하는 험담은 그저 여자들끼리 친해지자는 말의 향연일 따름입니다.

AB 모임 회원들의 결혼연수는 각자 최소 30년이며, 아내들이 남편 흉을 보아온 경력도 얼추 20년에 가깝습니다. 모일 때마다 아내들의 결속력과 친분이 그 정도라니 행복한 모임 아닙니까. 바로 옆에 앉아서 번갈아가며 도마에 오르면서도 눈 하나 꿈쩍 않는 남편분들의 20년 내공은 또 얼마나 멋집니까.

영원하리, AB 모임! AB모임의 영원무궁을 기원하는 것으로 그 날의 밥값을 대신합니다.

남편들에게 보내는 편지

5월 11일은 호주의 어머니날입니다.
우리의 어버이날과는 조금 다르게 이 나라에는 어머니날, 아버지날이 따로 있습니다. 어머니날은 5월 둘째주 일요일, 아버지날은 매 9월의 두번째 일요일입니다.

어느 민족, 어느 문화권이나 양친 가운데 '아버지'보다는 '어머니'에 대해 보다 근원적이며 넓고 깊은 사랑의 무게를 실어 애틋한 마음을 표현하는 것 같습니다.

생명을 잉태하여 세상에 내어놓음으로 갖는 모성에 대한 경외감 외에도 어머니가 감당하는 표 없는 희생에 대한 감사와 사회적·인습적 약자로서의 연민 등이 '어머니'라는 말의 외연을 동심원처럼 확장시키며 감동을 자아내기 때문이 아닐까 합니다.

호주의 '어머니상'도 우리의 그것과 특별히 다를 것이 없어 보입니다. "가족들을 위해 1년 365일을 값없이 희생하고 양보할 뿐 자신은 늘 뒷전이며, 티내는 법 없이 한평생을 묻혀사는 존재가 곧 어머니"라는 인식을 가지고 있습니다.

그래서 매년 어머니날이면 가족들의 극진한 배려를 받는 주인 공을 상징하는 의미로 각 가정의 어머니들은 침대에 누운 채 아이들과 남편이 차려주는 아침상을 받는 것으로 그날 하루를 시작합니다.

호주의 어머니날은 실상 '아내의 날'이라고 부르는 것이 더 옳을지도 모릅니다.

아이들이 어릴 때는 말할 것도 없고, 성년의 자녀를 둔 가정이라 해도 어머니날 선물을 고르고 그날 하루 특별한 이벤트를 마련하는 데는 아버지가 주도적 역할을 맡아하기 때문입니다. 어머니날을 즈음한 백화점이나 쇼핑센터에는 평소와 달리 부녀간, 부자간 쇼핑객들로 붐비는데, 이렇게 아이들을 슬쩍 앞세워 1년에 한번씩 남편으로서 아내에 대한 고마움과 애정 표현을 하는 것입니다.

어머니날을 맞아 제가 다니는 교회의 주보에 "남편들에게 보내는 편지"라는 제목의 글이 올라오고 그날 저녁, 남편들이 아내를 위해 저녁만찬을 준비하는 행사를 마련키로 한 것만 보아도 호주의 '어머니날'은 곧 '아내의 날'과 다름없다는 것이 더욱 실감됩니다.

인터넷에 떠도는 내용이라면 이미 읽으신 분도 있겠지만 "남편들에게 보내는 편지" 몇 구절을 옮겨보겠습니다.

어떤 부부가 크게 싸운 끝에 남편이 아내에게 "당신 것을 전부 챙겨서 나가!"라고 소리쳤습니다. 화가 난 아내는 그 자리에서 큰 가방을 좍 펼쳐 열었습니다. "당신 어서 이 가방 속에 들어가세요!" 그 말을 듣는 순간 어이가 없었지만 남편은 곧 아내가 자기만 의지하며 세상 전부로 알고 살아왔다는 것을 깨달았습니다.

아내가 가장 원하는 것은 남편 자체입니다. 남자의 길에서 여자는 에피소드가 될지 몰라도 여자의 길에서 남자는 히스토리가 됩니다. 아내가 남편으로부터 가장 받기 원하는 선물은 '든든함'입니다. 남편은 가정의 든든한 기둥이 되고 흔들리지 않는 바람막이가 되어, 아내에게 다른 큰 도움은 주지 못해도 최소한 든든한 맛 하나는 주어야 합니다.

몇 년간 병치레를 하던 남편이 세상을 떠나자 그 아내 되는 사람이 그랬답니다. "남편이 비록 병상에 누워 있었어도 그때가 든든했다"고.

아내가 잘못했을 때는 남편의 든든함을 보여주어 아내를 감동시킬 수 있는 좋은 기회이지 아내의 잘못을 꼬집어 아내의 기를 죽일 절호의 찬스가 아닙니다.

아내의 마음에 '캄캄함'과 '갑갑함'을 주는 남편의 가장 잘못된 행동은 '깐깐함'입니다. 깐깐함은 갑갑한 세상을 살아가는 데는 혹시 필요할 수 있어도 아내를 대할 때에는 결코 필요 없는 태도입니다. 아내에게 남편은 '꽉 막힌 깐깐한 존재'가 되어서는 안 되며 '꽉 찬 든든한 존재'가 되어야 합니다. 남편은 아내의 감정과 정서를 읽을 줄 알아야 합니다. 아내에게는 남편이 이해하기 힘든 특별한 감정과 정서가 있습니다. 아내의 정서에 대한 몰이해는 아내의 감정에 멍울을 만듭니다.

아내들에게는 큰 공감과 위안을 주는 글이지만 남편들로서는 부담스럽고 껄끄러운 내용인지도 모르겠습니다. 각자 처지에 따라 받아들이는 마음도 제각각이겠지만, 호주에는 이렇듯 '아내의 날'이 매년 있어서 새삼스레 생각을 해볼 수 있는 것만도 다행인 것 같습니다.

자식사랑 꼴불견도 가지가지

며칠 전 출근길에 까치 한 쌍을 만났습니다.

한 마리는 그저 옆에 섰고, 다른 한 마리는 풀숲을 헤쳐가며 먹이를 찾아 멀쩡하게 서 있는 그놈의 입 속으로 연신 넣어주고 있었습니다. 지극 정성인 치어미 혹은 지아비가 조반을 차리나 보다 싶었는데, 가만 보니 그게 아니었습니다.

허우대는 멀쩡하고 덩치는 오히려 더 크면서 넙죽넙죽 받아먹기만 하는 놈을 자세히 보니 까맣게 윤기 흐르는 깃털 사이에 갈색 얼룩 같은 포근한 솜털이 정수리에서 잔등이까지 듬성듬성 남아 있었습니다. 아, 그녀석은 새끼였던 것입니다.

"햐, 그래도 그렇지 너무하는구나. 다 큰 놈이 부리 끝 하나 까딱 않고 가만히 서서 부모가 잡아주는 먹이를 날로 받아먹다니. 사지 멀쩡하건만 지가 무슨 청년 실업자라도 된단 말인가. 그리고 부모도 그렇지, 저만큼 키워놓았으면 스스로 먹이 잡는 법을 가르칠 생각은 않고 언제까지 저렇게 제 부리로 찾아 먹이며 과잉보호를 할 참인지."

길에서 자주 새들을 만나지만 모자인지, 부자인지, 모녀인지, 부녀인지는 몰라도 그날 그 까치들이 하는 꼴이 대번에 얄미워져서 마치 사람세상에서 부모자식 간의 꼴불견인 양 눈살을 찌푸리게 되었습니다.

새들이라고 왜 성향과 개성이 독특하지 않겠습니까. 평소 유별나게 설쳐대던 까치라면 더 말할 것도 없지요.

호주에서 까치란 놈은 8월경의 산란기 때면 제 알을 보호한답시고 마을 어귀의 나지막한 울타리에 점령군처럼 진을 치고 앉아 있습니다. 그러다 지나는 행인의 무고한 이마나 뒤통수를 쪼아대서 피를 흘리게도 합니다. 세상에 저희 새끼만 있는 줄 알고, 내 자식은 특별하다는 생각으로 하는 짓거리가 같잖지요.

오죽하면 까치를 쫓기 위해 노려볼 듯 부릅뜬 눈알을 앞뒤로 그려넣은 '까치모자'라는 것까지 등장했겠습니까? 제 새끼 챙기기라면 극성도 그런 극성이 없더니 다 키운 자식새끼를 독립시킬 생각은 안 하고 끼고 다니며 저리도 집착하고 있으니 참 딱한 노릇입니다.

하기야 노후에 자식에게 뭘 바라고 저러기야 하겠습니까. 그저 보기만 해도 안쓰러워 애면글면 하는 게지요.

뻐꾸기가 그런다던가요? 남의 둥지에 살짝 알을 낳는다는 새 말입니다. 그러고는 그대로 내빼버린다니 그런 몰염치가 어디 있답 디까?

그런데 그 부모에 그 자식 아니랄까 봐 생명력 억세게 일찌감치 태어난 뻐꾸기 새끼들은 원래 그 집 자식들을 둥지 밖으로 슬그머 니 밀어내 죽여버린다죠. 섬뜩한 비행을 서슴없이 저지르는 걸 보 면 부모보고 배운 걸 테니, 문제아 뒤에는 문제부모가 있다는 말이 맞는 것 같습니다.

뻐꾸기나 까치나 문제가 많은 부모입니다. 자식이라면 벌벌 떠 는 과잉보호나, 무조건 남을 짓밟고 변칙을 써서라도 올라서야 한 다는 안하무인격 경쟁을 부추기는 꼴불견 새들입니다.

반면 자식을 위해서라면 내 한 몸 죽는 것도 마다 않겠다며 물 불을 가리지 않고 뛰어드는 희생형 부모도 어이없기는 마찬가지입 니다.

가시고기가 그런다고 들었습니다. 키우는 동안에는 험난한 세 상에서 지키기 위해 자식들을 입 속에 넣고 다니고, 어느 정도 크 고 나면 제 몸뚱이를 아예 다 뜯어먹으라고 내준다고 하는데, 어미 도 아닌 아비가 그런다고 하니 우선 그 막무가내식 부성애에 입을 다물 수 없습니다.

그런데 가시고기 아버지하고 한국 부모들하고 어딘가 닮은 구석이 있지 않나요? 비싼 과외비 퍼들여 공부시켜 대학 보내고, 전세라도 장만해서 출가시키는 것으로도 모자라 사업밑천 아니면 생활비 대주고, 손주 봐주고, 많든 적든 죽을 때 아낌없이 물려주는 패턴이 '가시고기형'이 아닌가 말입니다.

그런가 하면 까치나 뻐꾸기 부모하고도 닮은 데가 있는 것 같습니다.

그날 아침 저는 우연히 까치를 만난 것을 계기로 '까치형, 뻐꾸기형, 가시고기형 자녀양육 방식'에 대해 깊은 성찰을 가졌습니다.

물론 저도 제가 실없는 소리를 하고 있는 줄 압니다. 새나 물고기 같은 것들이 무슨 가치관이 있어서 새끼들에게 그렇게 하는 게 아니라 단지 자연생태가 그렇게 생겨먹은 탓이라는 걸 누가 모르겠습니까.

하지만 일전에 신문에서 "한국 부모들의 자녀 뒷바라지 어디까지"라는 기사를 보니 '한국형 부모'라는 말 외에는 세계 어느 나라에도 찾아볼 수 없는 유별스런 우리의 부모 노릇을 달리 표현할 길이 없더군요. 한마디로 "뭘 저렇게까지 해야 하나" 하는 탄식이 나왔습니다.

사람인 이상 정신적 가치관이나 철학, 사회문화적 유산 혹은 관습에서 내려오는 자녀양육 방식을 따르는 게 당연하건만, 저는 왠지 우리나라 부모들은 다른 나라 사람들한테는 없는 '생태적 유전자 양육 방식'이 입력되어 있는 것처럼 느껴집니다. 마치 까치와 뻐꾸기와 가시고기의 '자연생태'처럼 말입니다.

제 표현과 비유가 어처구니없나요. 하지만 우리나라 사람들, 솔직히 자식 키우는 것에 너무 유별나지 않나요. 그러다 보니 엄두가 안 나 아예 안 낳겠다는 세태로까지 이르게 된 것 아닙니까.

여자들 몰래 만난 남자들

지난달 저는 '금녀(禁女)구역'을 다녀왔습니다. 거기서 "여자들은 모르는 남자의 마음, 그들의 순정"을 목도했다고 하면 뜬금없이 무슨 유행가 가사 읊는 소리냐고 하실 테지요. 거기에 한 술 더 떠 여자마음 알아주는 남자 중의 남자, 진정으로 멋진 사나이들을 무더기로 만났다고 하면 어떤 궁금증이 드실지요.

제가 다녀온 곳은 "있으면 귀찮고 없으면 아쉬운, 자식 땜에 살지, 안 그러면 버얼~써 갈라섰을, 젖은 낙엽마냥 떼어내도 자꾸 달라붙는" 변변찮아 보이는 우리의 남편들이, 본래의 남성성을 확인하고 가정 내 위치를 회복하도록 돕는 자리였습니다.

들어보셨겠지만 한국의 한 기독교단체에서 운영하는 '두란노아버지학교'가 시드니, 멜버른, 브리즈번에 이어 지난달에는 서부도시 퍼스에서 열렸습니다.

3. 가족, 그 진한 이름

두란노 아버지학교는 지난 1995년에 개설된 이래 지난 2007년까지 국내외에서 12만 5천여 명(약 2천 회)의 수료자를 배출했고 군부대와 교도소에까지 그 영역을 확대해 나가고 있습니다. 참가자 및 진행자, 봉사자 들 일체가 남성들로만 구성되어 움직이는 행사에 저는 취재를 핑계삼아 '여성금지'라는 전통을 깨고 4일간을 동행할 수 있었습니다.

때로는 주저하면서, 더러는 용기 있게 드러내는 속엣말들을 머리가 아닌 가슴으로 공감하며 참가자들의 면면을 지켜보노라니, 일정이 진행되는 내내 "남자들은 어떤 존재인가, 그들의 참 모습은 무엇인가"에 줄곧 생각이 머물렀습니다.

배 밑바닥에 서서히 물이 스며들듯 가정에 알 수 없는 위기감이 고조되면서 이대로는 더 이상 안 되겠다 싶어 자발적으로 등록했다는 한 젊은 아버지의 혜안에는 말할 것도 없고, "아내가 등록비를 내줘서" "아버지학교에 안 갈 거면 이혼하자고 하는 데야 어쩔 수 없었다"며 참가동기를 절반쯤 농담 섞어 전하는 중년의 남편들에게서도 내면의 갈급함이 있기는 마찬가지였습니다.

자신의 아버지에 대한 주체할 수 없는 원망을 품은 채, 정리되지 않은 혼란과 상처를 가슴 한켠에 아무렇게나 쑤셔넣은 채, 아무 일 없었노라며, 이제는 다 잊었노라며, 용서했노라며, 허위허위 위태롭게 자신의 자리를 지켜내고 있는 한 참가자의 안간힘은 모두의 가슴을 시리게 했습니다.

어린 시절 지독히도 혐오했던 아버지의 태도를 자신 또한 자녀들에게 그대로 반복하며 가정의 저주를 대물림하고 있는 상한 영혼들, 아내와는 기왕 틀어져 버렸으니 핏줄인 자식들하고라도 끈을 이어가야겠다고 결심하지만 관계 맺기의 전후 순서가 뒤바뀐 탓에 매번 헛발질로 지쳐버린 가장들도 해묵은 감정을 털고 문제 해결의 실마리를 찾는 듯했습니다.

그런가 하면 "아버지와 아들은 원래 그렇게 서먹하고 서로 할 말이 없는 관계"라는 자포자기식 단절감이, 프로그램 중에 '아버지께 편지 쓰기'를 통해 의식의 표면으로 솟아오르는 경험은, 참가자들 모두에게 가슴으로 울음 우는 부자간 화해의 기회를 선사했습니다.

이미 이 세상에 안 계시는 아버지라 할지라도 비로소 '제대로 떠나보내는 의식'을 치르는 과정을 통해, 내면의 상처를 과감히 들춰내고 낯설었던 자아와 조우하며 비로소 통합된 자신을 맞대면할 수 있었기 때문입니다.

부자가 나란히 참가하여 "그때는 나도 어쩔 수 없었다"는 아버지의 진정한 사과에 "꼭 그렇게까지 하셨어야 했나"며 울먹이는 아들, 서로의 편지를 읽어내리며 20년간 견고하기만 했던 부자간의 담을 헐어내던 몸짓은 연출되지 않은 한 편의 드라마로 모두의 가슴에 잔잔한 여운을 남겼습니다.

돌아가신 아버지의 아들로, 어느덧 장성한 자식을 둔 아버지로 이어지는 삶의 순환 속에서 '매듭자리'를 찾아가는 남자들의 여정은 그렇듯 순수하고 치열하며 아름다웠습니다.

저 또한 깨어진 가정을 신앙을 통해 되찾은 경험이 최근에 있었기에 한 남자의 아내이자 두 아이의 어머니로서 우리 시대 한국 남성들, 남편들의 내면세계를 가슴 깊이 공감할 수 있었습니다.

성인이 된 이후 모르는 이들 속에 섞여 가슴으로, 눈물샘으로 솟구치는 순도 백 퍼센트의 눈물을 주변 눈치 볼 것 없이 맘껏 흘려볼 수 있는 기회가 몇 번이나 될까요. 맺힌 눈물을 닦을 새도 없이 반전된 분위기에서 터져 나오는 폭소는 또 얼마나 짜릿하고 상쾌했던가요. 제가 그날 경험했던 진정한 남성의 세계는 순수한 눈물과 웃음을 동시에 선사한 감동 그 자체였습니다.

우리 자신을 포함해서 우리 이웃의 가정이 무수히 깨지고 가족 간의 관계가 뒤틀리고 있음에도 "살다 보면 그럴 수도 있지. 이혼한 사람이 어디 한둘이냐" "요새는 흉도 아니다. 혼자 살면 이 꼴 저 꼴 안 보고 오히려 편하다"는 말들을 쉽게 하는 요즘입니다.

하지만 당사자들에게 묻고 싶습니다. 세간에 떠도는 말들 중에 정작 자신에게 위안이 되고 자기 상황에 적용되는 말이 있더냐고. 상실의 아픔으로 가슴이 산산이 깨어져 나가는 와중에 남들이 쉽게 하는 소리가 한 조각이라도 와닿더냐고.

'아버지학교' 같은 '그딴 데' 한번 다녀왔다 해서 거꾸러진 가정이 당장 바로 서냐고 비아냥거리는 분도 계실지 모르겠습니다. 저역시 위태로운 남편들로부터 "내가 정말 알아야 할 모든 것은 아버지학교에서 배웠다"라는 고백을 듣겠다는 것은 아닙니다.

단지 이 글을 쓰는 이유는 하도 들어서 오히려 무감각해져 버린 '가족의 소중한 가치'와 '가정의 회복'을 진정 열망하는 남편들이 우리 주위에 적지 않다는 것을 알리고 그분들의 용기에 박수를 보내며, 그런 작은 노력들이 우리 사회에 계속 이어지기를 바라는 마음에서 입니다. 온갖 시시껍질하고 지저분한 이야기를 쏟아내는 세태에 글쟁이의 한 사람으로서 아름다운 소식 한 가지를 전하고 싶었기도 하구요.

삭풍이 심신으로 파고드는 매서운 세모입니다. 여건과 상황이 어려울수록 삶의 참된 행복을 꼭 붙잡아야 할 것 같습니다.

글을 쓰고픈 분들에게

작년 9월에 쓴 "글은 뭐 아무나 쓰는 줄 아세요?"라는 칼럼에서 말씀드린 적이 있지만 저를 만나면 어떡하면 글을 쓸 수 있는지, '글 쓰는 법'을 가르쳐달라는 분들이 더러 계십니다.

글이 쓰고 싶은 이유야 각기 다르겠지만, "글을 쓸 수만 있다면 답답하고 각다분한 현실을 조금이라도 잊을 수 있을 것 같다"거나 "사는 게 너무 힘들어서 능력만 된다면 그렇게라도 풀어내고 싶다"는 분을 대하면 가볍게 대꾸하기가 송구해지면서 숙연한 마음조차 듭니다. 그리고 조금은 당황스럽습니다.

어찌 보면 글쓰기에 신앙적 견지를 신는 듯한 그분들의 거창하고 결연한 자세가 애초에 제게는 부담스러운데다, 지금까지 글을 쓰면서 그분들의 기대처럼 순전하고 진지하게 임한 것이 과연 몇번이나 있었는지 돌아보게 되기 때문입니다. 그리고 글도 글 나름이지만 누가 그렇게 '글 쓰는 일의 대단함'을 무작정 머릿속에 심어 놓았는지 글쟁이로서 양심에 걸리고 부끄러워집니다.

우리나라의 이름 있는 한 국문과 교수가 일반인을 상대로 수필을 지도하면서 정직한 마음자세로 꾸밈이 없어야 한다는 의미로 "팬티까지 벗어라"고 했다지만 무조건 벗는다고 글이 써지는 것도 아닙니다.

그렇다고 글을 쓰려면 우선 책을 많이 읽어야 한다는 일반적인 생각도 꼭 맞는 것은 아닙니다. 다독이 도움이 되는 것은 분명하지만 '읽는 것'과 '쓰는 것'은 사실 별개의 능력입니다.

여북하면 어쭙잖은 작법 같은 걸 설파하는 것을 두고 '의도하지 않은 사기'라고까지 하겠습니까. 단언컨대 '글 쓰는 법' 같은 건 없다는 뜻입니다.

엊그제 어느 모임에서 이런 맥락으로 제 이야기를 하게 되었습니다. 아주 둔한 아이가 아닌 이상, 하려고만 하면 학교 들어가기 전에 한글을 떼는 것이 독별난 것도 아니지만 제가 초등학교 입학 전에 한글을 배운 이유는 좀 독별난 데가 있습니다.

전에 밝혔듯이 2년 전에 돌아가신 제 아버지는 1968년 통일혁명당 사건으로 무기형을 선고받고 20년 20일을 복역한 후 1988년 광복절 특사로 가석방되셨습니다.

아버지가 기한 없는 옥살이를 시작하셨을 때 막내였던 저는 네

댓 살 정도였는데 제가 한글을 배운 것도 그 무렵 아니면 그 다음 해였던 것 같습니다. 아마도 감옥에 계시는 아버지께 편지를 쓰게 하려고 언니와 오빠가 제게 한글을 가르쳤지 않나 싶습니다.

같은 사건으로 제 아버지와 함께 복역하면서 가족에게 써보낸 서한을 모은 성공회대학 신영복 교수의 『감옥으로부터의 사색』이 있듯이, 제게도 대여섯 살부터 시작하여 거의 매주 20년을 이어온 서한집 '감옥으로의 사색'이 출간되지 못한 채 지금껏 가슴 한켠에 남아 있습니다.

대여섯 살 작은 계집아이의 눈을 통해 남편과 아버지 없이 살아가는 가족들의 모습이 기록으로 남겨지기 시작한 이후, 전달자가 10대 사춘기와 20대 청춘을 통과하는 내내 감옥 이편과 저편을 넘나드는 소식은 줄기차게 이어졌습니다.

솔직히 여섯 살에 시작하여 스물여섯에서야 그만둘 수 있었던 '편지질'은 어린 나이에 당한 혹독한 형벌이자 끝없는 고통이며, 기껏 좋게 말해 봤댔자 극기훈련 같은 자신과의 싸움거리였습니다.

특히 시험기간이나 몸이 아플 때, 친구들과 놀고 있을 때도 "편지를 써야 한다"는 중압감은 항상 저를 짓눌렀습니다. 맘 편하고 개운하게 지낸 기억이 지금껏 별로 없는 걸 보면 "편지 없는 세상에서 살고 싶다"는 절규가 맘속에 늘 끓고 있었던 것 같습니다.

하지만 결국 그것이 밑거름이 되어 지금은 남한테 읽히는 것을 목적으로 하는 글나부랭이라도 쓸 수 있게 되었음을 인정하지 않을 수 없습니다. 남다른 훈련의 결과로 내 속의 재능이 드러나게 되었고 그것이 계발되어 작으나마 어떤 성취를 가져왔다고 해야 할까요.

"어떡하면 글을 쓸 수 있는지" 제게 물어오신 분께 대답이 되었나요?

　　그냥 글을 쓸 수밖에 없겠습니다. 저처럼 한 20년 습작을 하면 되지 않겠습니까. 사실 이 칼럼을 쓰기 위해 저 또한 '글 쓰는 법'이라는 검색어를 만들어 인터넷 검색창에 띄워보았더랬습니다. 그러면서 실소를 금치 못했습니다. "그렇게 쓰고도 아직도 이렇다 할 글 쓰는 법을 모른단 말인가" 해서입니다.

　　최근에 저는 시드니의 한 교민단체로부터 동포사회 문화강좌의 일환으로 '글짓기 교실'을 맡아달라는 제안을 받았습니다. 사실 그 일이 계기가 되어 지금 이 칼럼을 쓰게 되었습니다. 자칫하다간 시드니 한인사회에 '의도하지 않은 사기'를 치게 생겼기에 덜컥 제안을 받아들여 놓고는 걱정이 이만저만 아닙니다.

어머니

어머니의 전화 목소리는 한결같습니다. 장담하건대 아무리 노련한 형사라도 어머니의 전화음성만으로는 당신이 편찮으신지, 집에 무슨 일이 있는지 '일말의 단서'도 찾아내지 못할 것입니다.

어머니와 전화로 소통할 수밖에 없는 저는 당신과의 대화중에 '어떤 낌새'를 파악하려 애쓰지만 번번이 실패하고 맙니다. 세상이 어머니를 아무리 흔들어도 꿋꿋하게 당신 몫의 삶을 오롯이 살아내는 무상함만 느껴질 뿐….

몇 년 전 아는 글쟁이들끼리 함께 낸 책 『자식으로 산다는 것』에 실린 제 글의 한 부분입니다.

암으로 세상을 뜬 아들의 유해를 봉안당에 두고 온 다음날도 여느 날과 다름없이 아버지의 아침상을 차렸을 뿐 당신이 먼저 아들에 대해 입 밖에 내서 말씀하시는 법도 없었고, 아버지의 치매 수발로 5년을 고생하시는 동안에도 어머니의 목소리는 일점 흔들림 없이 한결같기만 했습니다.

오래전에는 팔이 부러져 깁스한 상태에서도 장사하러 나가신 일이 있었다는데, 그것도 나중에 다 낫고 나서 제게는 무슨 에피소드처럼 전하셨습니다. 어떻게 그럴 수 있냐고 '따지니' "알면 뭐할 거라고. 달려와 볼 수 있는 것도 아닌데 공연히 걱정만 끼치지"라며 하도 무심히 말씀하셔서 어이가 없어 되레 약이 올랐습니다.

늙으면 애 된다고, 이제는 당신도 80노인인 마당에 한번쯤은 자식들에게 엄살이나 어리광을 부려볼 만도 하건만 정말이지 '지독한 노인네'가 아닐 수 없습니다.

하소연은커녕 아들을 잃고 난 이후론 당신이 먼저 자식들에게 전화하는 일을 아예 관두셨습니다. 처음에 저는 참척(慘慽)으로 망연자실하여 멀리 사는 저한테까지 안부를 물을 경황이 없어서겠거니 싶었는데, 어머니의 진짜 마음은 이제 상황이 달라진 당신으로 말미암아 남은 자식들에게 부담을 얹어주고 싶지 않아서였던 것 같습니다.

그래서 저는 당신의 평소 언행에 비추어 전화상으로는 어머니의 일신상에 어떤 변화가 있는지 알려야 알 도리가 없다는 단정을 아예 내리고 삽니다. 어머니께는 그냥 안부만 여쭙고 나중에 언니들을 통해서 각자 온전치 못한 정보들을 끼워맞춰 어머니의 상태를 짐작하곤 합니다.

며칠 전에도 비슷한 상황이 벌어졌습니다. 낮에 연락이 닿지 않아 저녁 무렵에야 통화를 했더니 "척추에 주사를 맞느라 온종일 병원에 있다 지금 막 왔다"고 천연스레 말씀하시는 게 아닙니까. 아버지 병간호 때 다친 허리가 많이 안 좋아 바깥출입을 제대로 못하시는 것까진 알고 있었지만, 척추에 처치를 해야 할 정도로 악화된 줄은 모르고 있었습니다.

"어떻게 나한테는 말도 않고 그럴 수가 있나"니까 "알아서 뭐하게, 오래 쓴 몸뚱이라 그런 걸 가지고. 늙은이 아픈 게 예사지" 하고 예의 남의 말하듯 하는 통에 더 말을 이어가지도 못했습니다.

하지만 그날은 어버이날이었습니다. 안 그래도 어머니만 생각하면 늘 맘이 아픈데 하필 그날 고통스런 시술을 받으셔서 더 안 좋은 맘을 주실 게 뭐란 말입니까. 하지만 그게 또 뭐 대수랍니까. 그보다 더한 왕주사를 맞았다 해도 지금 당장 전화를 드리면 여전히 똑같은 목소리로 받으실 게 뻔합니다.

생각이 많은 저는 이런 겁이 날 때가 있습니다. 자식들이 걱정하고 놀랄까 봐 평소에 이렇게 '시치미'를 떼다가 아무런 기미도 없이 어느 날 갑자기 당신의 목소리가 전화통에서 사라져 버리는 날에는 천 배나 만 배나 더 놀랄 거라는 걸 정녕 모르시는 것일까 하고요. 하지만 어머니께는 그것도 무에 그리 대수일까요.

저세상에서 분명히 그러실 텐데요, 뭐. "늙어 죽은 걸 가지고 웬 호들갑이냐."

우리 세대, 호강하고 산 부모들이 얼마나 되겠습니까만, 제 부모의 일생을 특별히 애달파하는 자식의 마음이 흉은 아니겠기에 『자식으로 산다는 것』에 실린 제 글의 끝부분으로 이 칼럼을 마무리하겠습니다.

발원지를 떠나 여정을 마친 모든 물줄기는 바다로 모입니다. 일단 바다를 이루고 나면 그 자체로 거대한 존재를 이룰 뿐, 어디서 어떤 경로로 흘러든 물인지를 가리는 아우성은 더는 의미가 없습니다. 바다는 그저 의연히, 깊이를 알 수 없는 무한 심연을 품은 채 존재를 드러낼 뿐입니다. 제 어머니의 일생도 바다와 같았습니다. 왜 하필 내게, 왜 끊임없이 크고 작은 시련이 닥치는가를 한번도 소리 내어 원망한 적이 없이 당신은 바다처럼 모든 운명을 다 끌어안으셨습니다. 극복도, 체념도, 의미부여의 몸짓도 아닌 그저 담담함으로 생애의 거친 물줄기를 한데 모아 큰 바다를 이루신 것입니다.

어머니의 바다가 일생 끌어안은 수없는 갈래의 신산의 물줄기는 이미 형태도 흔적도 없이 한데 섞여 그저 말없이 깊어만 갈 뿐입니다.

어버이날, 어머니날에

한국의 어버이날이 내일이고, 호주의 어머니날은 그 다음날인 9일입니다. 호주는 5월 둘째주 일요일을 어머니날로 정해 놓았는데 공교롭게도 올해는 한국의 어버이날과 하루 차이입니다. 아버지날은 9월에 따로 두고 있습니다.

교민 자녀들이 다니는 대부분의 한국 학교는 어머니날에 맞춰서 어머니께 편지쓰기를 합니다. 학교에서는 영어로 생활하다가 일주일에 한번, 토요일에만 한글을 배우기 때문에 초등학교 고학년이나 중학생 나이라도 한국의 또래들보다 수준이 낮을 수밖에 없습니다.

하지만 아이들 글은 오히려 서툰 솜씨에 정직하고 순수한 마음이 잘 드러납니다. 초등학교 3학년부터 중학교 3학년생까지, 어머니들께 쓴 편지에는 가족을 위해 맛있는 음식과 빨래와 청소를 잘해 주셔서 고맙고, 그래서 자기는 앞으로 엄마를 도와드리고 동생을 잘 돌보며 공부를 열심히 해서 보답하겠다는 기특한 다짐을 주로 담았습니다. 어떤 학생은 43세 엄마가 27세로밖에 안 보인다는 말을 들어서 무척 자랑스럽다고 했습니다. 사춘기 소녀답게 엄마가 예뻐서 좋다는 뜻이겠지요.

아이들의 글은 모두 비슷비슷하지만 엄마들은 자기 아이의 글이 가장 독창적이며 명문장이라고 여길 것입니다. 마치 교복을 똑같이 입은 학생들이 교문에서 와르르 쏟아져 나와도 단박에 자기 아이를 찾아낼 때처럼 말입니다.

사실 글솜씨와 상관없이 그 나이의 아이들은 엄마가 뭘 해줘서 좋고 그걸 고맙게 생각하는 것이 당연합니다.

올해 스무 살인 제 아들도 제게 편지를 썼습니다.

… I know it hasn't been easy raising two restless children. I admire your courage and strong will. Always be youthful. Always be curious. Always be beautiful. May you continue to share your private world with the world through writing. I appreciate your kindness.

저 역시 아들의 편지를 받고 거의 황홀경에 빠졌습니다. 여기에 편지의 내용을 모두 옮기지는 않았지만 몇 살 더 먹은 티를 내

느라 어린아이들처럼 자기한테 뭘 해줘서 좋다는 게 아니라 엄마
의 처지를 이해하고 받아들이는 모습을 보여주었습니다.

엄마의 신발에 제 발을 넣어보려는, 제 발에는 안 맞지만 엄마
발에 맞는 신발이니까, 엄마가 좋다고 하니까, 엄마 것이니까 그 신
을 인정하려는 태도가 의젓합니다.

부모의 입장에 서보는 것, 부모의 처지를 생각할 줄 아는 것, 자식
으로서 자신의 감정과 요구를 객관화할 줄 알고 부모의 느낌과 정
서를 헤아릴 줄 아는 것, 깊은 공감 반응력을 보이는 것, 그것이 진
정 부모를 이해하고 사랑하는 자세가 아닐까 합니다.

그때 우리 부모님은 그렇게밖에 하실 수 없었을 거라고, 그분들
로서는 그것이 최선이었을 거라고 받아들일 수 있다면 자식으로
서 품을 수 있는 부모에 대한 최상의 사랑이라고 저는 생각합니다.

이 세상 어떤 자식도 부모의 마음을 온전히 헤아릴 수는 없습
니다. 제가 좋아하는 이성부 시인의 「어머니가 된 여자는 알고 있
나니」의 첫 구절처럼 본인이 어머니가 되어야 어머니 마음을 알게
되고, 그때 비로소 어머니가 그리워지는 것입니다. 그 그리움이란
어머니 됨의 본성을 깨닫게 된다는 의미일 것입니다.

어머니가 혼자만 아시던 슬픔, 무게, 빛깔 등이 이제야 선연히
가슴에 차오른다고 시인이 말하고 있듯이, 우리들이 항상 무엇이
없고 나서야 절실히 그 참 모습을 알게 된다고 했듯이, 자기를 위

해 서는 따신 봄볕 한 오라기도 몸에 걸치지 않으려는 어머니 그 옛적 마음을 저도 이미 어머니가 된 여자는 안다고 했듯이요.

　　이 좋은 5월의 어머니날, 어버이날에 자식이 아직 어리건 다 컸건 부모로서 '부모 됨'의 속 깊은 깨달음의 시간을 가져보면 좋겠습니다.

5월은 관계의 달

세월이 참 숨가쁘게 흘러갑니다. 엊그제 5월이 시작되는가 했더니 어느새 마지막 주에 다다랐습니다. 어린이날, 어버이날, 스승의 날, 부부의 날 그리고 싸잡아 가정의 날까지…. 가정의 달 5월이 저물고 있습니다.

'나'를 중심으로 배우자와 자녀와 어버이를 생각하며 가족관계의 선을 이어보게 하고, 가족만큼이나 한 개인의 성장에 영향을 미치는 존재인 '스승'을 또 다른 관계의 도식에 놓아보게 하는 5월, 그래서 저는 그 5월을 '관계의 달'로 정의하고 싶습니다.

제게 '관계'라는 말은 '의미'라는 단어를 연상시킵니다. 그리고 의미는 곧장 '가치'로 연결됩니다. 깨어진 '관계'에서 오랫동안 아파하고 이어 삶의 '의미'를 잃고 시름시름 앓다가 자신이나 상대방을 '무가치'한 존재로 포기해 버리는 일이 일련의 고통스런 과정으로 일어나기 때문입니다.

　요즘처럼 험한 세상에서 '관계의 달' 5월을 만월처럼 풍성하고 온전하게 누리는 사람이 있다면 참 복받은 사람이라는 생각을 해 봅니다. 다른 무엇보다도 부모와 자식 간에 범람하는 강물처럼 충만하고 여유로운 사랑의 관계를 펼쳐가는 모습은 무엇보다 소중하고 아름답습니다.

성경에 나오는 '돌아온 탕자'는 부모 속을 썩이는 자식의 압권으로 비유됩니다. 당시 풍습으로 유산을 미리 내놓으라는 '땡깡'은 멀쩡히 살아 있는 아버지를 죽었다 치는 것과 같은 패륜이라고 하니, 녀석의 고약스럽기가 가히 짐작이 됩니다. 수순처럼 가진 돈을 탕진하고 배를 곯다 못해 집으로 돌아오지만 아비 된 자는 추궁이나 꾸지람은커녕 오히려 잔치를 베풀어, 이른바 탈선했던 자식이 돌아왔을 때 취해야 할 부모 태도의 모범답안을 제시합니다.

　부모 속 터지게 하는 거라면 우리 옛이야기 속 '청개구리'도 '맞짱'을 뜸직하지 않습니까. 하지만 불효자식의 말로라고 다 같을 수는 없어서, 성경 속 탕자와 민담 속 청개구리의 삶의 여정은 큰 차이를 보이며 전개될 것만 같습니다.

　그것은 어쩌면 부모 생전에 '돌아온 탕자'와 '돌아오지 못한 청개구리'의 차이일 것입니다.

　부모로부터 완전한 용서와 헌신적 사랑을 경험한 탕자와 달리,

엄마를 물가에 묻고 비가 올 때마다 개골개골 울어야 하는 청개구리는 회한과 자기증오에 시달리며 죄를 대물림할 가능성이 높습니다. 이유야 어떻든 부모에 대한 반항심과 적개심으로 반대로만 하느라 반생을 소모한 자식의 영혼이 진정 가련하고 측은하다면 부모가 자기 대에서 그 죄를 끊어줘야 했는데, 엄마 개구리는 죽을 때까지 자식으로부터 자신이 원하는 것을 얻고자 집착하는 바람에 자식의 생애에 그늘을 드리우게 된 것입니다.

부모가 돌아가시기 전에 돌아오지 못한 자식 청개구리 자신의 잘못과 "요놈, 나 죽거든 깨달을 테냐? 더도 말고 덜도 말고 너 같은 거 하나만 낳아 고생해 봐라"는 식의 미성숙한 부모의 태도가 그만 물가에 자기 무덤을 파는 어깃장을 놓게 해 자식을 그 속에 가두고 맙니다.

탕자의 아버지는 진정 자신을 죽임으로써 자식을 살렸지만, 청개구리 엄마는 마지막까지 자아를 내려놓지 못했습니다. 어떤 명분으로든 자식을 자기 식의 틀에 맞춰 찍어내고 바꾸려 했던 아집이 죽음 앞에서까지 불신을 불렀습니다. 자식을 믿어주지 못했기에 자신을 산이 아닌 물에 갖다 묻으라고 실언을 했던 것입니다….

자식 키우기가 이렇게 힘든 줄 알았더라면 진즉 물렸을 부모 노릇에 오도 가도 못하는 요즘, 상상력을 이리저리 비틀어 도대체 문제가 뭔지 골똘히 생각하고 또 생각해 봅니다.

솔직히 요즘 탕자들은 먹을 것이 다 떨어져 돼지죽통에 코를 박기 전에 마약 운반책이나 폭력조직 등에 유유히 가세해 범죄의 세계로 빠져버립니다. 아버지 집으로 돌아올 가능성은 점점 희박해지고 부모들의 불안은 "제깟게 돈 떨어지면 별 수 있나" 하는 차원을 넘어섭니다. 세대가 너무나 악하기 때문에 정신 차릴 때까지 맘 다잡고 끝까지 몰아붙여 볼 수도 없어 철딱서니 없는 자식들에게 마냥 끌려다닙니다.

회복의 첫걸음, 치유의 처방은 누가 어떻게 시도해야 할지, 의미와 가치 있는 관계의 불씨를 어떻게 하면 되살릴 수 있을지 암담하기만 합니다. 하지만 어차피 자식 키우기의 정답은 없는 법, 땅에 묻힐까 물에 묻힐까 잴 것도 없이 무조건 믿어주고 나는 그냥 '죽어버리는 것', 그것이 자식을 살리기 위해 부모가 할 수 있는 최선의 길이 아닐까 싶습니다.

스승의 날에

'**달**력을 보니' 내일이 스승의 날입니다. 굳이 달력을 보고서 야 알았다는 말은, 그날이 제겐 별의미가 없다는 뜻일 겁 니다.

제 나이가 지금 48세이니 초등학교부터 대학까지 학교에서 보 낸 시간을 다 합쳐도 학생보다는 비학생으로 산 날이 두 배나 많 아 선생님들에 대한 기억이나 영향력이 대부분 희미해졌기 때문인 가 봅니다. 어쩌면 저를 가르쳤던 선생님들보다 지금 제 나이가 훨 씬 많거나 얼추 비슷한 지경에 있다는 것이 스승의 날을 더욱 무감 동하게 하는지도 모릅니다. 대학 때 은사조차도 나이로는 추월한 지금, 다시 만나뵈면 모를까, 머릿속에서는 더 이상 큰 존재로 여겨 지지 않습니다.

외람되고 불경스럽게도 나이듦이 세상을 만만히 보게 하고 관계에 대한 인식을 뻔뻔하게 변질시켰다는 뜻은 결코 아닙니다. 나이가 들었어도 사는 일은 여전히 두렵고 세상사에 휘둘리며, 철없기는 매한가지인데 그때 그 선생님들도 그렇지 않았겠습니까.

그런 뜻에서 제가 그 나이에 이르고 나니 동시에 선생님들에 대한 기억도 그만 힘을 쓰지 못하게 된 것 같고, 어린 나이에 품었던 신비감이나 큰 존재감이 사라져 스승의 날의 감회도 잦아들게 된 것 같습니다.

그럼에도 지금껏 초등학교 1학년 담임선생님은 잊지 못하고 있습니다. 실은 갓 부임한 가녀린 처녀선생이라는 것 빼고는 이름도, 얼굴도 생각나지 않으니 엄격히 말해 초등학교 1학년 때의 '그 사건'을 잊지 못한다고 해야 할 것입니다.

당시는 학기초가 되면 가난한 집 아이들을 대상으로 교과서를 무상으로 지급했습니다. 요즘의 무료 점심급식과 유사하지만 가난하다고 무조건 주는 것은 아니고 '착하고 똑똑한 아이' 한두 명에게 '특혜'를 주는 것이었습니다.

그런데 제가 그만 그 수혜자로 뽑힌 것입니다. 그 소식을 듣는 순간 '착하고 똑똑한 아이'는 아랑곳없고 '가난한 집 아이'라는 낙인이 제 가슴에 화인으로 찍혔습니다.

당장 죽을 것처럼 자존심이 상해서 눈물콧물로 범벅이 된 채 집으로 내달렸습니다. 울며불며 통곡하는 저를 달래다 못해, 마침 집에 놀러와 계시던 막내고모가 제 손목을 잡아끌고 학교로 달려 갔습니다.

겨울 끝자락 이른 해거름의 교정을 가로질러 보무도 당당하게 교무실로 박차고 들어간 고모는 막 퇴근을 하려던 선생님을 향해 다짜고짜 호통을 쳤습니다. 얘를 어떻게 보고 그런 결정을 했느냐, 얘는 그렇게 무시를 해선 안 되는 아이라는 것이, 고모가 선생님을 닦아세운 요지였습니다.

이 무슨 봉변이란 말입니까. 무시한 것은 뭐며, 여리디여린 처녀 선생이 어린 학생을 해코지할 음모라도 꾸몄단 말입니까. 지은 죄라곤 평소 귀해하던 자기 반 아이에게 특별 배려를 하려던 것밖에 없거늘…. 선생님은 그럼에도 기승을 부리며 대드는 보호자를 무연히 바라볼 수밖에 없었을 것입니다.

콩알만한 가난한 계집아이의 자존심이 뭐라고, 지금 생각하면 고모는 조카의 그걸 지켜주기 위해 짐짓 과장되게 어린 여선생을 몰아세웠던 것 같습니다.

성격이 불같은 고모였지만 지금 생각하면 단순히 집이 가난해서 조카의 수모(?)에 노기등등하지만은 않았을 거라 짐작됩니다.

친정남동생네가 가난한 것도 고통스러운데 그 가난의 원인이 동생의 수감생활 탓이라는 것, 그것이 조카들을 볼 때마다 고모의 마음을 짠하게 했던 것 같습니다.

"니 아버지가 사람을 죽였냐 도둑질을 했냐. 니들 아버지 징역 살이는 남하고는 다르다. 그러니 기죽을 것 하나도 없다."

아버지 위의 세 고모들이 우리 4남매에게 무시로 주입하던 레퍼토리와도 그 사건은 무관하지 않았을 겁니다.

지금 말로 하면 사상범이고, 그때 말로 하면 '빨갱이'인 아버지 때문에 남들의 손가락질을 받을새라 조카들을 보호한다고 늘상 하시던 말씀이 엉뚱하게도 선생님한테 쏘아진 것입니다.

아무튼 "가난도 똑같은 가난이 아니"라는 고모들의 지론대로 저 또한 어릴 적부터 서슬 퍼런 자존심으로 무장하여 무기징역살이를 하는 아비의 딸이라는 주변의 업신여김으로부터 스스로를 지키려 했던 것 같습니다. 멍들고 짓이겨져 생채기뿐일지언정 그래도 그 자존심이 저를 8할 이상 키웠습니다.

그런 별쭝맞은 꼬맹이를 담임 맡아 경상도 말로 시껍묵었을 그 선생님이 지금도 너무나 가엾지만 그리고 죄송하지만, 초등학교 1학년 때의 그때 그 일도 제게는 저를 지키기 위한 '자존심 사건' 중의 하나였다는 것을 부인하고 싶지는 않습니다.

소중한 그 번호 856-4435

"**집**에 전화가 안 되네, 이상한 안내만 나오고…."

"엄마네 전화번호 바꿨어, 올케네 번호로. 이제 그 번호론 안 돼…."

친정에 전화가 안 돼서 언니한테 확인을 해보니 번호가 바뀌었 다는 대답입니다.

남편 없이 혼자 사는 올케가 애들을 데리고 시어머니, 그러니 까 제 친정어머니 집에서 살기로 하면서 이삿짐에 자기 집 전화번 호까지 싣고 왔다는 겁니다.

'어떻게 그럴 수가…, 그 번호가 어떤 번혼데….'

그때처럼 올케가 야속하기는 처음입니다. 도대체 무슨 생각으 로, 아니 오히려 아무 생각 없이 자기 편한 대로 했을 거라 싶으니 부아가 치밀어 며칠이 지나도 속이 상했습니다.

집에 붙박여 있는 노인네에게 이따금이나마 걸려오는 일가붙이들의 전화마저 불통 되게 할 건 뭐며, 식구 수대로 핸드폰이 있는 처지에 이사를 한들 당장 답답할 일도 하나 없을 텐데 꼭 그렇게 자기네 위주로 했어야 하는가 말입니다.

전화번호 따위가 뭐라고, 상황 따라 바뀔 수도 있지 하실 테지만 우리 가족에게 그 전화번호는 번호 이상의 의미였습니다.

사람은 세월 따라 수명을 잃어가지만 오래 가까이 해온 물건들은 연수가 지날수록 생명을 지닌 듯 정이 드는 것과 비슷하다고 할까요. 구체적이고 손때 묻은 살림살이가 아닌 조합에 불과한 추상적 번호에서조차도 그럴 수 있다는 것이 이번 일을 계기로 새삼 느껴집니다.

제가 초등학교 5학년 무렵 처음 전화를 들여놓은 후 한번도 바뀌지 않았으니 그 번호는 얼추 40년을 한식구가 되어 한 세대가 훨씬 넘도록 우리 가족의 대소사를 실어 나르며 집안의 지난한 역사를 지켜보았습니다.

우리 4남매의 대학 합격과 낙방 소식, 가슴 졸이며 기다리던 애인의 연락, 무기징역을 사시던 아버지의 하루 동안의 귀휴와 그 후 오랜 시간이 흐른 후의 가석방, 형제들의 결혼, 조카들의 탄생, 오빠의 암 선고 그리고 1년 후의 사망, 아버지의 치매, 돌아가심, 최근 올케 가족에 닥친 불행까지…

누구든 그 번호만 누르면 우리 가족의 근황을 알 수 있었으니 자식들이 모두 떠난 후 홀로 번호를 지켜오던 친정어머니는 호주에 사는 제게까지도 "너 열 살 때 친구라더라. 혹시 하고 전화해 봤는데 아직도 번호가 그대로냐"며 깜짝 놀라더라"는 등의 뜬금없는 소식을 전해 주곤 하셨습니다.

일일이 열거할 수도 없이 수많은 사연들을 담아내던 그 번호는 가족과 동떨어져 살고 있는 제게는 의미가 더욱 컸습니다. 그 번호를 누르기만 하면 언제나 어머니의 목소리를 들을 수 있고 어머니의 한결 같은 위로와 격려가 흘러나왔기 때문입니다.

최근에 올케가 실수로 많은 돈을 잃고 집까지 떠내려가는 바람에 3남매를 데리고 시어머니 집에 얹혀살게 되었지만 그 돈을 본 적도 없는 저로서는 가슴 아파하면서도 솔직히 그다지 실감되진 않았습니다.

좁은 공간에서 복작거릴 다섯 식구가 안쓰럽고 아버지를 잃은 슬픔에 연이어 또다시 불행을 겪게 된 조카들이 가여운 것 이상으로, 친정 전화번호의 부재가 제게는 큰 상실로 다가왔습니다. 그게 무슨 값어치 나가는 소유물이라도 되는 것처럼 일평생 빼앗기며 살아온 어머니가 이제 하나 남은 전화번호까지 생전에 박탈당해야 하냐며 억지를 부리고도 싶었습니다.

한번도 발설한 적은 없지만 내심 저는 그 번호와 어머니는 함께 소멸할 것이라 생각하고 있었습니다. 그 번호의 부재는 곧 친정의 부재라는 결론도 내려두었습니다. 오빠와 아버지가 먼저 떠난 친정에서 어머니가 안 계시면 더 이상 전화번호를 지켜줄 이가 없으니까요….

그런 전화번호가 어머니를 앞서 홀연히 먼저 세상을 버렸으니 망연하지 않을 수 없었던 것입니다. '사망한' 친정 전화번호 856-4435를 기릴 양으로 나름의 '애도기간'을 가진 후에도 한동안 연락하지 않다가 내키지 않은 마음으로 최근에서야 올케네 전화번호를 눌렀습니다.

"여보세요."

아, 언제나 차분하고 정갈한 어머니의 음성이 전과 다름없이 들립니다. 돌아가셨던 분이 되살아오기라도 한 듯 저도 모르게 잠시 화들짝 놀랍니다.

전화번호의 부재가 어머니의 부고가 아님을 증명하듯 그 자리에 그대로 계시는 어머니에 안도하지만 '죽어버린' 전화번호를 생각하면 지금도 가슴이 아립니다.

안녕, 소중했던 번호 856-4435….

사랑은 믿어주는 것

저는 요즘 아들애와 도란도란 이야기하는 재미가 쏠쏠합니다. 일을 마치면 자정 가까이 집에 들어가지만 늦은 저녁을 한 술 뜨는 제 옆에 아들애가 슬그머니 자리를 잡으면 새벽 두세시를 넘기는 것은 예사입니다.

사람에 따라서는 부모자식 간에 대화하는 일이 특별할 게 뭐냐고 하겠지만 아들애와 저와의 대화는 그저 대화가 아닙니다.

"나는 방황한다, 고로 존재한다"는 명제를 붙여줘야 할 것만 같던 아들이, 머언먼 길을 돌아와 이제는 마치 한 송이 국화꽃을 피우듯 제 옆에서 노란 꽃잎을 피우고 있으니까요.

이민 2세대 특유의 정체성 혼란과 타고난 예민함으로 생모를 찾아 헤매는 입양아마냥 "나는 누구인가"를 끈질기게 묻는 10대 아들의 처절한 몸부림을 그저 지켜볼 수밖에 없었던 저는 그 무렵 이런 글을 썼습니다.

가정주부들의 화제는 그저 남편이나 아이들에서 맴돌게 마련인데, 특히 자식들 이야기는 온종일 한대도 지침이 없다. 아이가 갓 났을 때부터 자랄 때, 학교 다닐 때, 시집장가 가서 자식 낳아 기르는 거며, 그야말로 내 목숨 다할 때까지 숨차게 이어진다.

아이들이 어릴 때는 밥을 잘 먹네, 말을 잘 듣네 어쩌네 하다가 학교엘 들어가면 공부를 잘하네 못하네, 안달복달 각양각색의 화제를 이어가지만 결국은 내 기쁨의 원천은 내 새끼이며, 내 삶의 존재이유는 자식이라는 것을 거듭거듭 확인하는 것으로 결론이 난다. 말 그대로 "그대 있음에 내가 있는" 것이다.

어미 된 자로서, 특히 한국 어미로서 자식과 나는 나눌 수 없는 한 덩어리라는 신념을 깨기란 어쩌면 불가능한 일처럼 보인다. 그렇기 때문에 그 한 덩어리에 차츰 균열이 가기 시작하는 듯한 낌새를 알아차리기도 여간해서 쉽지 않다.

"딸애한테 며칠 전 티셔츠를 사다줬더니 얘가 이러는 거야. '엄마, 이 옷은 왠지 내 스타일이 아닌 것 같아. 그리고 앞으로는 내 옷은 내가 직접 샀으면 좋겠어.' 제 딴엔 조심스레 꺼낸 말이었지만 듣자니 참 황당하데…. 엊그제까지만 해도 내가 골라주면 무조건 예쁘다고 하던 애였는데."

"자기 친구들에 대해서 잘 알지도 못하면서 이러쿵저러쿵하지 말라고 퉁명스레 말하더니, 밖에서 놀다가도 집에 들어가 엄마 얼굴 볼 생각하면 숨이 턱 막힌다며 한 술 더 뜨는 거야, 글쎄."

대학 2학년 딸과 사춘기에 접어든 10대 아들을 둔 친구들이 지금까지 본 적이 없는 자식들의 태도변화가 황당하기 그지없다며 쏟아낸 하소연들이다.

"우리 아무개는 아직도 엄마밖에 몰라. 누굴 만나는지, 무슨 이야길 하는지, 어딜 가는지 꼭 나한테 보고하고, 옷 입는 거나 머리 모양이나 모두 내 맘에 들게 하고 다니잖아."

자기 옷은 자기가 고르고 싶다는 딸의 말에 충격을 받아 상심하고 있는 친구에게, 또 다른 친구는 자기 아들은 대학생임에도 아직도 자기 품안에서 천진난만 노닌다며 만족과 안도를 표했다.

앞의 친구가 자식의 '반란'으로 인해 자기 존재와 정체성의 기반이 흔들리기 시작한 것을 불안해하고 있다면, 나중 친구는 반석같이 든든한 변함없는 자신의 존재감을 재확인했다는 뜻이리라.

그렇다면 함께 있던 내 경우는 어땠는가.

친구들과 같은 또래의 두 아이가 있음에도 그날 모임에서 '왕따'를 당할 수밖에 없었던 내 경우는, 자식과 한 덩어리란 믿음에 틈새고 균열이고 감지할 짬도 없이 한순간 '바람과 함께 사라져' 버린 경우였다.

미성년인 두 아이를 품에서 잃은 후 애지중지 키우던 화초의 중턱이 예고도 없이, 여지도 없이 갑자기 잘려나간 듯 아리고 쓰라렸다. 나 자신이라고 생각했던 존재가 난데없이 찢겨져 나간 자리의 상처와 상실감은 어미로서의 밑도 끝도 없는 책망과 우울감으로 이어지면서 나라는 존재의 무가치함과 수치심마저 느끼게 했다. 하지만 힘든 시간과 전쟁을 치르며 아들아이처럼 어쩌면 나 역시 나 자신을 찾아가는 여정을 더듬고 있는 건지도 모르겠다.

해거름 어둑한 거실 창가에 서서 나는 묻는다.

도대체 언제 떠나야 가슴 아프지 않겠느냐고. 대학생 딸에게 아직도 내가 사준 옷을 입히고 싶고, 직장을 가진 자식도 한 지붕 아래 그냥 있었으면 한다면, 아들 손자 며느리 다 모여 있어야만 직성이 풀릴까.

사랑은 상대와 내가 하나 되는 것임에도 부모자식 간의 사랑은 두 존재가 완전히 분리될 때 비로소 완성되는 역설적 개념이 아닐까. 몸뚱이만이 아니라 심리적·정서적으로 온전히 떠나보낼 때 둘의 사랑은 평온하고 아름답다.

자식 가진 여자라면 누구나 한번은 완전한 별리의 격렬한 아픔을 통과해야 하지만, 그 서럽고 낯선 상실감은 결국 '자신과의 조우'를 준비케 하는 내면의 배려였음을 깨닫게 될 것이다.

떠났을 때의 아들과 돌아온 아들은 제게는 다른 존재입니다. 그렇다면 그 아이에게 저는 어떤 엄마일까요. 엊그제 아들애가 혼잣말처럼 이런 말을 했습니다. "사랑은 믿어주는 거지. 끝까지 믿어주는 것, 그게 사랑이야."

　엄마가 자기를 믿고 끝까지 기다려주었다는 뜻인지, 아니면 자기를 사랑한다면 그랬어야 했다는 뜻인지 잠시 혼란스러웠지만 어쨌거나 저는 지금 아이와 더불어 행복합니다.

4

모국(母國)은 지금

부끄러운 한글날
김근태 고문을 생각하며
그냥 노인
돼지고기 계세요?
조기유학, 차마 눈뜨고 못 볼 일들이...
호주도 바야흐로 대학입시철
KTX 열차와 목욕탕 물 한 바가지
신 여사 다시 귀를 닫다
노년 인력은 노는 인력인가요?
"영어, 영어" 하지 말았으면

부끄러운 한글날

'천하 주유'를 앞두고 일단 미국에서 돌아온 싸이가 귀국공연을 하면서 "아무도 가사를 따라하지 못하고 이해하지 못하던 뉴욕 광장에서 혼자 〈강남 스타일〉을 불러야 했다. 하지만 지금은 우리 모두 합창을 하자"며 군중 앞에서 비감 어려 했습니다.

싸이는 스스로를 '쌈마이'(삼류)라고도 하고, 혹자는 〈강남 스타일〉을 "싸구려 문화의 역동성을 상징하는 노래"라고도 하지만 "허섭스런 가사라도 우리말로 전달하고 이해받고 싶어했구나. 〈강남 스타일〉로 전세계에 '한글 스타일'을 퍼뜨린다면 참 좋겠다는 생각을 했을 수도 있겠다"는 느낌을 받았습니다.

싸이의 일거수일투족이 전세계에 방영되고 심지어 공연중 병나발을 분 음료의 성분도 궁금해하는 차제에, 싸이가 읊조리는 언어의 정체까지 파악하려 든다면 한글도 '뜨지' 말란 법이 없겠다는 생각도 들었습니다.

또다시 한글날입니다. 올해로 566돌째입니다.

　온갖 병마에 시달리느라 일상을 잃어버린 가족 중의 한 사람을, 장병에 방치되다시피 해온 그 사람을, 존재감 없는 그자를 비쭉 들여다보며 새삼 생일을 기리는 민망함, 그런 느낌이 한글날인 오늘 듭니다. 우리 말과 글이 그 어느 때보다 비루해지고 참담해지고 옹색해지고 처량해져서 소생 불가능한 난치·불치의 중병을 앓고 있다는 안타까움 때문입니다.

　저절로 병이 들어 시나브로 앓게 되었다 해도 딱할 판인데 우리말에 대한 우리의 태도는 거의 학대 수준입니다. 자르고 끊고 비틀고 뒤틀고 뒤집고 늘리고 부수고 까고 쪼개고 짜깁고 거꾸로 하는 등 갖은 고문을 하면서 시쳇말로 한글을 '멘붕'상태로 몰아가고 있습니다.

　이미 '한글에 대한 예의'를 잃어버린 우리는 그것의 왜곡된 사용에 대해서도 몰염치합니다. 가장 대중적으로 접할 수 있는 인터넷 사전에는 오용된 언어가 그럴듯한 풀이와 용례까지 거느리고 버젓이 올라와 있으니까요. '멘붕'도 그중 하나입니다. 언어도단이요, 적반하장 격입니다.

　간디는 자신의 수행공동체인 아슈람(Ashram)에서 일곱 가지 사회적 대죄를 말했습니다. 원칙 없는 정치, 노동 없는 부, 도덕 없

는 상행위, 양심 없는 쾌락, 인격 없는 교육, 인간애 없는 과학, 희생
없는 종교가 그것입니다.

사회의 기본 근간이 되는 행위와 제도에 대한 본질과 핵심적
가치, 공동선에 대한 다림줄이자 대원칙 앞에 간다가 허락한다면
"정신 없는 말과 글, 얼빠진 모국어"를 포함시켜 여덟 가지 사회적
대죄를 말하고 싶습니다.

영어 등 국제 공용어와는 달리 각 나라의 모국어는 단순히 의
사소통 수단이나 기능으로만 존재하지 않기 때문입니다. 하기사 요
즘 한국은 한 나라 안에서 같은 언어를 쓰면서도 세대 간 소통마
저 여의치 않은 상황이지만 말입니다.

최근 한 신문이 그 심각성을 지적했습니다.

한글 인터넷이나 소셜 네트워킹 서비스(SNS)에서의 대화는 더
욱 심각하다. "부끄^//^ 안녕하세요~ 꼬땡이에요. 눈팅만 하다
글 올려요. 잇힝할 때 찍은 사진 올려요. 뒷간하지 마세요" "친
신걸어요. 반모콜이죠?" 한 인터넷 카페에 올라온 글이다. 이
문장을 번역(?)하면 "안녕하세요. 부끄럽지만 저는 공부도 못하
고 놀지도 못하는 학생이에요. 눈으로만 보다 처음으로 글과 기
분 좋을 때 찍은 사진 함께 올려요. 뒤에서 험담하지 마세요"
"친구 신청해요. 반말 괜찮죠?"가 된다.

하도 기가 막혀 어안이 벙벙할 뿐입니다.

여북하면 이런 생각까지 다 해봅니다. "싸이가 〈강남 스타일〉로 전세계에 한글 열풍을 일으켜서 우리에게 그 '역풍'을 맞도록 할 수는 없을까" 하고 말입니다.

우리가 업수이 여기던 것이 다른 나라에서 인정을 받는다면 "어라, 그 정도였어? 미처 몰랐네" 하며 비로소 귀히 여기게 되지 않을까 싶어서입니다.

내년부터 한글날이 다시 공휴일이 될 가능성이 높다고 합니다. 한글의 가치와 중요성을 되새기기 위해서라는 취지야 반갑지만, 자칫 앙코 빠진 찐빵이 될까 염려스럽습니다.

공휴일을 되찾는다고 해서 한글을 아끼고 소중히 여기는 마음까지 저절로 되돌릴 수는 없기 때문입니다. 모국어에 담긴 넋과 얼을 회복시킬 마음이나 노력 없이 막연하게 '뜻 깊은 날' 운운했댔자 '노는 날' 이상의 의미는 없을 테니까요.

아니나 다를까 벌써부터 그런 조짐이 보입니다. 어린이들을 비롯한 여러 단체에서 한글의 중요성을 강조하기 위해 광화문에서 '플래시몹'을 벌였다고 하네요. '플래시몹'이라니요, '정신 너갱이' 빠진 기자 때문에 어이없고 허탈하고 약이 바싹 오릅니다.

김근태 고문을 생각하며

생전에 뵌 적은 없지만 이제 영면에 들어가신 김근태 통합민주당 상임고문이 요즘 문득문득 생각납니다. 그분의 별세가 분노와 죄의식, 빚진 마음을 느끼게 한다는 세간의 말들에 나 또한 그러하다는 '말부조'는 못할망정 그러한 위무의 말이 제게는 마치 구슬프고 서러운 진혼곡처럼 들립니다.

더러 만났거나 아니 만났으되 만난 것과 진배없는 가엾고 서글픈 인연들이 김 고문의 죽음으로 인해 헐벗은 혼령처럼 너울대며 다시금 의식 안으로 걸어 들어온 탓입니다.

김 고문의 이름 앞에 떳떳이 놓인 '민주주의자'라는 수식어가 그분이 흘린 피의 대가인 양 선명하고 달라진 세상의 새 명패 같아 감격스러우면서도 어쩔 수 없이 굴비두름으로 엮여 고통받던 가족들이 떠오르지 않을 수 없습니다.

얼추 30년 전쯤, 김 고문의 부인 인재근씨를 비롯하여 민주화실천 가족운동협의회(민가협)에서 만났던 그 가족들 말입니다. 더러는 눈빛만큼은 형형했지만 국가로부터 무단히도 미움과 트집을 잡히 며 가난하고 남루하게 살아가던 사람들, 남편과 자식·형제의 기한 없는 옥살이에 기다림에는 이골이 났다면서도 그 고통의 분량만 큼 희망 또한 옹골지게 키워가던 사람들 속에 저 또한 섞여 있었습 니다.

전에 한번 글에 쓴 적이 있지만, 1968년 8월 통일혁명당 사건 으로 무기형을 선고받고 20년 20일을 복역한 후 1988년 8월 올림 픽 특사로 가석방된 제 선친의 가족대표로 그때 대학교 3학년이었 던 제가 민가협 회원이 되었던 것입니다.

대학시절 내내 꽁무니에 형사가 따라다니는데다 저의 동향에 대해 학과장에게는 보고까지 요청해 놓은 상태에서 데모라도 있 는 날은 특별 감시에 들어가고 어떤 때는 집에까지 쫓아오니 저는 저대로 어둡고 우울한 시간을 보내고 있던 때였습니다.

그런 날은 으레 어머니도 일하다 말고 불려와 담당형사에게 문 초를 당해야 했습니다. 몇 달 간격으로 정해진 날짜에 찾아오는 공 안담당 형사에게 "그런 일 없습니다. 이제는 아무 연결도 없어요…. 그러믄요…" 죄인 아닌 죄인으로 같은 말을 반복하며 말끝을 흐리 시던 모습만으로도 가슴이 아픈데, 그런 날은 덤터기를 써야 하니 더 속이 상했습니다.

그뿐 아니라 시절이 보다 살벌했을 때는 동네사람 눈이 무서워 6개월에 한번씩 이사를 해야 했고 그러다 보니 전학도 '밥 먹듯' 해제 작은언니의 경우는 초등학교를 예닐곱 번이나 옮겨다녔습니다.

집에 누가 오는 것을 어머니가 싫어하셨기 때문에 어릴 적 우리 형제들은 친구를 집에 데려온 적도 없었습니다.

양팔을 간격 있게 벌려 우뚝 선 채 버스의 동그란 손잡이를 잡고 있는 사람을 보면 아버지 고문당하던 모습이 생각나 몸서리가 쳐지는데 그 상태로 하도 맞아서 눈알이 빠지다시피 한 적도 있었다는 어머니 말씀도 새삼 떠오르고, 혹독한 고문을 견디다 못해 정신이 반쯤 나간 상태에서 이글이글 타고 있던 취조실 석탄난로를 엉겁결에 껴안아 얼굴에 중화상을 입었다는 서승씨, 남편의 사형선고에 충격을 받아 아내가 미쳐버렸다는 이야기들도 거기서 들었습니다.

잔혹한 고문을 거친 장기수, 양심수의 가족들이라 불리던 사람들 가운데 저는 가장 어린 회원이었습니다. 그렇다고 제가 무슨 민가협의 '잔 다르크'는 아니었고 그 무렵 유난히 지쳐 하시던 어머니께 실낱같은 희망이나마 드릴 길이 있는지, 그게 아니라면 아예 체념을 해야 하는 건지 답답한 마음에 자투리일망정 조금치라도 시국과 관련된 정보를 얻고 싶었던 것입니다.

민가협에서는 아버지의 구명을 위해 당시 제1야당 부총재와의 만남을 주선해 주셨는데, 그분은 제게 여성지 같은 데에 딸의 시각으로 수기를 쓰는 것이 '윗선'을 건드리는 가장 호소력 있는 방법이라고 조심스레 제안하시며 하지만 가뜩이나 연좌제가 있는데 그런 글로 인해 이담에 혼인할 때 더 지장이 있을까 염려된다는 말씀을 덧붙이셨습니다.

그때 수기를 쓰지 않아서 그랬는진 몰라도 멀쩡히, 그것도 적령기에 저는 결혼을 했고 아버지와 같은 사건으로 복역중이시던 신영복 선생의 글과 그림을 옥중 결혼선물로 받아 지금까지 잘 간직하고 있습니다.

제가 다섯 살 때 시작된 아버지의 옥살이가 스물여섯 결혼하던 그해에 끝이 났으니 돌이켜보면 참말로 '징한' 세월이었습니다.

제가 이렇게 말하니 "어치케 살았을 꺼나" 하고 혀를 차며 동정하는 분들도 계시겠지만 구름 속에 있으면 구름을 모르듯이, 저희 가족들 또한 '보통사람들'처럼 울고 웃으며 그렇게 살았습니다.

다만 요즘처럼 아버지와 비슷한 일을 겪은 분이 세상을 떠났다는 소식을 들을 때, 그로 인해 그 가족들의 고통이 다시금 떠오를 때 묵은 상처가 들춰지며 한동안 울울한 심회에 젖게 된다는 점에서 안 겪어본 사람은 짐작할 수 없는 속내 하나를 더 가지고 있다고 할까요.

김근태 고문의 명복을 빕니다.

그냥 노인

"**우**리 같은 늙은이들이 나다니면 젊은 사람들이 안 좋아해
요. 걸음도 늦고 길에서 거치적거리면 방해되잖아요. 그러
니 집에 있습시다."

5년 전 치매로 돌아가신 아버지를 극진히 간호하시던 친정어머
니는 자꾸 밖으로 나가고 싶어하는 아버지를 이렇게 달래곤 하셨
습니다. 노인이 노인을 돌봐야 하는 상황에서, 그것도 불현듯 막무
가내 떼를 쓰기 십상인 치매환자의 늙은 간병인인 어머니는 아버
지를 모시고 외출하는 일을 가장 힘에 부쳐하셨던 것 같습니다.

매사 체념과 달관이라는 몸에 밴 생존법에 약간의 피해의식 그
리고 당신 특유의 유머감각이 살짝 터치된 어머니의 멘트에 슬그
머니 웃음이 나오면서도 조금은 마음이 스산했던 기억이 납니다.

아버지의 주의를 돌리기 위해 잠깐 급하게 할 일이 있다든가,

날이 춥다든가 하며 다르게 둘러댈 수도 있었을 텐데, 왜 하필 젊은 사람들의 눈치가 보여 나갈 수 없다고 하셨나 싶어서였습니다. 붐벼봤댔자 명동 한복판도 아니고 기껏해야 동네 삼거리께나 배회할 게 고작임에도 늙었다는 이유로 두 노인네가 지레 주눅이 든다는 게 서글펐던 것입니다.

어머니의 치매아버지 간병기는 울 수도 없고 웃을 수도 없는, 그런가 하면 울 수도 있고 웃을 수도 있는 한 편의 드라마와 같았습니다. 그 무렵, 저는 이런 글을 썼습니다.

어제 아버지는 "이제 그만 감옥에서 나가고 싶다. 나를 제발 좀 빼내달라"며 어머니에게 간청을 하셨단다. 며칠 전에는 "내일은 사형집행이 있어 새벽 일찍 교도소에 가야 한다"고 하더니 이내 "축하합니다. 당신은 이제 자유의 몸입니다. 지금부터 대한민국 어디든 갈 수 있습니다"라며 교도관 역할을 하시더란다. 치매란 망가진 기억 속에 영원히 갇히는 것, 어차피 현실은 부재한 것, 20년 옥살이로도 모자라 아버지는 결국 일생 영어의 몸이 되신 걸까. 어느 날 느닷없이 징역살이의 굴레 속으로 들어가시면 그때는 어머니도 어쩔 수 없이 한차례 우울증을 앓으신다. 헝클어진 기억 속에 갇혀 오도 가도 못하는 아버지를 부여잡고 "당신은 이미 감옥에서 나왔어요. 봐요, 저기 열린 문으로 맘대로 나갈 수가 있는데 왜 갇힌 다람쥐 꼴로 이렇게 왔다

갔다 하시냐구요!"

그럴 때마다 솔직히 저는 아버지가 어머니를 그만 괴롭히고 이즈음에서 돌아가시는 것이 낫지 않을까 하는 생각을 어쩌다 한번쯤 한 게 아니라 자주 여러 번 했더랬습니다.

하지만 정작 어머니는 "내가 니들 아버지 수발들 일도 없으면 살아 있을 필요나 의미가 없지 않냐"며 마치 아버지의 치매 간병이 당신의 존재이유라는 듯 그게 무슨 대수냐는 표정으로 예의 농담을 섞어 태연히 응수하셨습니다.

그렇게 말씀하실 때 어머니는 어쩌면 자식들 역시 "늙고 병든 당신들에게 눈치를 주는 피하고 싶은 젊은이들"로 인식하셔서, 우리들에게 거치적스런 존재가 되지 않으려고 당신 존재의 '필요와 의미'에 필사적으로 매달려야 했던가 싶습니다.

최근 2년간의 세계 가치관 조사에서 우리나라는 노인들의 존재감과 존중감에 대해 조사대상 13개국 중 최하위의 낮은 인식을 보였다고 합니다. 노인들 스스로나 우리 모두 호들갑스레 놀랄 것도 없는 결과 앞에 '늙어감'에 대해 도대체 어떤 인식, 어떤 자세, 어떤 대책을 가져야 할지 난감합니다.

20~30대보다 특히 50대가 노인들의 무기력함과 무가치함에 제일 민감하다고 하니 저를 포함하여 곧 닥쳐올 노년에 대한 두려움

이 그만큼 구체적으로 와닿고 있다는 뜻일 겁니다.

"나이 먹기 진짜 싫어. 나이 먹느니 차라리 죽고 싶어"라는 말 따위도 안 되는 억지 절규와, 오래 살기 위해 국민적 신경을 곤두 세우는 현상이 모순적으로 공존하는 나라는 지구상 한국이 유일 할 것입니다. 늙지 않고, 나이 들지 않고 오래 산다는 일은 있을 수 없으니까요. 주름진 얼굴을 성형수술로 '다림질'하고 '박음질'하며 천격스레 늙어가는 것도 싫고, 우리 어머니처럼 사는 날까지 누군 가에게 필요하고 의미 있는 존재가 되어야 한다는 강박 신경도 치 사하고 구차합니다.

호주의 아이콘인 오페라 하우스와 하버 브릿지 주변에 잇대어 있는 카페와 식당의 낮손님은 삼삼오오 친구와 담소하는 노인들 이 대부분입니다. 개성에 따라 수수하기도 하고 추레하기도 하고 치장이 화려하기도 합니다. 늙었으니 이러저러해야 한다는 생각에 매이지 않고 젊어서 살아온 방식대로 계속 살아가기 때문입니다.

말이 좋아 곱게 늙지, 곱게 늙고 싶다는 희망도 나에겐 해당사 항 없는 착각일 수 있고, 할 수만 있다면 죽을 때까지 필요한 존재, 의미 있는 존재이고 싶어도 남들이 나를 있으나마나로 여긴다면 그도 할 수 없겠지요. 지금까지 그냥 살아왔듯이, 외모로나 내면으 로나 계속 그렇게 살면서 '그냥 노인'이 되는 게 가장 나을 것 같습 니다. 호주처럼 그런 나라의 노인네들이 한국보다 그나마 너그러운 대접을 받는다는 통계도 있으니까요.

돼지고기 계세요?

"**주**소가 어떻게 되세요? 우편번호는 몇 번이시구요? 티켓은 내일이면 나오시구요. 공항세는 320불이세요. 지난달까지는 270불이셨는데 이번 달부터 50불이 오르셨어요."

지난주, 한국에 가는 큰애의 비행기표를 구하기 위해 대한항공에 발권문의를 했습니다. 몇 차례 변동이 생겨 세 번 통화를 하고 마지막으로 표를 찾을 때까지 다섯 담당자들과 연결이 되었지만, 단 한 명을 빼고는 주어와 주체가 무엇이든 마구잡이로 모든 술어를 경어체로 말했습니다.

그네들의 해괴한 말법이 귀에 거슬려 도통 집중을 할 수가 없어, 옆에 있었다면 정말이지 한 대 쥐어박고 싶었습니다. 아무리 내용만 알아들으려 해도 손톱 거스러미처럼 자꾸 신경이 쓰여 대화 내내 은근히 화가 났습니다.

우스개로 옛날, 갓 상경한 촌사람이 말끝이 상냥한 서울 말씨를 흉내내려다가 푸줏간에서 "돼지고기 계세요?"라고 실수를 했다더니 이제는 그런 식의 우스운 말이 일상화되었으니 말입니다.

그중에서 올릴 때 올릴 줄 알고 그대로 두어야 할 때 둘 줄 아는 단 한 명이 그렇게 대견하고 귀하게 여겨질 수가 없었습니다. 요즘 세대들의 혼탁하기 그지없는 언어환경에서 어찌 그리도 독야청청 올곧게 우리말을 구사할 수 있는지 마치 오염되지 않은 청정수를 대하는 것 같았습니다.

며칠 전 한인이 경영하는 동네 일식당에 갔을 때였습니다. 주문을 받고 음식을 나르는 동안 말끝마다 돕겠다며 부자연스럴 정도로 예의롭게 구는 태도가 밉살스럽던 차에 음식값을 치르려 할 때 "계산 도와드리겠습니다, 손님" 하는 소리에 기어이 한마디가 나왔습니다. "계산은 나도 할 줄 아니까 그것까지 도와줄 건 없어요."

밥 한 그릇 사먹는 걸 가지고 뭘 자꾸 도와준다고 하니 듣기가 영 거북했습니다.

그렇다고 엉터리 말하기가 요즘 세대들만의 심각한 문제는 아닌가 봅니다. 어떤 여자가 TV 토크쇼에 나와서 "저 같은 경우는 52세이고 남편 같은 경우는 54세예요"라고 했다니, 낫살이나 먹은 사람도 다를 바가 없지 않습니까. "저는 52세고, 남편은 54세예요"라고 왜

238

못할까요.

'기분이 좋은 것 같다'거나 '예쁜 것 같다'는 말로 자기 감정이나 느낌을 표현하는 것을 두고 "지가 좋으면 좋고, 지 눈에 예쁘게 보이면 예쁜 거지, '같다'는 건 또 뭐냐"며 핀잔을 주는 사람도 있지만, 요즘의 언어혼란 사태에 비춘다면 그 정도는 약과라는 생각이 듭니다.

부정적 표현으로 쓰여야 하는 '너무'가 '너무' 오용되다 보니 이제는 '너무 예쁘다'고 하거나 '기분이 너무 좋다'고 해도, 너무 예뻐서 오히려 좋지 않게 느껴진다고 해석하거나 기분이 너무 좋아서 불쾌할 지경이라는 뜻으로 받아들이는 사람은 아무도 없듯이 말입니다.

이민 와서 아이들이 어렸을 때 존댓말을 가르치느라 또래 부모들이 애를 먹은 기억이 납니다. 어려운 말법에 스트레스를 받은 저희들끼리 무조건 말끝에 '요'자를 붙이는 것으로 "존댓말 공부 끝" 하는 바람에 한바탕 웃곤 했는데 "엄마는 시장 갔다요. 할머니 안 계시다요. 나는 모른다요" 하는 식이었습니다. 요즘은 이 말이 '역이민'을 했는지 한국에 사는 아이들도 이렇게 말하는 걸 들은 적이 있습니다.

요즘은 인터넷 탓에 어느 곳에 살든 한국의 같은 세대들끼리 연합하고 더불어 우리말을 파괴하고 있으니 차라리 고립된 이민환경에 놓여 있던 한 세대 전 이민 자녀들의 한국어 구사가 가장 올

바르지 않을까 싶습니다.

일전에도 같은 주제로 글을 쓴 적이 있지만 영어식으로 말해 "아무리 강조해도 지나치지 않다"는 생각에 이번에도 같은 이야기를 했습니다. 제한된 우리말 환경에 있는 제 경험도 이 정도이니 한국에서 경험하는 우리말의 파괴 정도는 말해 뭣하겠습니까.

우리말이 이렇게 잘못 사용되고 있는 것이 매우 걱정스럽고 이런 상황이 결국 고착될 것이라 생각하면 답답하고 절망스럽습니다.

이제는 저처럼 말이나 글을 통해 개인적으로 한번씩 '강조'하는 정도가 아니라 사회적·제도적·교육적으로 젊은 세대, 다음 세대들의 잘못된 말법을 고쳐주기 위한 적극적인 노력과 장치가 마련되어야 하지 않을까 싶습니다. 가장 간단하고 쉽게는 국어시험에 올바른 문법과 회화 문제를 집중해서 내면 될 것 같은데, 대학입시를 위한 국어교육에는 그것이 하나도 안 중요한지도 모르겠습니다.

조기유학, 차마 눈뜨고 못 볼 일들이…

며칠 전, 좀 이르다 싶은 아침에 친구에게서 전화가 왔습니다. 한국서 초등학생 하나가 유학을 오게 될 것 같은데, 어느 학교가 적당한지 그리고 어떻게 입학을 시키는 건지 수속방법을 알려달라고 했습니다.

호주에서 좀 오래 살았달 뿐 제가 무슨 전문적인 유학업무를 보는 사람도 아닌데, 자기보다 알면 얼마나 더 알겠습니까. 유학원에 직접 물어보는 게 좋지 않을까 하는 생각이 드는 참이었는데, 아니나 다를까 친구가 제게 전화를 한 이유는 다른 데 있었던 것 같습니다. "어떻게 애 혼자 외국에 보내는 걸 그렇게 쉽게 생각할 수가 있지? 이제 초등학교 4학년이 뭘 안다고…. 자기 앞가림도 못할 나이에 무작정 유학을 보내기만 하면 일이 다 해결된대?"

이른바 대책 없이 몰려드는 한국의 조기유학생에 대해 아침부터 저하고 '열을 내고' 싶었던 것이었습니다. 더 정확히는 어린 자식들을 무작정 해외로 내모는 부모들을 성토(?)하고 싶었던 게지요.

어떻게 그 학생을 알게 되었는지는 물어보지 않았습니다.

영어권 국가에 거주하는 한국인이라면 이민가정이건, 단기체류 가정이건 열에 여덟아홉은 한국의 지인들로부터 "아이들을 좀 데리고 있어줄 수 없겠느냐"는 부탁을 한번쯤은 받기 때문입니다.

아이들의 외국유학을 생각하고 있는 부모라면 보내고자 하는 나라에 자기 아이를 맡아줄 만한 적당한 보호자를 물색하느라 '호시탐탐 기회를 노리게(?)' 마련인지라 거절당할 때 당하더라도 '사돈의 팔촌'한테까지 '밀착 접근'을 시도해 보게 되는 것이지요.

저 역시도 이런저런 연줄에 얽혀 지금까지 모두 4명을 데리고 있어봤습니다. 이웃에도 한국에서 온 남의 아이들을 '키우는' 가정이 적지 않습니다.

영어 배운답시고 어린 나이에 혼자 이국만리에 와 있으니 그 아이를 부모 대신 '키우고 있다'는 표현이 딱 맞습니다.

그나마 현지의 믿을 만한 한인가정에 아이를 맡길 수 있다면 다행이지만, 그렇지 못한 경우 한국에 있는 부모들은 상상하기 어려울 정도로 사정이 딱해질 수도 있습니다.

학교에 따라서는 현지생활에 빠르게 적응시킨다는 명분으로 일정 기간은 호주인 가정에서 지낼 것을 반강제적으로 권하는데,

음식은 물론이고 말 한마디 통하지 않는 낯선 분위기에서 어린 학생들이 겪는 고충과 스트레스는 이만저만이 아니게 됩니다.

초등학교 6학년에 재학중인 한 한국 어린이는 수돗물도 시원스레 틀지 못하고 겨우 '똑똑' 흐르게 해놓고 세수를 했다고 했습니다. 세면기 주변이나 욕실에 물이 튀는 것을 유난히 싫어하는 이 나라 사람들의 습벽을 거스르지 않으려고 워낙 조심을 하다 보니, 얼굴 한번 닦는 데도 초긴장을 하게 되더라는 것이죠.

그런가 하면 같은 나이의 또 다른 어린이는 호주 가정에 들어간 첫날 아침, 그 집에서 한국 학생이라고 일껏 배려한 듯 한국 라면을 주더랍니다. 그런데 끓여먹어야 할 라면에 뜨거운 물을 부어 먹으라고 했다죠. 물만 부으면 바로 먹을 수 있는 즉석라면과 끓여야 하는 라면의 차이를 영어로 설명할 줄 몰라, 하는 수 없이 '물에 불은 생라면'을 씹어먹을 수밖에 없었다는 것이었습니다.

호주인 하숙집 아이가 하도 짓궂게 구는 바람에 함께 외출한 틈을 타서 무작정 냅다 뛰어 도망을 치다 경찰에 잡혀 다시 그 집으로 '끌려가면서' 집에 돌아가고 싶다고 꺼이꺼이 울던 한 초등학생을 직접 본 적도 있었습니다.

영어공부는 고사하고 부모들의 과욕으로 어린 정서에 씻을 수 없는 상처를 안겨줄 수 있다는 조기유학의 문제점에 대한 우려에 전적으로 공감하는 순간이었습니다.

이쯤 되면 어린것들을 그 고생시켜 가면서 꼭 유학을 시켜야 할까 의구심이 들지만, 이와는 아랑곳없이 지난해 한국의 조기유학생 숫자가 3만 명에 육박했다 하니 대세는 또 그게 아닌가 봅니다.

호주는 무작정 유학길에 오른 철부지들의 정서상의 불안정과 애정결핍을 최소화하기 위해, 어떤 지역에서는 초등학생 유학은 부모동반에 한해서만 허용하고 중학생은 친척, 친지가 돌볼 경우에만 유학비자를 발급토록 엄격히 제한하고 있습니다. 하숙이나 자취 등 독립적 형태의 일반적 유학생활은 만16세에 해당하는 고등학생부터 허용하고 있고요.

그런데 이건 또 웬일입니까. 호주의 초등학생 유학비율이 큰 폭으로 늘어난 가운데, 남부 호주에는 한국 초등학생의 숫자가 가장 많다고 합니다. 모르긴 몰라도 그 많은 한국 어린이들이 모두 부모와 함께 체류하고 있다고 보기는 어려울 것 같습니다.

지역에 따라 다르게 적용되기는 하지만 초등생 부모동반 유학 원칙을 지키지 않는 경우가 있을지도 모르고, 법 따지기 이전에 부모와 함께 생활하지 못하는 어린아이들의 정서적 굶주림은 어떻게 채울 것인지요.

목숨처럼 소중한 '내 아이'를 그깟 유학을 시키기 위해 외국에 혼자 두는 것은 아이의 장래에 어쩌면 위험천만한 영향을 끼칠 수도 있다는 걸 한국의 부모들은 정녕 생각해 보지 않는 것일까요.

호주도 바야흐로 대학입시철

대 입 수능시험이 얼마 남지 않은 한국처럼 호주도 바야흐로 대학입시철입니다. 정확하게 말하면 지난주에 이미 시험을 치르기 시작하였습니다. 더 정확하게 말하면 전국이 아니라 시드니가 속한 뉴사우스 웨일즈 주에서 지금 대입시험을 치르고 있는 중입니다.

이렇게 복잡하게 말씀드릴 수밖에 없는 까닭은 이 나라의 대학 입학 시험제도가 단순하지 않기 때문입니다.

우선 시험기간이 한 달 간이나 됩니다. 이번 대입고사도 지난 18일에 시작되어 다음달 13일까지로 이어지는 대장정에 올랐습니다. 하루 날을 잡아 몽땅 치르는 게 아니기 때문에, 그날 하필 배탈이 난다거나 재수 없게 사고가 나서 시험을 망치는 경우는 없다고 봐야 합니다. 수험생 스스로도 "당일 컨디션이 나빠서"라는 따위의 핑곗거리를 만들 수가 없을 겁니다.

물론 하루 받고 말 스트레스를 한 달 간이나 계속 받아야 하니 그게 더 사람 잡을 노릇 아니냐는 항변도 있을 수 있겠지만요.

이 기간 동안 수험생들의 심적 부담을 덜어주기 위한 특별 상담전화를 가동하고, 아주 가끔이지만 대입 스트레스로 자살하는 학생들도 있는 걸 보면 역시나 만만치 않은 건 사실입니다.

어쨌든 이렇게 시험을 길게 치르는 이유는 수험생들의 선택과목이 너무도 다양하기 때문입니다. 올해의 수험과목도 총 110개에 이른다고 하니, 학생 각자는 자기가 선택한 과목의 시험이 있는 날을 찾아 징검다리 건너듯 한 달을 버텨야 하는 것이지요.

110개나 되는 다양한 과목 가운데 영어, 수학, 과학 등 이른바 '주요 과목'을 선택한 학생들의 비중이 가장 큰 것은 말할 필요도 없지만, 너무도 생소한 학과목을 선택하는 극소수의 학생들도 있다는 점이 특이합니다.

종교나 철학, 고대사상 등을 선택하는 학생들이야 그렇다 치더라도, 일생 들어보지 못한 아프리카 어느 부족민의 언어를 택해서 '나 홀로' 시험을 치르는 학생들도 있다는 말입니다. 다시 말해 응시생이 단 한 명인 수험과목도 존재하니 입시과목이 그렇게 많아질 수밖에 없는 것입니다. 한국어도 다양한 제2외국어 가운데 소수자들의 선택과목에 해당합니다.

외국에 살다 보면 그러지 않으려고 해도 자꾸만 한국과 비교해서 생각하는 습관이 생기게 됩니다. 아무 의미 없는 줄 잘 알면서도, 대학 입시제도만큼 두 나라의 것을 비교해 보게 되는 것도 없지 않나 싶습니다.

어마어마한 선택과목 수도 그렇고 장장 한 달 간 치러지는 시험기간도 우리와는 사뭇 다르지만, 좀처럼 입시정책이 바뀌지 않는 것도 주목할 만합니다.

뉴사우스 웨일즈 주의 현행 입시제도는 지난 1967년에 틀을 갖춘 후 40년이 지난 지금까지 유지되고 있습니다.

하지만 처음에도 말씀드렸지만 여태껏 나열한 대학 입학시험은 시드니가 있는 뉴사우스 웨일즈 주에만 해당하는 이야기일 뿐, 퀸즈랜드 주 등 다른 주에서는 별도의 시험을 치르지 않고 고등학교 11, 12학년(고2, 고3) 내신성적만 가지고 대학에 응시합니다. 이 대입제도 역시 30년을 건재해 왔습니다. 그러니 퀸즈랜드 주의 12학년생(고3)들은 시드니 쪽 학생들이 지금 죽어라 치르고 있는 시험 따위와는 아랑곳없이 전혀 딴 나라에 살고 있는 셈입니다.

이처럼 한 나라 안에서 두 가지 입시제도가 아무 마찰 없이 공존하고 있으니, 마음에 안 들면 각자의 대입 취향에 따라 주를 바꿔 이사를 가버리면 그만입니다.

호주에서는 사실 대학입시가 국가적 '거사'가 아닙니다.

호주 국민 가운데 대학을 나온 사람은 20% 정도에 불과합니다. 대학은커녕 고등학교도 제대로 마치지 않고 중학교 과정에서 학교를 그만두는, 쉽게 말해 중졸자도 전체 인구의 40%를 차지합니다.

대학에 진학하려는 학생들끼리의 경쟁은 치열하지만, 모든 학생들이 한 방향의 좁은 문을 향해 머리를 들이미느라 전쟁을 방불케 하는 학창시절을 보내지는 않습니다.

대학을 왜 갑니까? 대다수는 결국 먹고살기 위한 직장을 구하기 위해서입니다. 뒤집어 말하면, 대학을 안 나와도 먹고사는 데 지장이 없다면 구태여 공부를 더할 필요가 별로 없다는 거겠지요.

호주에서는 영국계 백인들에 비해 상대적으로 열세인 이민자녀들의 대학 진학률이 높은 것도 같은 이유에서 비롯되는 것 같습니다.

사정이 이러니 매년 조용하게 대학입시철이 다가오는 것이 너무나 당연한데도, 이민생활 16년째인 지금도 그게 잘 적응이 안 되네요. 마치 이맘 무렵에는 세상에 고3밖에 없는 것처럼 온 나라가 들썩여야 제격인 것 같으니 제가 생각해도 스스로가 좀 실없게 느껴집니다.

KTX 열차와 목욕탕 물 한 바가지

지난달 말 즈음하여 이후로 한국에 있는 저는 이달 초 지인의 배려로 서울에서 부산까지 KTX 열차의 특실을 탈 기회가 있었습니다. 넉넉한 공간과 고급한 분위기에서 오는 안락함이 저에게는 모처럼 고국을 찾은 흥분과 버무려져 쾌적하기 이를 데 없었습니다.

특실 승객들에게는 마실 물도 거저 주고 신문도 맘대로 집어갈 수 있고 객실 내에서 이어폰 사용도 할 수 있다니, 아마도 비행기에 버금가는 서비스가 제공되는 것 같았습니다.

같은 부산을 가면서도 일반석 승객들과는 구분되는 대우를 받는다는 내심의 우쭐함이 앞뒤 사람들에게 묘한 동질감마저 자아내게 하며 특권 의식 비슷한 유치한 감흥조차 일게 했습니다.

말하자면 요금으로 차등이 매겨지는 객석 구분으로 인해 "돈이 곧 인격이자 품위"라는 '아주 오래된 농담'에 가장 맞춤한 상황에 제가 처했던 것입니다. 제 속의 그런 천격스러움조차 예전엔 미처 계발되지 못한 '자아의 일면'이라도 되는 양 저는 그날 '돈의 맛'에 달콤하게 취했더랬습니다.

행여나 승객들에게 폐를 끼칠세라 긴장된 자세로 다소곳이 통로를 오가는 승무원들의 조심스런 태도도 인상적이었습니다.

하지만 객실을 떠나 다음 칸으로 이동할 때마다 객석을 향해 돌아서서 공손하다 못해 굳어진 표정으로 목례를 하는 것은 왠지 생경하고 지나치다는 느낌이 들었습니다.

일반 객실에서도 같은 상황이 벌어지는지 경험이 없는 저로서는 알 길이 없었지만 그 사실은 별로 중요하지 않겠지요.

'뭘 저렇게까지' 하는 생각에 슬그머니 불쾌감이 들면서, 인위적이며 억지스러운, 마치 대놓고 아부를 받는 것 같은 면구스러움에 "역시 돈이 좋기는 좋다"던 내밀한 허영심이 들통 난 것 같아 무안해졌습니다.

KTX 특실 서비스와 승무원들의 친절을 최대한 누리는 것은 그에 상응하는 요금을 지불한 승객들의 당연한 권리일 것입니다. 그것을 탓하자는 것이 아니라 서비스와 친절의 본질에 견주어 어색하고 거슬리는 점을 느꼈기 때문입니다.

승객의 안전과 쾌적한 여행을 최대한 돕기 위해 승무원이 동승을 한다고 할 때, 한 객차를 떠날 때마다 매번 목례를 하는 절차는 승객에 대한 서비스 차원에서 어떤 의미인지 저로서는 도무지 헤아릴 길이 없었습니다. 그깟 돈 좀더 내고 탔더니 마음에도 없는 목례를 받나 싶어 별로 유쾌하지 않기만 했습니다.

KTX 특실에서 한껏 기분을 내던 제게 승무원들의 목례는 '옥에 티'이자 쓸데없는 '사족'으로 비쳤던 것입니다.

한편 이런 유의 '과잉 접대'가 있는가 하면 어처구니없는 박대를 당할 때도 있습니다.

무거운 짐이나 커다란 가방을 들고 택시를 탈 때, 그냥 자리에 앉아 손님이 짐을 차에 올리는 동안 멀뚱히 바라만 보는 운전기사가 그런 경우일 것입니다. 민첩하게 올라타지 않는다고 지청구를 듣지 않게 된 것만으로 "예전에 비해 택시 서비스 좋아졌다"고 해야 할까요. 이럴 때는 반대로 "내 돈 내고 왜 이런 대접밖에 못 받나" 싶어 불쾌해집니다.

아까도 말씀드렸지만 두 경우 모두 문제는 서비스의 본질에서 어긋나 있다는 점입니다.

아무리 특실이라도 쾌적하고 안락한 공간 제공과 친절을 위한 최선의 태도면 됐지 생뚱맞은 목례는 또 웬 말이며, 짐 올리고 내려주는 개인 도움을 받자고 택시를 타는 거지 기사가 물끄러미 바라만 볼 바에는 버스 타고 말지 구태여 차비 더 줘가며 택시 탈 필요가 없지 않나 말입니다.

여하튼 그렇게 부산을 다녀온 며칠 후 대중목욕탕을 갔습니다.

남들처럼 예뻐지고 싶어서 때를 밀어주는 아줌마에게서 오이 마사지를 받았습니다. 얼굴에 오이를 갈아 붙인 후 거즈로 둘둘 말아 미라가 된 저는 다른 손님에 밀려 오이즙이 얼굴에 스며드는 동안 구석자리 접이침대에 '방치'되었습니다.

한 10분을 그러고 있자니 벌거벗은 몸에 한기가 돌기 시작했습니다.

"에그, 이 아줌마 춥겠구먼."

거즈로 덮은 탓에 앞의 사물을 분간할 수 없는 중에 그 목소리와 함께 뜨뜻한 물 한 바가지가 온몸에 끼얹어졌습니다. 그 순간의 온열감은 온몸을 통해 이내 따스함과 안온함으로 퍼져나가면서, 서비스와 배려, 친절에 대한 KTX처럼 너무 뜨겁거나 택시 서비스처럼 차지도 않은 정확한 온도를 체감하게 했습니다.

한국에 있는 동안 적당한 온도의 따뜻한 물 한 바가지에 담긴 자연스러운 친절처럼, 미안하거나 민망하지 않고 어색하거나 생경하지 않은 체온 같은, 딱 고만한 온도만큼 배려하고 배려받는 일을 자주 경험했으면 좋겠습니다.

신 여사 다시 귀를 닫다

"부엌에 시래기 내놓은 것, 저녁에 먹게 좀 삶아놔라. 미리 쌀 씻어서 제때 밥도 좀 해놓고. 알았어? 그렇게 늦지는 않는다니까."

"이제 한 정거장 남았어. 조금만 더 기다려. 추운데 바깥에 나와 있지 말고, 한 5분 늦겠다."

"아, 글쎄 그건 침 맞아봐야 소용없어. 양의를 찾아가는 게 낫지…."

지난 한 달 간 한국에 있었던 저는 버스, 지하철, 거리 등등 어디에서나 다른 사람들의 이야기를 듣지 않으려야 않을 수 없는 처지에서 꼬박 지냈습니다. 육성이든 핸드폰 통화에서든 제 귓바퀴는 남의 말을 주워담기 바빴습니다.

안 들으려 해도 들리는 것이 당황스럽고 때로는 민망하고, 어떤 때는 남의 말을 일부러 엿듣는 것 같은 '스릴'도 느꼈습니다.

그것은 '심 봉사의 눈뜸'과도 같은 '신 여사의 귀뜸'의 순간이었
습니다.

영어권 국가에 살면서 이민 1세대 한인들이 겪는 언어와 관련해
무엇보다 좌절되고 막막한 상황은 바로 '듣기'가 아닐까 싶습니다.
읽고 이해하는 것은 그럭저럭 해나가는데, 도무지 들리지는 않기
때문에 자연히 말도 잘 못하게 되어 생활영어 면에서는 늘 그 타령
입니다.

상대의 말을 제대로 못 알아들으니 더듬거리며 대답을 할 수밖
에 없고, 그러다 갑갑해서 급기야는 써서 보여달라고 하면 "알아듣
지도 못하고 말도 버벅대는 주제에 어떻게 글을 읽을 수 있느냐"는
식의 미심쩍고 뜨악한 표정을 짓습니다. 이내 무시당한 기분이 들
지만 상식과 경험으로 생각해 봐도 상대방을 탓할 수는 없습니다.

우리나라에도 촌로들 가운데는 본인 이름자도 못 쓰는 문맹자
가 더러 있지만, 그렇다고 그분들이 말을 알아듣지도 못하고 하지
도 못하지는 않으니까요.

그저 배움이 짧은 탓일 뿐 장애가 없는 한, 글은 몰라도 듣고
말하는 데는 아무 지장이 없는 거지요. 그러니 청력이나 언어 장
애 없이 멀쩡한데도 듣고 말하는 것을 더듬을 정도로 '멍청한' 사
람이 무슨 수로 '문자를 읽고 해독씩이나' 하겠냐는 속반응인 것입

니다.

주어진 상황과 기본 전제가 주어져도 의사소통이 자유롭지 못한 판에, 다른 사람들의 각양각색 주제의 대화를 스치는 바람결처럼 유유히 들을 수 있다면 외국인으로서는 거의 '신기'에 가까운 '듣기평가 실력'이라고 해야 할 것입니다.

게다가 세계 각국의 이민자들이 모여 사는 '언어 박람국'인 호주에서 영어뿐 아니라 세계 각종 언어를 무슨 수로 죄다 알아들을 수 있단 말입니까.

사정이 이러니 특히나 버스나 기차 같은 닫힌 공간에서 일행들끼리 자기네 나라 말로 지껄이거나 전화로 떠들어댈 때면 창세기 바벨탑 아래서 이런 혼란이 벌어졌겠거니 하는 싱거운 생각이 들기도 합니다.

그런 지경에서 살다가 내 나라에 오면 갑자기 귀가 뻥 뚫린 듯 다른 사람의 말이 자동으로 귀에 솔솔 다 들어오니 어찌 심 봉사의 눈뜸의 경이보다 못할 수가 있겠습니까.

어떤 날은 남의 집 저녁상 차림도 짐작할 수 있고 "지금 내 옆의 이 사람은 5분 후 모처에서 친구를 만나겠군" 하는 등등, 하등 관계없는 남의 일에 안 끼려야 안 끼일 수가 없었던 것입니다.

그러나 시간이 지날수록 처음에는 재미나던 것이 나중에는 슬슬 짜증으로 변했습니다. 차를 타고 가는 동안 책을 읽는다거나 혼자 조용히 생각을 하려 해도 도무지 집중을 할 수 없었기 때문입니다. 왁자지껄 소음 속에 휩쓸려 다니려니 피곤이 가중되고 안 듣고 싶은 남의 말을 어쩔 수 없이 들으려니 무척 괴로웠습니다.

그 느낌은 지난번 임철순님이 쓰신 칼럼의 한 구절과 똑같았습니다.

화담 서경덕 선생이 어느 날 갑자기 눈을 뜬 장님이 집을 찾지 못하고 울자 그 장님에게 도로 눈을 감고 가라고 일러주었다고 하지요…. 갈피를 못 잡겠거든 도로 눈을 감아라, 그러면 길이 열릴 것이다, 내 집을 찾지 못하는 열린 눈은 망상일 뿐이라는 의미의 충고를 했다지요.

도로 눈을 감아야 익숙하게 가던 길을 찾을 수 있는 그 장님처럼, 저 역시 호주에서 16년을 귀 닫고 사는 동안 제 나름의 길을 찾아가는 '노하우'를 계발하고 있었던 모양입니다. 귀를 닫아야 오히려 환해지는 '내면으로 가는 길 닦음'말입니다.

귀가 닫혀 있었기 때문에 자신을 돌아보며 사색도 하고, 명상도 하고, 기도도 할 수 있었던가 봅니다. 남의 말이 안 들리기 때문에 출퇴근길을 오가며 글에 대한 '와쿠'도 한 편씩 짜고 앞으로 살아갈 일도 '도모'할 수 있었던 것 같습니다.

얼마 전 호주에는 버스 안에서 자기 나라 말로 떠드는 프랑스인 두 명을, 따라 내리면서까지 쫓아가 폭행을 한 호주 사람이 있었습니다. 그 사람의 과격행동은 벌을 받아 마땅하지만, 짐작하기는 알아듣지 못하는 말로 계속 '소음'이 발생하면서 그 사람의 세계를 마구 흩뜨려놓자 짜증이 극에 달했던 게지요. 아마도 그 사람은 저처럼 귀를 닫고 갈피를 잡는 법을 터득하지 못했던가 봅니다.

호주로 돌아온 저는 이제 다시 귀를 닫고 살고 있습니다. "웬수 같은 영어에는 언제나 귀가 뚫리려나" 하던 '오매불망'도 이제는 내려놓을 참입니다.

차라리 눈을 감고 귀를 닫아 '오묘한 자기 세계'에서 노니는 것이 더 속 편할 것 같기 때문입니다.

노년 인력은 노는 인력인가요?

저에게 첫 '이모할머니'라는 타이틀을 안겨준 큰언니의 외손자가 지난달 돌을 맞았습니다. 제 항렬을 기준으로 친정 쪽으로는 첫손자이니 귀여움을 독차지하는 거야 말할 필요도 없습니다.

더군다나 꼬맹이는 직장 다니는 제 엄마 대신 외할머니 손에서 크기 때문에 아이들이 다 떠나고 어른들만 덩그러니 남아 있던 집에 재롱둥이 노릇을 톡톡히 합니다.

제 조카의 신혼집은 친정과 자동차로 약 15분 거리라 출근하면서 아이를 맡기고 퇴근할 때 데려가곤 했는데, 요즘은 그것조차 번거롭고 고단해서 퇴근길에 잠깐 들러 얼굴만 보고 아예 주말에만 데려간다고 합니다.

한국의 직장문화가 기혼여성이라 해서 사정 봐주는 법이 없으니 젖먹이 엄마라 한들 야근에서 빼주는 경우도 없다고 합니다. 그렇듯 밤늦게 퇴근하는 것이 다반사인데 그 시간에 공연히 자는 애를 깨워서 집에 데려가는 수선을 피울 건 뭐며, 직장에서 파김치가 되어 돌아온 어미를 중간중간 깨는 어린것 땜에 잠도 못 자게 해서야 되겠냐는 외할머니의 배려 덕택입니다.

　그나마 애 맡길 데가 없어 아빠와 엄마 그리고 어린 자식들이 뿔뿔이 흩어져 살아야 하는 '육아 별거'를 면한 것만도 다행인지 모릅니다.

외손자를 돌보기 시작한 이래 제 언니의 생활은 완전히 달라졌습니다. 결혼생활 30년 만에 처음으로 집안일을 돕는 아주머니를 청하고, 집 앞 은행 볼 일이나 우체국 가는 것도 여의치 않습니다. 저하고 어쩌다 전화통화를 하는 것도 자유롭지 못해서 이야기하다 말고 애가 깼다면서 그만 끊자고 합니다. 한마디로 꼼짝달싹 못하고 밤낮 손자한테 시달리다 보니 언니는 살도 많이 내렸답니다.

　기운이 달려 감기몸살이라도 날라치면 아기에게 옮길세라, 게다가 앓아누울 처지도 아닌지라 약을 먹든지 주사를 맞든지 가급적 빨리 떨치고 일어날 궁리를 한다니, 조카가 들으면 서운하겠지만 꼬맹이를 보느라 제 언니가 너무 힘든 것이 저는 속상합니다.

　이렇게 자기 생활을 전부 포기하고 손자 보기를 자청할 때는 언제고 언니는 전에 없던 '내 탓'이라는 말버릇이 생겼습니다.

"내가 욕심이 많아서 그래. 비싸게 유학하고 힘들게 직장 가진 거, 애 키운다고 포기하게 할 수 없어서 내가 대신 맡아준다고 한 거니까. 떠오르는 태양에게 지는 태양이 양보하는 건 당연하잖아."

자식에 대한 자기 욕심이 과해서 고생을 사서 한다며 '내 탓' 운운하는 것입니다.

제가 있는 호주에서 대학을 나온 큰조카뿐 아니라 밑의 두 조카도 자기 일이 있으니 '욕심 많은' 제 언니가 나중에 걔들 애들도 최소 하나씩은 봐줘야 하지 않겠습니까. 하기사 하나 앞에 두 명씩, 여섯은 봐줄 테니 걱정 말라며 애들한테 이미 약조를 했다고 하네요.

사정이 이렇지만 위로한답시고 어디다 맡길 일이지 뭣 땜에 그 고생이냐는 말은 나오지 않습니다. 돈은 둘째고 믿고 맡길 마땅한 곳을 찾기가 어디 쉬운가요.

그렇다고 지 새끼 지가 키우게 애어미를 집에 들여앉히라는 말도 쉽게 할 소리는 아닙니다. 호주에서 고생고생 공부한 것 "지 알고 내 알거늘", 그러기에는 여태껏 배운 것이 너무 아깝습니다. 애 다 키우고 나중에 오라고 직장에서 자리 지켜주지 않는 다음에야 한번 그만두면 그 길로 그만이니까요.

언니도 언니지만 미안해서 어쩔 줄 모르는 조카도 딱하고 안쓰럽기는 마찬가지이던 차에 최근 호주에서 나온 한 연구결과가 그나마 위안이 되고 있습니다.

조부모 손에서 크는 아이들이 정서적인 면뿐 아니라 신체적·지적·사회적 성숙도를 포함한 모든 측면에서 부모가 혼자 돌본 경우보다 성장속도가 빠르다는 내용입니다. 즉 조부모의 영향력이 아동의 전인적 성장발달에 결정적인 역할(critical role)을 한다는 것입니다.

호주 가정연구소가 국내 최대 규모로 1만 명의 아동들(유아 5천 명, 4~5세 5천 명)을 대상으로 장장 7년에 걸쳐 장기추적 연구한 결과라고 하니 믿을 만하게 들립니다. 호주 정부는 이 같은 결과를 미래의 차일드 케어 정책입안의 주요 지표로 삼을 것이라고 하는데, 머지않아 제도적·정책적으로 아기 돌보기에 '노는 인력'이 '노년 인력'으로 활용될 것으로 해석됩니다.

한국도 요즘 '젊은 노인', 일하고 싶은 노년층이 많은 줄 압니다. 은퇴 후의 소일거리와 여가활용, 용돈벌이 등으로 삶의 활기와 의미를 되찾고 싶은 그분들에게 우리 사회의 미래인 2세들을 돌보아주십사 부탁드리면 어떨까요. 시간과 체력이 허용하는 한에서 육아시설에 일자리를 마련해 드린다면 십시일반 식으로 사회에 보탬이 되고, 노년의 여생도 보람되지 않을까요.

연륜 깊고 지혜로운 어르신들이 기꺼이 '내 아이의 조부모'가 되어주셔서 우리의 2세들을 건강하고 총명하게 키워주시지 않겠습니까.

"영어, 영어" 하지 말았으면

우리 칼럼 필자들이 이미 여러 번 다뤘지만, 오늘은 저도 비슷한 주제로 글을 써볼까 합니다. 유치원 때부터 귀에 딱지가 앉도록 들어서 자다가도 눈이 확 떠지는 '영어'에 대한 이야기입니다.

기능적인 관점에서 본다면 일상 속에서의 언어는 의사소통 수단입니다. 영어도 그중의 하나이되, 우리말과 좀 다른 점이 있다면 여러 나라 사람들이 할 줄 아는지라 어디를 가도 '잘 통한다'는 것입니다.

저희 가족과 절친하게 지내는 친구 중에 말레이시아 사람들이 있습니다. 만나면 그들의 중국말, 우리의 한국말로는 서로 통할 수가 없으니 영어로 이야기할 수밖에 없습니다. 어쩌다 부부끼리 각각 자기네 말로 소곤댈라치면 금방 분위기가 어색해지다가 서로 미안한 맘에 얼른 영어로 돌아오면 곧바로 다시 화기애애 와자하니 떠듭니다. 엊그제는 노래방을 함께 갔습니다. 한국 노래, 중국 노래를 돌아가며 부를 때는 피차간에 멀뚱히 있다가도 팝송을 선곡하면 모두 따라 부를 수 있어 흥이 났습니다.

보시다시피 영어가 뭐 별겁니까. 일차적으로 의사소통 수단, 그 이상도 그 이하도 아니지 않습니까. 지난달, 발리 여행을 갔을 때도 새삼 같은 경험을 했습니다. 관광지가 아닌 현지 마을을 돌아보는데 인도네시아어를 전혀 모르는 저는 "이게 뭔가요?" " 얼마인가요?"라는 간단한 말도 할 수 없어서 '여기 누구 영어 할 줄 아는 사람 없나' 하는 생각이 절로 났습니다.

살면서 만나는 영어란 그런 것입니다.

그런데 우리에겐 영어가 왜 그리 어렵게 느껴지는 것일까요. 뭣 때문에 무슨 괴물이라도 되는 듯 두려움과 공포의 대상으로 다가오는 걸까요.

손짓발짓 섞어 겨우 말이나 하는 정도가 아니라 고급 표현을 유창하게 할 수 있는 단계를 목표로 하려니 그렇다고 하겠지만, 누구나 그렇게까지 할 필요가 꼭 있을까요. 목표를 그렇게 높게 잡으니 첫걸음부터 질리는 것은 아닐까요. 모국어인 우리말도 세련되게 하기가 어려운 마당에 말입니다.

인간은 누구나 언어 습득력을 가지고 태어납니다. 어느 나라 말이

든 익히기만 하면 기본적인 수준은 될 수 있다는 뜻입니다. 마치 피아노를 '배우고' 재봉질을 '익히고' 수영'연습'을 하고 요리를 '실습'하는 것처럼, 언어도 익숙하게 될 때까지 '훈련'을 하면 됩니다.

물론 남보다 피아노를 더 잘치고, 요리나 바느질 감각이 더 뛰어나고, 수영을 더 잘하는 사람이 있지만 우리 모두가 피아니스트나 수영선수, 전문 요리사가 될 필요는 없듯이, 영어도 어느 정도까지만 하면 '그럭저럭 꾸역꾸역' 살아집니다.

그런데 문제는 우리에게 영어는 의사소통의 수단이 아니라는데 있는 것 같습니다. 우리나라에서 우리나라 사람끼리 살아가는데 영어가 필요치는 않으니까요.

그러다 보니 우리나라 사람들은 영어를 '공부'합니다. 마치 고등수학을 풀고, 법률지식이나 의학 등 전문 기술을 획득하기 위해 죽기 살기로 공부를 하듯이 '영어공부'를 하기 때문에 "공부를 잘 못하는 사람들, 소위 공부에 소질이 없는 사람들"은 지레 좌절하게 되는 것입니다. 또 대부분의 공부가 그러하듯이 일껏 '영어공부'를 해봐야 일상 중에 별로 쓸 일도 없고, 그저 영어를 위한 영어에 시간과 돈을 투자하는 경우가 많은 것 같습니다.

공부는 뭐든지 재미없지 않습니까. 그리고 공부는 사실 아무나 하는 것도 아니지 않습니까. 공부로서의 영어는 영어학자들이나 자기 전문분야에서 필요한 사람들의 몫으로 남겨두고 보통사람들은 그저 영어를 '배우면' 좋겠습니다.

뜻도 출처도 알 수 없는 무분별한 영어 범람을 걱정하는 목소리에, "무슨 소리, 국제화 시대에 응당 그래야 하고말고"라는 엉뚱한 대응에 이르기까지, 온 나라가 영어몸살을 앓고 있습니다.

여기에 저까지 어쭙잖게 끼여들어 말마디를 보태는 것 같아 송구하지만, 우리 모두는 그만하면 영어를 잘하는 편입니다. 잘하는데도 자꾸 못한다는 생각이 드는 것이 문제이고, 영어가 필요 없는 곳에까지 영어를 끌어오고 한 술 더 떠 이상한 조어를 만들어내는 강박증이 장애일 뿐입니다.

너무 "영어, 영어" 하지 않았으면 좋겠습니다. 영어를 잘하면 정말 좋겠지만, 아니 영어를 잘하기 위해서라도 영어를 무슨 대단한 실체로 생각하지는 말았으면 좋겠습니다. 그럴수록 상대는 공포스러운 괴물로 다가올 테니까요.

5

이민은 아무나 가나

위기의 자영업자
우울한 천국
신문지에 난 글 잘 읽었어요
기독교인으로 산다는 것
집안의 죄도 자연친화적 환경 탓?
호주에서 버스운전이 뜨는 이유
아줌마 이름이 왜 그래요?
철수는 영희의 남친?
제발, 고등학교는 마쳐주렴
잊는 게 돕는 것
이민 18세
발리에서 생긴 일
나도 역이민이나 할까?
지인의 죽음이 남긴 것
적성도 좋지만
아들의 용돈
넥타이를 풀어야 산다
자식 결혼시킨 죄인

위기의 자영업자

남편이 자기 사업을 시작한 후 주변사람들도 자연히 '장사꾼'으로 물갈이가 되었습니다. 20년 간 함께했던 그 많은 '월급쟁이들'은 다 어디로 가고 이제는 앞도 뒤도 옆도 위도 아래도 온통 '사장님 세상'에서 남편은 다시금 물정을 익히고 있습니다. '세상물정'이 아닌 '정글 물정'을 말입니다.

남편은 결코 녹록치 않고 만만치 않은, 우리 시대의 키워드이자 스티그마의 지경에 이른 이른바 '50대 자영업자'인 것입니다.

눈여기며 다니지 않아도 상가마다 대로변마다 문을 닫는 가게들이 속출하는 게 너무 잘 보입니다. 한 집이 문을 닫으면 마치 기다렸다는 듯이 옆가게가 폐점 세일에 들어가고, 며칠 후 그 옆집은 아무 사인도 없이 덜컥 장사를 그만둡니다.

한 밤 자고 나면 하나씩 사라지는 점포들을 볼 때마다 폐업을 결정하기까지 피를 말렸을 주인의 심정을 헤아리게 됩니다. 버틸 때까지 버텼으나 더는 어쩌지 못한 자괴감과 함께 한숨 어린 불멸의 밤이 숱하게 있었겠기에 말입니다.

그렇게 황량히 비어버린 '그 집 앞'을 얼마간 지나다니다, 무작정 불로 날아든 불나방처럼, 휘황한 집어등에 유인된 오징어처럼 덜컥 새 입주자가 들어선 것을 보게 됩니다. 분명히 망해 나갔음에도, 사람심리란 게 다른 사람은 다 안 돼도 나는 될 것 같아서인지, 아니면 배운 도둑질이라 울며 겨자 먹기 식인지 여하튼 점포는 하나둘 다시 메워집니다.

그리곤 얼마 지나지 않아 예의 멀쩡한 실내를 뜯었다 붙였다, 좌판을 접었다 펼쳤다를 반복합니다. 보는 사람조차 심란한 풍경이 아닐 수 없습니다.

심지어 팔고 나간 집이 되돌아와 간판을 다시 올릴 때도 있습니다. '닭집-카페-다시 그 닭집' 이런 식으로 어지럽습니다. 그 와중에 임대업자도 편편치는 않겠지만 그대로 죽어나는 것은 소매업자요, 자영업자입니다.

소매상의 죽음은 당연히 대기업의 거대한 '빨판' 탓입니다. 어디에 '꽂혔다' 하면 강한 흡착력으로 지역경제, 동네상권을 훑듯이 쫙쫙 빨아들이면서 순식간에 숨통을 끊어놓는 것입니다.

라이트급도 못되는 소매상들이 지역마다 들어서는 슈퍼헤비급 대형 쇼핑센터에 나가떨어지는 것은 바람 앞에 촛불 꺼지는 것보다 더 허망합니다. 혹자는 대형 유통업계에 치이는 동네상권을 팬티 한 장 달랑 걸친 맨몸뚱이로 시베리아 벌판에 선 형국이라고 비유합니다. 물맷돌 없이 골리앗을 마주한 다윗 신세라는 거지요.

시거든 떫지나 말든지, 임대료라도 좀 만만하면 뛰든가 움치든가 어떻게 좀 운신을 해보겠지만 건물주들은 살인적 임대료로 악명 높은 대형 유통업체의 못된 것만 배웠습니다. 그네들은 봉건시대의 작은 영주, 큰 영주 들의 현대판 버전일 따름입니다.

그러니 '큰 영주들'의 등쌀이라고 견딜 만할 리가 있겠습니까. '아가리'에 들어온 먹이를 멋대로 요리하는 것은 승자독식권을 가진 자의 당연한 권리니까요.

시내 중심가가 아니라도 일단 대형 쇼핑센터에 들어간 순간부터 부부가 들러붙어 온종일 뼈 빠지게 일한 수입이라야 '입에 풀칠하는 정도'이고 좀더 버는 사람이라면 '밥술이나 먹는 정도'라고 표현합니다.

물으나마나 매출의 대부분을 '영주'에게 빼앗겼기 때문이지요. 장사가 좀 될라치면 냉큼 임대료를 올려 그 이상을 거둬가 버리니 착취당하기는 어차피 마찬가지입니다.

장사하는 사람들 사이에는 물정 모르고 계약서에 사인 한번 잘못하면 8년 번 돈을 8개월 만에 날리고 맨몸뚱이로 나오는 곳, 1년 만에 집 한 채 값 물어주고 손 터는 데가 거기라는 말이 있을 정도입니다. 워낙 세가 비싸니 장사가 안 되면 속된 말로 '찍소리' 한번 못 내고 한 방에 무너지기 때문입니다.

그럼에도 일단 사람들이 모인다는 이유로 대형 쇼핑센터로 들어오려는 '소작인들'이 줄을 섰다니, '지주들'은 '마름'을 통해 고전하고 있는 점포를 눈여겨보았다가 센터 이미지 망친다는 구실을 들어 하루아침에 쫓아내 버리고 그 자리를 딴사람에게 줘버리는 횡포를 일삼는 것입니다.

그야말로 정글이 아닐 수 없습니다. 먹고 먹히는 전쟁터를 방불케 합니다.

시드니 한가운데, '배냇 백인' 동네에서 프랑스 식당을 차린 남편은 차라리 '정글의 허'를 더듬어 찔렀다고 해야 할까요. 아님 무식해서 용감했다 할까요.

지금도 '수업료'를 치르지 않는 것은 아니지만 이 분야에서 잔뼈를 굳힌 '9단들'이 득시글거리는 살벌하고 치열한 현장을 경험 없는 '50대 자영업자'로서 늠름하게 헤쳐나가며 새로운 생계수단으로 다져가고 있는 자체가 대견스럽기만 합니다.

우울한 천국

제가 낸 책 중에 호주에 살면서 틈틈이 기록한 우리 가족과 이웃의 이민생활 이야기집 『심심한 천국 재밌는 지옥』이 있습니다.

여러 편의 글 중에 복잡하고 경쟁 심한 한국과 비교하면 두루 살기 좋은 호주는 말 그대로 천국인데 이질문화와 정서상의 걸림을 생각하면 '심심한 천국'이요, 비리와 사고로 편할 날이 없는 한국은 꼭 지옥 같지만 그래도 말과 정서가 통하고 볼 것도 많고 갈 곳도 많아 시끌벅적 정신없이 돌아간다는 뜻에서 '재밌는 지옥'이라는 내용이 있는데, 그 글의 제목을 책의 제목으로 사용했습니다.

우스갯소리에서 따온 책제목이 뜻밖에 인구에 회자되면서 호주만 '심심한 천국'이 아니라 뉴질랜드도 그렇고 캐나다도 그렇고 미국도 그렇다는 식의, 이른바 한국보다 생활환경이 나은 나라에 사는 한국 이민자들의 '고국과의 비교 공감어'가 되어버렸습니다.

하지만 그 책을 낸 지 12년이 지난 지금, 다른 나라는 어떤지 몰라도 단언컨대 호주는 더 이상 '심심한 천국'이 아닙니다.

그동안 저와 한국 이민자들이 이국문화에 멋들어지게 적응해서 남의 나라에 살아도 더 이상 소외감을 느끼거나 심심하지 않게 되었대서가 아니라, 살기가 너무 팍팍해지고 부대끼게 되어 이제는 '천국'이라는 말 자체가 무색해졌기 때문입니다.

그럼에도 호주는 아직도 지구상에서 가장 살기 좋은 나라라고들 하니 꼭 '천국' 타이틀을 고집해야겠다면 '우울한 천국' 내지는 '궁색한 천국' 나아가 '암울한 천국' '비참한 천국'으로 전락시켜 불러야 할 것 같습니다.

낮은 잿빛하늘의 음울한 겨울날씨 탓이라고 하기엔 너 남 없이 쪼들리는 살림살이의 체감온도가 너무 낮습니다.

수지를 맞추지 못해 상가마다 빈 점포가 늘어나고 그러다 건물이 통째로 비며 그 일대가 유령거리화되는 현상이 마치 도심 속의 마른버짐처럼 번져갑니다. 그나마 꾸려가고 있는 가게들도 당장 닫을 수는 없으니 마지못해 열어둔다는 한숨을 섞어, 원가에도 못 미치는 세일에 세일을 단행하지만 그나마 경쟁이 심해 박리다매도 옛말입니다. 그러니 살아남기 위해 비용절감 등으로 안간힘을 쓰는 업주들의 눈치를 보며 품삯에 의지하여 하루하루 연명하는 삶도 안쓰럽기는 마찬가지입니다.

　　가난한 학생들이나 수입이 변변찮은 노동자들은 살인적인 집세, 방세와 교통비 등 꼭 써야 할 곳으로 돈이 다 들어가 버려 빵 한 조각으로 끼니를 때우거나 한 끼쯤 굶는 일도 예사라고 합니다.

　　전기나 가스, 물같이 사는 데 꼭 필요한 자원은 기본적으로 국가에서 맡아 안정적으로 관리해 주면 좀 좋으련만, 어찌된 것이 돈 많은 '괴물집단'에서 마구잡이로 사용료를 올려버리니 날씨는 이렇게 차가운데 난로 한번 변변히 켜기도 무서워 올겨울이 유난히 춥게 느껴집니다.

　　현재가 불안하고 미래가 불투명한 사회에 범죄가 늘어나는 것은 수순처럼 당연하고 세상이 흉흉해질수록 몸을 도사리게 되어 나 자신, 내 식구 단속부터 하게 되는 방어적 생존본능만 키우게 됩니다.

　　더구나 200개가 넘는 다민족 국가임에도 각자 자기 커뮤니티에 똬리를 틀고 그 한계에 갇혀 타 이민자 그룹들을 돌아볼 관심도 겨를도 없으니, 사건·사고가 터져도 자기 나라 사람 일이 아니면 냉담과 무심으로 일관하는 고질적 버릇도 이렇게 살기 힘든 때는 잠재적 위험요소가 될 수 있을 것입니다.

세상에서 제일 살기 좋은 나라에 살아도 이렇게 힘든데 다른 곳은 말해 무엇 하랴 싶지만, 서민들의 삶이 이렇게 고달프고 피폐해지는 원인은 몇몇 지나치게 배가 부른 사람 탓이라는 원망을 하지 않을 수 없습니다.

호주 최고 부자인 광산 여주인은 1초에 550달러가 넘는 돈을 번다고 합니다. 말 그대로 '눈 깜짝하는 새'에 600달러 가까운 돈이 순간순간 쌓인다는 뜻인데 그 여자는 그것으로도 만족이 안 돼, 일찍이 정치인을 좌지우지했듯이 이번에는 언론계를 장악할 태세라고 합니다.

돈 많다고 다 행복한 건 아니라는 따위의 '여우의 신 포도' 식 사고도 싫고, 어차피 차등 있는 세상, 환경을 탓하기엔 생이 너무 짧다는 것을 모르는 것도 아닙니다. 사람이 사는 데 돈만 소중한 것도 아니고 실상 그렇게 많은 돈이 필요한 것도 아니니까요.

또한 스스로 돌아보아 자족 못하고 감사할 조건 없는 사람은 하나도 없다는 점에서 '그 사람은 그 사람, 나는 나'라고 생각하면 그만입니다.

그러나 화가 나는 것은 신도 부러워할 그 좋은 운에 감사하며 나누기는커녕 그렇게 많은 돈을 어떻게 자기 능력으로만 번 듯 저다지도 오만무도할 수 있으며 갈수록 더 노골적으로 탐심을 부풀리는가 하는 점입니다.

나아가 그런 '독식하고 포식하는 괴물들'은 결국 갈 데까지 간 천박한 자본주의가 낳은 기형아임에도 본래 정신을 상실한 자본주의 자체를 수술대에 올리는 근본 방안에 대해서는 무지와 외면으로 일관하는 것에 대해 분노하게 됩니다.

사람은 무엇으로 사는 것일까요. 인간으로서의 최소한의 품위, 기본적 자존감, 본성적 양심과 적당한 사랑을 잃지 않는다면 그럭저럭 더불어 살아갈 수 있다고 저는 생각합니다.

그러나 요즘 사회는 그런 기본 심성마저 지키기 힘들 정도로 사람을 볶아채며 고단하게 합니다. 그 이유는 지나치게 욕심 많은 사람들이 우리를 비참할 지경에 이르도록 못살게 굴기 때문이라는 게 제 생각입니다.

신문지에 난 글 잘 읽었어요

시내에 볼일을 보러 나가던 오후 3시 무렵의 한가로운 열차 (한국의 지하철) 안. 텅텅 빈 객석에 앉은 스무 살 남짓 되어 보이는 젊은 한국 남녀가 '끝말잇기'를 하며 갑니다. 요즘에는 어른도 아이도 아이폰을 가지고 주로 혼자 노는데, 젊은 사람들이 "살이 아닌 말을 섞으며" 놀고 있는 자체가 기특해서 일부러 귀를 기울였습니다.

주거니 받거니 단어를 이어가다가 '절' 자로 끝나는 말에서 여자 쪽이 "절편" 하고 받았습니다.

"그런 말이 어딨어?"

남학생이 괜한 억지소리 말라며 퉁을 줍니다.

"그런 말이 왜 없어? 있단 말이야. 니가 무식해서 모르는 거지."

억울해진 여학생이 항변했지만 실상 본인도 '절편'에 대해 아는 바가 없는 듯합니다. "떡 종류 중 하나"라고 대번에 반박하면 될 것을 자꾸만 그런 말이 있다고만 하니, 아마 그냥 어디서 들어보기만 했나 봅니다.

남자애는 빈정빈정 웃기만 할 뿐 그런 말 없다고 계속 우깁니다. 결국 둘이는 돈 100달러를 걸고 나중에 시시비비를 가리기로 합의한 후 놀이를 계속합니다.

'그래, 떡을 안 좋아하면 절편을 모를 수도 있지. 젊은 사람들은 더욱이나 떡을 별로 안 좋아하니까…' 공연히 듣는 제가 애석해서 이렇게 제 자신을 위로합니다.

몇 번 돌아가다가 또 '절' 자에서 여자애가 받게 되었습니다. 이번에도 별 망설임 없이 "절기"라고 대구하자, 남자애가 또 딴지를 겁니다.

"절기란 말이 어딨냐?"

"왜 없어, 왜 없어?"

'옳거니, 이번엔 제대로 설명하겠지. 여자라 아무래도 언어감각이 낫기는 낫네.' 어느 결에 저도 함께 말 이어가기를 하고 있었나 봅니다. '무식한' 사내를 한 수 가르쳐야겠다는 생각에 속으로 여자 쪽을 응원합니다.

"일절기 이절기, 이런 말이 있단 말이야."

두둥~. 순간 제 가슴을 두드리는 북소리가 들립니다. 이 무슨 망언인가요? 남자애의 말처럼, 그런 말이 어딨냐며 한 대 쥐어박고 싫어집니다.

둘이서 또 옥신각신하더니 이번에도 100달러를 걸기로 합니다. 단어놀이 자체로만 본다면 여자애가 200달러를 벌었지만, 제눈에는 두 사람 다 한심해 보였습니다.

제 추측에는 여자애가 '환절기'라는 말을 어디서 주워듣긴 했는데 그 말을 '한절기'라고 잘못 듣지 않았나 싶습니다.

또 추측입니다만 '한'을 '하나'라는 의미로 이해하고는 '하나'는 곧 '일'(1)이니까, '한 절기'나 '일절기'나 그게 그거고, 일절기가 있으면 '이절기'도 있을 거라고 지레짐작한 게 아닐까요.

이 지경이 되니 말놀이를 하는 것이 기특하다 싶던 처음 생각이 짜증으로 변했습니다.

걔네들이 혹시 우리말이 서툰 이민 2세대가 아니었냐구요?

호주에 산 지 이 정도 되면 모두 비슷해 보여도 교민자녀인지, 유학생인지, 워킹 홀리데이 중인지, 단순 여행객인지 거의 구분할 줄 압니다.

요즘 젊은 사람들의 언어 수준이 이 정도라면 정말이지 걱정입니다. 요즘 사람들이 아무리 책을 안 읽는다지만 일상 쓰는 말을 이렇게까지 모른다는 것은 충격적입니다. 고등교육을 받은 연령대의 어휘력이, 심하게 말해 고작 초등학교 3학년 수준인데다 말은 또 얼마나 제멋대로 합니까.

"입장료는 10불이세요" "거스름돈 여기 있으시구요" "표가 모두 매진되셨습니다" "죄송하지만 이 금액은 적립이 안 되십니다" "기한이 만료되신 것 같은데요" 등등 들을 때마다 거슬리는 엉터리 존대법이지만, 어차피 죽고 사는 문제가 아닐 바에야 "나 하나 참으면 모두 편하지" 하고 꾹꾹 견디고 있는 중입니다.

애들만 잘못하는 건 물론 아닙니다. 목사가 자기 교회 교인들 앞에서 '저희 교회' 하는 것도 '우리 교회'가 맞다고 냉큼 지적해 주고 싶지만, 입만 열면 남자는 죄다 '사장님'이고 여자는 '사모님'인 것도 딱 듣기 싫지만 역시나 "좋은 게 좋은 거지" 하며 꾹 참고 지냅니다.

"엄마가 신문지에 쓴 아줌마 글 잘 읽으셨대요."

며칠 전, 한동네 사는 친구의 딸을 길에서 우연히 만났습니다. 제 딴에는 '엄마의 신문쟁이 친구'의 안부를 살갑게 챙긴다고 한 말인데, '신문'에 쓴 글과 '신문지'에 쓴 글의 묘한 뉘앙스 차이가 웃음을 자아내게 했습니다.

하지만 호주에서 나고 자란 아이가 한 우리말 실수치고는 애교스럽지 않나요?

팔이 안으로 굽어서 하는 말이 아니라, 한국말을 배우려는 교민 2세들의 노력은 정말이지 가상스럽습니다. 우리가 외국어를 배울 때처럼 풍성한 어휘와 옳은 어법, 정확한 문법을 구사하려는 긴장감과 순수함이 한결같습니다.

　말 한마디 꺼내기가 저어될 정도는 아니라 해도 적어도 만만하고 업수이 여기는 마음은 없어야 제대로 된 우리말을 사용할 수 있을 터인데, 말의 저질화와 혼탁화가 갈수록 심해지는 요즘 세태가 자못 걱정스럽습니다.

기독교인으로 산다는 것

어제로 4일 간의 부활절 연휴가 끝났습니다. 교민 대부분이 기독교인인 시드니 한인 사회는 부활절 기간 내내 집회에 집회의 연속이었습니다. 한국의 유명 목회자를 초빙하여 200개에 달하는 한인 교회들이 대거 연합한 부활절 행사는 그 규모만으로도 압도적이었습니다.

『호주한국일보』에 칼럼을 기고하는 목사 한 분은 "이민자의 땅 호주에서 이태리계는 커피숍, 피자 등으로 사람들의 미각을 '꽉 잡고' 있고 그리스인들은 부동산업계를 주무르고 있다면, 한인들은 교회를 통해 호주 사회에 영향력을 행사할 수 있을 것"이라는 진단을 한 적이 있습니다.

주객전도라고, 시드니 인구의 3%도 안 되는 한국인들이 120년 전 우리에게 기독교를 전한 호주 땅에 되레 복음을 되안기는 역할을 하고, 호주 교회들이 속속 문을 닫으면서 세들어 있던 한인 교회들에게 예배당을 통째 내어주고 있는 형편이니 그 가능성은 이미 실현된 듯합니다.

지난주일, 제가 다니는 교회에는 연말 총선을 앞두고 지역구 야당대표가 다녀갔습니다. '표밭'을 의식한 존 하워드 전 총리도 선거전략차 한인 교회를 방문했을 만큼 "한국인들을 만나려면 교회로 찾아가야 한다"는 것이 정치권에서부터 공공연해지기 시작한 것 같습니다.

양적 성장이 있어야 질적인 것도 기대할 수 있고 자식도 여럿 있어야 그중에 잘되는 놈도 나오듯이, 기독교인의 수적 팽창은 그 자체로 좋은 일입니다. 더구나 다양한 인종과 민족이 뒤섞여 있는 이민국가에서 한인 커뮤니티의 대표적 정체성이 '신앙인'으로 인식된다면 그보다 더 고상하고 품위 있는 평가는 없을 것입니다.

'전교민의 전교인화'라고 할지 한인 교회 숫자는 계속 늘고 있으니 호주의 영성이 한인들에게 '꽉 잡힐' 날도 머지않은 듯합니다.

그러나 왠지 불안하고 걱정이 됩니다. 기독교의 본질에 비추어 과연 한인 교회가 제대로 된 방향으로 성장하고 있는지가 염려스럽습니다.

대부분의 한인 교회는 이민으로 인한 불안정한 생활기반과 뼛속 시린 외로움이라는 두 가지의 공통 '이민 생리'에 목회의 초점을 두고 있습니다. 그러다 보니 신앙도 자기연민을 전제로 한 물질적·정서적인 기복과 위안을 추구하는 방향으로 흐르는 경향이 높습니다.

"하나님을 사랑하고 네 이웃을 내 몸과 같이 사랑하라"는 기독교의 핵심적 가르침인 '사랑'이 개인과 커뮤니티 안에 갇힌 채 '자기 사랑'의 수준에서 찰랑이는 것입니다.

비록 교회가 술집으로 변하고 있다지만 뱃속부터 크리스천인 호주인들 눈에 우리들의 '자기사랑, 끼리끼리 사랑'이 자신들이 이해하고 있는 그리스도의 사랑과는 애초 무관하게 비칠까 두렵습니다. 더 깊게는 신앙을 표방한 한국 커뮤니티와 개인의 이기심 추구로 인식되지는 않을까 우려됩니다.

지난 한 해 우리나라 사람들이 하루 24시간 중 봉사활동에 할애한 시간은 단 2분에 불과했다고 하지요. 더구나 이 시간은 5년 전보다 1분이 줄어든 것이라 합니다. 봉사시간뿐 아니라 봉사활동에 참여한 사람도 1일 평균으로 따졌을 때 고작 전국민의 1.7% 수준이었다고 합니다. 역시 5년 전보다 0.5% 줄어든 수치입니다.

더구나 월 500만 원 이상의 고소득자들은 단 0.1%만이 남을 위한 시간을 냈다고 하니 부자일수록 더 인색하고 더 이기적이라는 뜻이겠지요.

하지만 하루 평균 화장하고 외모를 꾸미는 데 쓰는 시간은 전

국민이 14분이나 된다고 하니, 이러다간 "봉사할 짬 있으면 그 시간에 화장을 하렸다"는 말조차 생기려나 봅니다.

호주 한인 사회 통계가 아니고 한국 통계라지만 한국에도 1천만 기독교인이 있으니, 인구의 25%인 기독교 신자로 압축하여 같은 조사를 했다 해도 결과는 비슷하지 않았을까 싶습니다. 결국 저를 포함하여 기독교인들도 똑같이 이기적이라는 손가락질을 피할 수 없다는 뜻입니다.

며칠 전에 지인으로부터 들은 얘기가 있어 이렇게 생각하는 것이 전혀 근거가 없지 않다는 걸 글로 쓸 수 있는 건지도 모르겠습니다.

집안이 초라하다는 이유로 자식의 결혼 상대자가 마음에 안 든다는 사람더러, 신앙 좋기로 소문난 한 친구가 그랬답니다.

"아무 염려할 것 없어. 일주일 금식기도하면 떨어져 나가게 되어 있으니까."

어떻습니까. '이기적이고 배타적인 기독교인의 압권'이라 할 만하지 않습니까.

집안의 쥐도 자연친화적 환경 탓?

깜깜한 빈집에 혼자 돌아와 스위치를 더듬어 어둠을 밀어낸 순간, 빛의 속도만큼이나 빠르게 검은 물체가 발밑으로 지나가는 섬뜩함을 경험해 보셨는지요.

그것의 정체는 결국 '하찮은 생쥐'에 불과했지만, 그날 저는 어둠과 버무려진 오소소한 공포와 그 자체의 불결감과, 어찌해 볼 수 없는 무력감에 마치 미로에 갇힌 듯 전신의 힘이 빠지면서 그대로 주저앉아 울고 싶었습니다. 조금 지나서야 생쥐 한 마리에 그렇게까지 휘둘린 자신의 열박한 '감정 오버'의 롤러코스터에서 하차하게 되면서 현실감각이 되돌아왔습니다.

지난달 '생쥐와의 조우'는 그렇게 시작되었습니다.

그날 밤 집에 쥐가 있다는 사실을 알고 난 후부터 나날의 생활은 공포에 휩싸였습니다.

항상 발밑을 예의 주시하느라 식탁에서 밥을 먹을 때도 의자에 당그라니 올라앉았고 혹시 침대에서 '적과의 동침'을 하게 될까 두려워 잠을 설치기도 했습니다. 쥐를 잡을 엄두를 내기는커녕 외출에서 돌아오면 그저 마주치지나 말았으면 하는 바람으로 현관에서부터 일부러 발을 쾅쾅 구르고 헛기침을 하면서 이제 그만 자리를 비켜달라고 '항의'를 했습니다.

며칠간은 아무 기척이 없는 듯도 하여 혹시 제풀에 사라졌나 싶기도 했지만 긴장을 풀 수는 없었습니다. 그러던 중 어느 날 저녁밥을 짓고 있는데 불쑥 녀석이 나타났습니다.

놀라 내지르는 제 소리에 녀석은 더 놀라서 혼비백산 달아났지만, 서로 마주치지 않기로 한 평화조약(?)을 깬 녀석을 더는 용서할 수가 없었습니다. "더 이상의 타협은 없다"는 각오로 쥐약을 놓은 지가 열흘 쯤 전이었는데, 그날 이후 아직까지는 녀석과 마주치지 않고 있습니다.

이렇게 쓰고 보니 쥐가 드나들 정도로 제 집이 지저분할 것으로 상상하실 분도 계실 겁니다. 하지만 호주에서는 집에 쥐가 있는 것은 보통입니다. 그렇다면 이번에는 호주 가정 모두가 불결하다고 생각하실지도 모르겠습니다.

아닙니다, 결단코 그렇지 않습니다. 그보다는 '자연친화적 환경' 때문이라고 하면 적절한 이유가 될 것 같습니다.

호주에는 쥐뿐만 아니라 개미도 많고, 새도 많고, 다람쥐도 많고, 캥거루도 많고, 뱀과 악어도 많습니다. 물론 그 밖에 다른 동물도 많지만, 지금 열거한 것들은 제가 이번에 곤혹을 치른 쥐만큼이나 사람과 연(?)을 맺는 일을 일상사로 벌입니다.

물놀이를 하다 악어의 습격을 받는 일이 익사사고만큼 흔하게 보도되고, 차도로 뛰어들거나 집 안마당까지 진출하는 캥거루로 인해 교통사고나 안전사고가 발생하기도 합니다.

달리는 차량에 깔리거나 부딪혀 죽은 새들의 잔해로 주택가 도로는 지저분합니다.

그런가 하면 산란기를 맞은 새들이 알을 보호하려고 지나가는 사람들의 죄없는 이마나 뒤통수를 쪼아대기도 하고, 흰개미로 인해 나무울타리 몇 조각쯤은 며칠 만에 흔적도 없이 사라지거나 가옥의 골격을 갉아먹히기 시작하면 집 전체가 풀썩 주저앉는 것은 시간문제입니다.

그렇다고 그것들을 마구잡이로 잡거나 없앨 수는 없습니다. 동물보호법에 따라 나름의 분류가 우선되어야 하기 때문인데, 그러다 보면 인간 쪽에서 '골탕'을 먹거나 아니면 '양보'를 해야 하는 경우가 거의 반반입니다.

몇 년 전에 있었던 일입니다.

밤만 되면 천장에서 우당탕탕 요란한 소리가 나는 통에 잠을 잘 수가 없었습니다. 역시나 쥐의 소행이려니 하고 처리업체에 의뢰를 했습니다.

진단 결과 쥐의 소행이라면 문제는 간단하지만, 만약 야생 다람쥐 종류가 침입한 경우라면 함부로 잡아서는 안 되며 바깥으로 유도한 후 반드시 살려서 내보내야 하는 것이 법이라는 것이었습니다. 따라서 무턱대고 천장에 쥐약이나 쥐덫을 놓아서는 안 된다고 했습니다.

그때 내린 처방이래야 지붕 높이까지 웃자란 사방의 나뭇가지를 잘라주어 야생 다람쥐가 더 이상은 지붕으로 기어올라 천장과의 틈으로 침입해 들어가는 일이 없도록 예방하는 것이 고작이었습니다.

이처럼 자연 친화적 환경에서 오는 일상 중의 '성가심'을 지속적으로 겪다 보면 사람이 당연 우선이라는 생각도 점차 들지 않게 됩니다.

무소불위의 착각에 빠져 사는 인간의 오만에 대한 경계랄지, 단순하게는 사람도 동물처럼 자연의 일부라는 자각이랄지, 그런 것들이 일상 속에 깊숙이 개입되어 있음을 느낄 때가 많습니다.

그리하여 며칠 깊은 연을 맺었던 생쥐로 인해 거대한 자연에 대한 경외와 인간존재의 낮아짐을 깨닫는 성찰의 기회를 얻었다고 해도 그다지 과장은 아닌 듯합니다.

호주에서 버스운전이 뜨는 이유

며칠 전 퇴근길 버스를 탔을 때였습니다. 제 옆에 앉은 사람에게 운전기사가 말을 걸었습니다.

이 나라 사람들은 모르는 사이라도 스스럼없이 서로 이야기를 잘하기 때문에, 그날도 운전중에 무료해서 그러는 줄 알았습니다.

"평소 이 노선을 자주 이용하시는지요?"

"항상 이 버스를 타고 다니지요."

"그럼, 지금부터 가는 길을 좀 알려주시구라."

"그럽시다. 에~ 또, 저기 삼거리에서 우회전을 해서 직진을 하다 보면 머잖아 버스정류장이 나오고…."

저는 제 옆자리 승객과 운전기사를 번갈아 쳐다보았습니다. 비슷한 연배의 지긋한 나이의 두 사람이 지금 무슨 '황당 블루스'를 추고 있단 말입니까?

버스를 탄 건지, 택시를 탄 건지 헷갈리기 시작했습니다.

운전기사가 운행노선을 몰라서 승객더러 어떻게 가는지 짚어 달라고 하는 건 택시에서 익숙한 풍경이지, 버스를 모는 사람이 자기 갈 길을 가르쳐달라는 소리는 듣도 보도 못했기 때문입니다.

물론 요즘 택시들은 죄다 내비게이션을 달고 다니기 때문에 동네이름만 대면 더 이상 입을 열 필요도 없지만요.

하기야 얼마 전에는 버스에 오르면서 제가 원하는 목적지로 가는 차인지 확인 차 물었더니 잘 모르겠다면서, 제 뒤의 승객에게 "이 버스가 그쪽으로 가냐"고 자기가 되레 묻는 게 아니겠습니까. 완전 주객전도였습니다.

호주에서는 버스 운전기사가 선망 직종의 하나라는 신문기사를 읽은 적이 있는데, 정말 그럴 수 있겠구나 싶은 생각이 요즘 부쩍 듭니다.

몰고 가야 할 길을 몰라도 승객들이 다 가르쳐주지, 세워야 할 정류장을 어쩌다 놓쳐도 그러려니 하고 누구 하나 불평하는 사람도 없고, 생전 가야 막히는 법 없이 죽죽 빠지는 도로 상황 등, 별 스트레스 없기로는 이만한 직업이 또 있을까 싶습니다. 물론 겉으로 보기엔 그렇다는 뜻입니다.

호주의 버스 운전기사가 이처럼 숙달되지 못하고 엉성하게 보이는 것은 파트타임으로 운전대를 잡는 사람이 많기 때문입니다.

대학생 아르바이트나 은퇴 노인들의 소일거리, 주부들의 반찬값 벌이 등에 버스 운전이 만만한 일자리인 것 같습니다.

날마다 버스로 출퇴근하는 저는 정말이지 남녀노소 구분 없이 다양한 운전기사를 만납니다.

"버스 운전으로 여가 선용을" "융통성 있는 근무시간" 등 시내버스 운전기사 모집 광고문안만 보아도 "시간이 있으면 해볼 만한 일이 바로 이 일인가 보다" 하는 짐작이 듭니다.

일의 종류와 경우에 따라 이 나라에서는 아마추어 수준으로 현장에 투입되는 일이 드물지 않습니다. 이미용 분야도 그러하고 일반 사무직이나 심지어 공무원 신분에서도 일의 성격을 완전히 파악하지 못한 직원들을 더러 봅니다. 그런가 하면 공중파 방송중에 갑자기 화면이 정지된다거나 진행자가 실수를 하는 일이 종종 있지만 별다른 사과도 하지 않습니다.

심지어 동네 의사들도 실력이 미심쩍어 보일 때가 한두 번이 아닙니다. 증세를 진단하고 처방을 할라치면 그때부터 환자와 보호자 앞에서 의학서적이나 인터넷을 뒤적이기 시작합니다.

아는 길도 물어가고 돌다리도 두드려보는 '몸짓'만은 아니라는 건 그 상황에 있어보면 눈치로 때려잡을 수 있지요.

이렇게 우리 같으면 답답하고 속 터져서 '뚜껑이 열려야' 마땅할 것 같은 상황에서도, 이 나라 사람들은 무던히도 참고 느긋하게 받아들이는 것을 참 잘합니다.

타고난 체질이 원래 그런 것 같습니다.

체질적으로 타인에 대해서는 '관용과 배려'를, 받아들이는 쪽에서는 '여유와 너그러움'이 깔려 있어서 질책보다는 격려를, 지적이나 판단보다는 보듬어안고 오래 참아주게 되는 것 같습니다.

어릴 적 교육도 못하는 것보다 조금이라도 잘하는 것을 찾아주려고 하고, 커서까지 잘 못하면 잘할 때까지 기회와 용기를 계속 줍니다.

사회 전체 분위기가 그렇습니다.

살다 보면 죽을 수도 있는 건데 운전기사가 버스노선 좀 모른다고 해서 죽고 사는 문제도 아니건만 뭐가 그리 대수인가 싶나 봅니다.

호주에 사는 한국 이민자 중에는 별것도 아닌 일에 사생결단으로 덤비고 "어찌 이럴 수가!" 하면서 흥분하는 사람들이 더러 있는데, 이 나라 식으로 체질을 개선하지 않으면 혼자 열받다 병날 수도 있습니다.

아줌마 이름이 왜 그래요?

"아줌마는 왜, 아줌만데 이름이 그렇게 예뻐요?" "본명인가요?" "어릴 때도 그 이름이었나요? 아니면 나중에 다시 지은 건가요?"

제 자랑입니다만, 제 이름에 대한 남들의 평가가 이 정도입니다. 한마디로 이름이 예뻐서 어디서든 이름자만 대면 찬사가 터져 나옵니다.

어려서부터 지금까지 이름에 대한 칭찬을 많이 들어왔던 터라, 작명소를 잘 찾아가 주신 돌아가신 아버지께 감사할 따름입니다.

여북하면 초등학교 시절 '국군장병 아저씨께' 단체로 위문편지를 쓸 때도 친구들 중에서 저만 답장을 받았겠습니까? 얼굴도 모르는 '국군장병 아저씨'조차 순전히 제 이름이 예뻐서 답장을 하고 싶었다고 했으니까요.

이름도 유행이 있으니 지금 기껏해야 대여섯 살 먹은 애들이나, 많이 먹어봐야 20대에서 제 이름과 같은 이름이 있는 걸 보면, 50을 바라보는 저로서는 이름을 지을 당시 유행을 한참 앞섰다고 해야 할 것입니다.

한국의 '고려아연'이 이곳 호주에 설립한 '선 메탈 사'라는 아연 제련 회사가 있습니다. 남편이 한동안 거기를 다녔는데, 동료 가운데 한 사람이 저에게 "혹시 남편 내조를 잘하려고 이름마저 회사 이름과 동일하게 바꿨냐"며 농담이 아니라 진지하게 물어온 적이 있었습니다.

제 이름이 나이에 맞지 않게 독특해서 그런 생각을 해보게 되었다나요? 순간 제가 좀 '아연'해졌습니다.

가문에 열녀문 세울 일 있습니까? 제가 이름까지 바꿔가며 남편 내조하게요.

미인은 어디서든 돋보이듯이, 아무튼 저는 미명(아름다운 이름) 덕에 가는 곳마다 주목을 받고 있습니다('이름만' 예쁘다는 단서를 꼭 붙이는 사람도 물론 있습니다만).

하지만 이렇듯 남다른 자부심을 가지게 하는 제 이름이 호주인들에게는 도무지 통하지 않습니다. 고울 아(娥) 자, 끌 연(延) 자를 가진 제 이름의 뜻도, 어감도 그네들은 알 바가 아니기 때문이지요.

호주에서 겪는 고충 가운데 하나로 남녀노소 가릴 것 없이 누구나 이름을 불러대는 통에 그런 습관이 없는 우리들로서는 여간 고역이 아니라는 점을 들 수 있습니다.

언제 다시 볼 거라고 이삿짐 나르는 사람, 하수도 고치러 온 사람조차 "나는 아무갠데, 당신 이름은 무엇이오" 하면서 통성명부터 하려 드니 정말 미칠 노릇입니다. 영어가 입에서 겉돌고 있는 와중에 상대의 이름을 중간중간에 넣어가며 대화를 이어가기란 마치 재주를 넘는 듯한 집중력을 요합니다.

상대의 이름을 다정하게 불러가며 살갑게 이야기하는 것이 서양사람들의 언어습관이자 문화이다 보니, 일단 사람 이름을 한번만 들으면 반드시 기억을 하게 되나 봅니다.

일면식 이후 아무리 오랜만에 만나도 대부분의 호주인들이 정확하게 이름을 부르며 말을 붙여오는 것을 볼 때면 신기하기조차 합니다.

어쨌든 로마에 가면 로마법을 따라야 하니 저도 이 나라 문화의 일면 속으로 들어가기 위해 영어이름을 하나 지어가졌습니다. 초기에 이민자 영어학교를 다니면서 제 이름 발음하기를 어려워하는 사람들을 위한 저의 배려였습니다.

그네들로서는 발음하기 어려운 제 이름을 말머리, 말 중간, 말 끝마다 불러대려면 얼마나 힘들지 저도 경험해 봤으니 잘 알 것 아닙니까.

이후 호주 사람들은 저를 영어이름으로 기억하게 되었는데, 어느 날 제 아들애가 제 딴에는 조심스레 "엄마, 엄마 영어이름 너무 촌스러운 거 알면서도 그렇게 지었어요? 완전 할머니 이름이야… 이름만 들으면 사람들이 엄마를 할머니로 알 걸…" 하는 것이었습니다.

앗, 이 무슨 변고란 말입니까? '이름의 지존'임을 자처하던 제가, 한 세대를 훨씬 앞지르는 첨단의 이름을 가진 제가, 이름으로 인해 이렇게 무참히 자존심을 구기게 될 줄 어찌 상상이나 해보았겠습니까?

'내 영어이름이 내 나이보다 한 세대 이상이나 더 지난 구닥다리였다니…'

몰랐을 때는 몰랐는데, 알고 나서부터는 사람들이 저를 부를 때마다 살에 뭐가 돋는 듯 그렇게 싫을 수가 없었습니다.

까짓것, 호적에 올린 것도 아니고 그저 이 나라 사람들 발음하기 편하라고 하나 지어가진 것, 안 쓰면 그만이지 싶어 이번에 시드니로 이사를 오는 참에 제 영어이름은 전에 살던 곳에 떼어버리고 왔습니다.

전 동네 이웃들을 만나지만 않는다면 나의 촌스런 호주 이름은 영원히 삭제될 것이라는 '완전 범죄'를 꿈꾸며….

부모덕에 좋은 이름 가진 제가 이름 콤플렉스를 가진 사람들의 괴로움을 잠깐이나마 몸소 겪고 나니, 오죽하면 자기 이름을 바꾸고 싫어할까 충분히 이해가 되었습니다.

그런 면에서 본다면 이 나라 사람들은 이름에 대한 이런저런 불만은 없을 것 같습니다. 왜냐면 대부분의 호주인들은 모두들 성경에서 갓 빠져나온 듯 '베드로, 다윗, 바울, 디모데, 에스더…' 하는 식으로 작명을 하기 때문입니다.

그런데 그러다 보니 살면서 '베드로'나 '바울'을 최소 20명은 만나게 됩니다. 성경에 나오는 사람 중에 기왕이면 돋보이는 인물을 추리려다 보니 똑같은 이름을 가진 사람이 너무 많아진 탓입니다.

철수는 영희의 남친?

앞에서 한 이름 이야기를 좀더 해볼까 합니다.

아기 적에 호주로 입양되어 온, 20대 중반의 초등학교 교사인 한국 아가씨가 있습니다. 어느 날 양부모가 자신의 한국 이름이 '재순'이라고 알려주었다면서, 자기 이름이 어떤 뉘앙스를 풍기는지, 분위기는 어떤지를 제게 물어왔습니다.

뜻으로 말고 어감상 느낌이 궁금하다니, 한마디로 촌스런 이름인지 세련된 이름인지 구분해 달라는 것이었습니다. 순간 그 아가씨의 요구에 어떻게 부응해야 할지 난감했던 기억이 납니다.

이따금 내왕하는 그 아가씨한테서뿐 아니라 제 아이들에게서도 비슷한 일을 겪을 때가 있습니다.

돌을 막 지나 호주에 온 두 녀석은 한국 이름자의 고상하고 자시고를 떠나 이름만 듣고는 그 사람이 여자인지 남자인지 아무런

300

감을 느끼지 못합니다.

한국 친구들을 사귈 기회나 다른 한인들을 좀체 대할 수 없는 곳에서 한 10년을 살아온 탓에, 가족이나 주위의 몇 사람으로는 여자이름과 남자이름을 분류하고 구분할 충분한 자료로 삼을 수 없었기 때문입니다.

예를 들어 '철수'는 초등학교 교과서에 나오는 남자어린이고 '영희'는 철수의 등교길 단짝 여자아이라는 걸 그녀석들이 무슨 재간으로 알겠습니까. 이따금 철수의 친구 '인수'가 영희더러 "함께 학교 가자"고 할 때에도 걔가 영희의 또 다른 남친인지 아니면 여친인지 알 도리가 없는 거지요.

'용필, 병헌, 성근, 범수' 등등은 남자이름이고 '미화, 경숙, 정순, 순자'는 여자이름이라고 하면 '어째서?' 하는 표정으로 눈만 말똥말똥 굴립니다.

그래 놓고 왜 그렇냐는 겁니다. 어떻게 척 듣기만 하면 남자인 줄 알고 여자인 줄 아는지, 한국 이름의 남녀 구분법을 가르쳐달라는 겁니다.

그걸 어떻게 말로 설명합니까? 이름자 속에는 남성과 여성의 고유하고 본래적인 성품과 지향하고자 하는 품성을 담고 있다는 식의 한자 뜻풀이를 해주는 것은 나중 단계의 이야기이니, 왜냐고 물으면 그냥 웃을 수밖에요.

하지만 상황은 역전되어 이번에는 제가 아이들에게 묻습니다. 지난번 글에 썼듯이 저는 소위 영어의 세련된 이름과 그렇지 않은 이름에 대한 감이 없기 때문입니다.

10대 후반인 제 아이들의 감성과 감각에 맞춘 촌스런 영어이름은 이런 것들입니다. 물론 객관적인 기준 같은 건 없습니다.

여자로는 오드리, 마가렛, 엘리자베스, 로즈마리 등이고 남자는 헨리, 엘리어트, 해리 등이 그렇답니다. 반면에 제니스, 크리스틴, 크리스티나 등은 세련된 축에 속하며 헤나, 소피아 같은 이름은 귀염성 있다고 하네요.

제가 아는 70대 할머니 중에 '델마'라는 분이 있어서 그건 어떠냐고 물으니, 그 이름은 그 할머니의 할머니 세대에 유행했을 법한, 자기가 듣기에는 구식이다 못해 고리타분할 정도랍니다.

역시나 저로서는 아무런 감도 오지 않는 터라 이번에는 제가 아들을 멀뚱히 바라보았습니다. 하긴 그분은 당신의 이름을 떳떳이 말한 적이 없는데다 그것도 줄여서 '델'이라고만 했던 기억이 납니다. 지금 생각하니 아마도 촌티를 조금이라도 벗어보려고 그랬던 것 같습니다.

지난번 제 글을 읽고 제 영어이름이 궁금하다며 도저히 밝히지 못할 정도냐고 물어오신 분들이 더러 계셨습니다만, 제 이름은 헤다(Heather)입니다. 제가 그랬듯이 대부분의 독자들도 아무 느낌이 없을 줄 압니다.

사전을 찾아보니 헤다(Heather)는 유럽의 고산지대 박토에서 피는 보라, 분홍, 흰색 빛의 자잘한 야생화로 소박하면서도 강인하며 단아한 이미지의 꽃이라고 합니다.

여자로서 꽃이름을 가졌으니 뜻이야 무난한데, 전에도 말했듯이 저보다 한 세대 전의 사람들한테 익숙한 이름이라니 그만 덧정이 없어져 버린 겁니다.

참고로 아까 말한 70대 델마 할머니의 친구 중에도 헤다가 있을 정도니까요.

'헤다'라고 부를 때마다 풀이 죽는 제게 아들녀석은 "한 10년 정도 지나면 엄마한테도 헤다라는 이름이 잘 어울릴 거예요"라며 위로 같지도 않은 위로로 저를 약 올리곤 하니 호주 와서 이름 잘못 골라잡은 죄가 질기게도 오래 갑니다.

제발, 고등학교는 마쳐주렴

지 난주 한국 뉴스에서 고등학교를 졸업하고 대학에 진학하는 학생비율이 올해 84%에 육박했다는 기사를 읽었습니다. '학력 인플레' 현상이라고 하지만, 그렇다고 "나는 가도 너는 가지 마라"고 할 수는 없는, 사회 전반적 분위기가 "대학은 일단 나오고 봐야 한다"는 쪽이니 누군들 뭐라 할 수는 없을 것 같습니다.

공교롭게도 비슷한 때에 호주에서는 고등학교 졸업률을 끌어 올리기 위한 정부방침이 전해졌습니다. 엄밀히 말하면 '방침'이라기 보다 "제발 고등학교까지는 마쳐달라"는 일종의 대국민 호소에 가 까운 처방입니다.

현재 호주의 고등학교 졸업률은 75%에 불과합니다. 이를 2020 년까지 90%로 끌어올린다는 목표로 미성년 자녀들, 특히 고등학 생 자녀들을 학교에 제대로 보내지 않을 경우 부모들의 복지수당을 삭감하겠다는 으름장을 놓은 것입니다.

자녀들의 무단결석을 방관하는 부모들은 정부에서 지급하는 생활보조금을 받을 수 없게 된다는 뜻입니다.

우리가 대학을 나와야 사람 구실한다고 여기는 것처럼, 이 나라 정부는 적어도 고등학교는 마쳐야 국민소양을 높이고 국가체면이 선다고 생각하는가 봅니다. 고급기술 습득을 위한 기본 자격을 비롯해서 당장은 아니라 해도 미래의 대학진학을 위해서 고등학교 졸업장은 따두는 대비가 필요하다는 취지이기도 합니다.

미성년 자녀를 둔 저소득층 가정에서는 정부에서 나오는 양육비로 가계에 적잖은 보탬을 하고 있는 것이 사실입니다. 자녀가 많은 가정일수록 "애들 덕에 먹고산다"는 말이 영 틀린 말은 아닙니다. 애들이 아직 어려서 교육비가 많이 들지 않을 때는 자식이 서넛만 되면 정부에서 나오는 돈으로 부모까지 얹혀살 수 있다고 들었습니다.

현실이 이러니 돈으로 조종 내지 압박하는 치사한 방법을 써가면서까지 고등학교를 마치게 하려는 정부의 의지가 가상합니다.

하물며 고등학교를 나오지 않아도 '멀쩡한' 사회이니 대학 진학률이야 30~40% 정도에 그치는 것은 당연한 현상입니다.

한국식으로 올해 고3인 제 아들만 봐도 그렇습니다.

글을 쓰고 싶어하는 제 아들은, 그렇다면 구태여 대학에 갈 필요가 있겠나 하고 고민하더니 고전영문학이나 철학을 공부해 보고 싶다며 마음을 바꾼 지 얼마 되지 않습니다. 공립학교를 다니는 탓도 있겠지만 주변의 친구들도 대학진학을 목표로 하기보다 다른 길을 모색하고 있는 경우가 절반쯤입니다.

함께 다니는 친구녀석은 얼마 전부터 배관기술을 익히기 위해 공사현장을 따라다닌다고 했습니다. 일전에 한번 만난 적이 있었는데, 지금은 비록 데모도(보조기능공)지만 견습과정이 끝나고 나면 집 짓고 건물 짓는 곳에 수도나 가스·하수 설비를 하는 일이 자신의 장래 직업이 될 것이라며, 묻지도 않았건만 배관공(plumber)으로서의 미래의 꿈을 당당하고 야무지게 피력했습니다.

그 친구는 새벽 6시면 도시락을 싸들고 공사현장으로 달려가 오후 늦도록 일을 배운다며, 2년 실습과정을 마치고 자격증을 따려면 새벽잠의 유혹을 떨치고 규칙적인 생활이 몸에 배도록 해야 한다는 말도 덧붙였습니다.

그 친구의 최종 학력은 중졸이지만 배관공이 되는 데는 문제될 것이 없는 학력입니다. 잠깐 말씀드리자면 이 나라는 배관공의 수입이 상당히 높은 편입니다. 언뜻 막힌 하수도나 변기 따위를 뚫는 일 정도로 생각되지만 노동자의 나라 호주에서는 선망되는 고소득 블루칼라 직종 가운데 하나입니다.

이 나라 젊은이들은 대학을 안 나와도 먹고살 방도가 마련되고,

하물며 고등학교 졸업장이 없어도 이런저런 기술을 익혀 생계를 꾸릴 수 있기 때문에 "내가 배울 모든 것은 중학교에서 배웠노라"며 일찌감치 사회로 나가는 것 같습니다.

아들애의 친구 중에 판사집 아들이 있습니다.

직업에 대한 귀천이나 차별 의식이 없달 뿐 아무나 판사 되기 어렵기는 이 나라도 마찬가지입니다. 그런데 '판사씩'이나 되는 아비를 둔 자식이, 그것도 장남이, 말하자면 친구아이의 형이 대학을 가지 않고 스파게티 집 '시다바리'로 들어갔다는 게 아닙니까.

고위직에 있는 부모체면 생각해서라도 아무데나 '대학' 자 붙은 데는 들어가 줘야 할 것 같았는데 일찍이 요리에 뜻이 있어 고등학교를 졸업하자마자 요리학원에 등록을 했더라는 것입니다.

'자식이 번듯한 대학을 못 갔으니 부모가 지지리도(?) 속상했겠구나. 지금이라도 다시 공부하라고 다그치는지도 모르지. 판사 아버지에 주방보조 아들이라니…'

그때의 제 속반응이었습니다.

하지만 그 얼마나 어처구니없는 생각인지요. 본인의 꿈이 정말로 요리사가 되는 것이라면 아비가 판사 아니라 대통령이라 한들 가고 싶은 제 길을 못 갈 이유가 뭐란 말입니까.

"내 갈 길 갈 때 가더라도 일단 대학은 나오고 보자"는 한국의 세태와 "제 갈길 갈 때 가더라도 일단 고등학교는 나오게 하고 보자"는 호주 정부의 갈등이 묘한 대조를 이루는 것 같습니다.

잊는 게 돕는 것

새 해를 맞은 지도 어느 새 한 달이 되어갑니다. 특별히 작년 12월부터 새해 한 달은 격조했던 지인들을 만나는 시간으로 보냈습니다. 멀게는 19년 만에, 가깝게는 10년 만에 서로의 근황을 묻는 자리였지만 한달음에 내달리듯 '그때 그 시절'로 돌아가는 즐거움이 얼마나 오롯하고 쏠쏠했는지 모릅니다.

연말연시라는 적절한 때에 적절한 일을 하면서 한 해를 의미 있게 시작한 것 같아 마음이 뿌듯합니다.

어려울 때 받은 도움은 시간이 오래 지나도 잘 잊혀지지 않는 법이지요. 물질적인 보탬뿐 아니라 한마디 따스한 격려의 말도 어려운 시절을 통과하는 사람에게는 붙들고 일어설 의지처가 될 수 있습니다.

첫 만남부터 돌잡이가 딸린 '심란한' 학생부부에게 언제든 '문을 따고' 들어올 수 있는 열쇠를 손에 쥐어주고, 아무 때나 배불리 먹어도 좋다며 부엌을 통째로 내맡기는 후한 인심을 접했다면 더 말할 나위가 없을 겁니다.

19년 전 남편의 유학시절, 저희 부부에게 그런 훈훈함을 베풀어준 가족이 있습니다. 지금은 사업으로 성공을 했지만 그때는 네 살배기 딸 하나를 데리고 부부가 청소를 하면서 본인들도 이민생활에 채 정착을 못한 단계였던 것으로 기억합니다.

　살면서 그분들의 고마움을 잊어본 적이 없으면서도 한번 만나 인사를 드려야겠다는 적극성은 왠지 쉽사리 발휘되지 않던 차에, 이번만큼은 마음을 달리 먹고 이런저런 수소문 끝에 연락을 취할 수 있었던 것입니다.

　순수하게 고마운 마음 한켠에 20년 가까이 일말의 부채감이 전혀 없었던 것은 아닌 터라, 막상 만나게 되니 그간의 변명부터 여차저차 늘어놓게 되었지만 정작 그분들은 당시 우리 부부의 존재조차 기억에서 가물가물하다고 했습니다.

　처지가 비슷한 호주 신출내기들이 무시로 자기 집을 드나들었기 때문에 당시의 우리한테만 딱히 뭘 고맙게 해주었는지 생각이 잘 안 난다는 말로 저의 다소간의 의도적 호들갑을 너그러이 받아주었습니다.

　몇 년 전 한국의 어느 잡지에 실린 글입니다.

외국으로 이민을 떠나 오랜 여행 끝에 공항에 내렸을 때, 누가 그를 마중하러 나왔느냐 하는 게 매우 중요하다고 합니다. 마중 나온 사람이 무슨 일을 하느냐에 따라 그의 삶도 결정되기 때문이라는군요. 마중 나온 사람이 하는 일을 자연스럽게 따라 하게 된다는 것이지요. 그 사람이 세탁업을 하는 사람이라면 세탁일에 대한 얘기를 듣게 될 것이고, 금융업에 종사하고 있다면 금융과 관련한 일자리 정보를 얻게 되는 것입니다. … 나를 마중한 사람은 물론 반갑고 고맙습니다. 그 사람이 없으면 당장 머물 곳을 구할 수 없을지도 모릅니다….

필자는 이어 "그러나 마중 나온 사람이 어떤 길을 제시하든 상황에 순응하지 말고 자신의 길을 당당히 걸어갈" 것을 당부하며 글을 맺었습니다.

글에서처럼 이민생활에서는 맨 처음 만난 사람과 무슨 주술적인 운명처럼 지속적인 영향을 주고받는 경험을 하게 된다는 말을 이따금 듣습니다.

경험이 전무한 백지상태의 신생아처럼 살던 곳을 떠나 완전히 새로운 땅에 다시 뿌리를 내리려면 먼저 와서 살고 있는 사람의 이런저런 조언을 무시할 수 없고, 그래서 자주 만나다 보면 별다른 준비나 계획이 없을 때는 어느새 그 사람의 사는 모양을 따라 살게 된다는 뜻입니다. 결과적으로 좋은지 나쁜지는 사람에 따라 다르고, 더 살아봐야 알 일이지만 한마디로 '이민찜밥'의 영향력을 무시할 수 없다는 말입니다.

그런 의미에서 그분들도 '초짜'이던 우리 부부에게 본인들이 겪은 호주 생활의 조각이나 단면을 '들이대며' 은연중 영향을 끼칠 수도 있었을 텐데, 그때를 기억조차 못하겠다니 우리의 길을 찾아가는 데 여하한 방해도 하지 않았다는 의미에서 고맙게 생각해야 할 일입니다.

글대로라면 제 가족의 이민생활은 불길한 영향권에서 벗어나기가 힘들었을 테니까요.

유학을 마치고 한국에서 정식으로 이민절차를 밟아 호주 브리즈번 공항에 내렸을 때 우리를 마중 나온 분은 몇 년 후 자살로 생을 마감했기 때문입니다.

잡지의 글 그대로 공교롭게도 그분은 당시 금융업에 종사하고 있었고, 연고가 없던 우리에게 당장 머물 곳도 마련해 주었습니다. 남편은 그후 그분을 따라 금융업계에서 일하지는 않았지만, 그분의 허망한 죽음을 갚을 대상이 없는 빚으로 여기며 지금껏 살고 있습니다.

되받을 생각이 전혀 없을 때가 베풀기의 가장 적절한 타이밍인지도 모릅니다.

상대가 여리고 다치기 쉬운 처지일수록, 특수한 삶의 조건 속에 있을수록 주되 '깡그리 잊어주어야' 그 상대가 자신의 길을 굳건히 걸어가는 데 진정 도움이 되는지도 모르겠습니다.

"내 정녕 당신들의 존재조차 잊고 있었노라"는 19년 전 그분들처럼 말입니다.

이민 18세

좌석벨트 사인에 불이 켜지자 기내방송이 나오기 시작했다. "7월 18일 겨울날씨의 시드니 현재 기온은 섭씨 8도, 하늘은 맑고 쾌청하며 습도는…." 기장의 어나운스먼트가 계속되는 동안 앞으로 나와 가족들이 살아갈 낯선 땅 호주가 점점 가까워오고 있었다. 동그란 비행기 창을 통해 그림 같은 시드니 시가지를 내려다보며, 떠나온 내 나라와는 다른 하늘 아래가 펼쳐져 있음을 비로소 실감한다. 나의 호주 이민생활이 막 시작되고 있는 것이다.

…창문을 쪼아대는 새소리에 잠이 깨고 지천으로 피어나는 꽃향기에 혼곤히 취하는 나라, 아이들은 지치지도 않고 초록 잔디밭과 푸른 바다를 배경으로 그림을 그리며, 바비큐 파티가 벌어지는 공원 한켠에는 책을 읽다 소르르 잠이 든 젊은이의

모습이 액자 속 그림인 양 평화로운 곳…, 하루일과를 마치고 귀가한 가장은 아내의 저녁준비를 거들거나 정원을 손질하고, 주말이면 피크닉으로 한가로이 시간을 보내는 사람들….

처음 호주 땅을 밟으며 기록한 이 나라의 정경과 사람살이가 지금도 달라진 것이 없음을 느낀다. 정물같이 평온하고 안정된 일상의 구도 속에 이방인인 우리도 천연스레 끼기 위해 영어를 익히고 이 나라 문화에 낯을 익혀온 지 어느새 8년이 흘렀다. 수면 위를 매끄럽게 헤엄치는 여유로운 몸짓의 오리도 실은 안간힘을 다해야 하는 갈퀴를 물밑에 감추고 있듯이, 겉으로는 제법 이 땅에 적응이 된 듯하지만 속은 여전히 이방 정서에 낯설어 까무룩한 내 나라의 품속을 서성이는 세월이기도 했다.

2000년에 낸 저의 첫 이민 칼럼집 『심심한 천국 재밌는 지옥』 서문의 일부입니다. 출간한 지 10년 가까이 된 책을 새삼 들춰보게 된 연유는 한 열흘 전 책방에서 걸려온 전화 때문이었습니다.

제 책을 찾는 사람이 있어서 대형서점과 출판사에 문의했지만 구하기가 쉽지 않아 글을 쓴 저를 직접 수소문하게 되었다는 내용이었습니다. 책 낸 이 처지에서는 고맙고 기운 나는 일이 아닐 수 없어 얼굴도 이름도 모르는 독자에게 부탁하지도 않은 사인까지 곁들여 책방으로 전달했습니다.

그리고는 잠시 그때 그 시절을 되돌아보게 되었던 것입니다. 게

다가 그날은 저희 가족이 한국을 떠나 호주로 온 날짜와 한 주 정도 차이밖에 나지 않아 그때의 정서를 더욱 자극했습니다.

정체성에 혼란을 겪는 사람은 방황을 하게 마련입니다. 유치가 잘 빠져야 영구치가 무리 없이 제자리를 잡듯이 자기를 찾아가는 내면 여정이 비교적 안정되어 있는 청소년들은 격동 없이 순탄하게 성인기로 접어듭니다. 아이도 아니고 어른도 아닌 자신의 모습을 자각하는 순간부터 그 여정은 시작되지만, 자신을 찾아가는 끝지점에서 덧니 없는 고른 치열처럼 반듯한 자아정체성을 정착시키기까지는 지난한 고통을 동반합니다.

이민의 과정도 그러하지 않나 생각합니다. 아이가 어른이 되려면 아잇적 모습과 습관, 성정을 벗어버려야 하듯이 이민의 첫걸음은 지금껏 살아왔던 관성과 익숙한 것들과의 결별에서부터 시작해야 합니다. 그리고는 떠나온 내 나라와 단절되는 아픔을 애잔한 그리움의 형태로 삭여야 합니다. 달리 말하자면 녹록치 않은 이국에서 겪는 삶의 애환을 스스로 달래야 한다는 뜻입니다.

높은 언어의 벽과 질곡을 묵묵히 감수하면서 낯선 문화 속에서도 삶의 고갱이를 지키며 새 땅에 내린 뿌리를 위한 자양분을 만들어가는 중에도 능력과 함께 소신도 지켜야 하고 때로는 맹렬히, 때로는 고즈넉이 자신과의 싸움을 치러야 합니다.

다시 말하지만 이민이라는 뿌리 옮겨심기는 청소년들이 이루어가는 정체성 확립과정과 매우 흡사합니다.

배움의 속도가 빠른 사람이 있고 더디 배우는 사람이 있으니 나이를 숱찮이 먹었다고 해서 무조건 어른이라고 할 수는 없을 것입니다. 그것처럼 '이민짬밥'이 제법 되어도 "이제 자리를 잡았다"고 자신 있게 말할 수 있는 경우가 얼마나 될까요.

그렇다고 먹고살 만큼 돈을 벌었다는 것만 가지고도 정착의 기준이 될 수 없습니다. 자신을 잘 돌보면서 동시에 주변을 아우르며 균형을 잡을 줄 알아야 하는 것은 이민생활에서 특히 중요하지만 누구에게도 말처럼 쉽지 않습니다.

실상 어느 곳, 누구의 삶인들 고달프지 않으리오마는 이민의 삶을 굳이 '사람이 되어가는' 10대들과 비교하는 데는 절박함과 치열함이 칼날처럼 선연하기 때문입니다. 이민 8년째에 첫 책을 내고 10년이 흘렀지만, 그래서 얼추 18년의 세월을 외국에서 보냈지만 저는 아직도 철이 안 난 미성년자의 모습입니다.

물리적으로 성인 대접을 받는 '이민 18세'를 맞이하고도 이민자로서 정체성을 찾아가는 길을 발견하지 못하고 있는 느낌입니다. 한마디로 말해 "사람은 무엇으로 사는가"란 물음처럼 "이민자는 무엇으로 사는가"에 제 자신, 똑 부러지게 답하지 못하고 있기 때문입니다.

발리에서 생긴 일

두 달 전 발리를 다녀왔습니다. 평소 여행을 자주 하는 처지도 아니면서 "내 생애 발리여행이 제일 좋았다"라고 말하기는 뭣하지만 시간이 지날수록 그때 생각이 새록새록 납니다.

발리가 아무리 이름난 관광지라 해도 오랫동안 호주에서 살아온 저로서는 별 새로울 것도 없는 비슷한 풍광인데다, 현지인들의 가난하고 고단한 삶을 피상적으로 접하는 일은 거북하고 미안한 마음마저 갖게 해 여행하는 사람의 기분과는 도통 어울리지 않았습니다.

여행지의 자연경관에 반한 것도 아니고 추억거리가 될 만한 특별한 이벤트가 있었던 것도 아닌데 유독 발리가 좋았던 이유는 말 그대로 '휴식'을 취할 수 있었기 때문입니다.

빡빡하게 짜여 있는 일정을 치러내느라 이른 조반을 먹기 무섭

게 가이드의 깃발을 가열차게 따라다녀야 하는 패키지 관광이 아니었을 뿐 아니라, "아무리 그래도 이곳만은 둘러봐야 한다"는 따위의 일말의 사전계획도 없는 그저 텅 빈 시간이 열흘간이나 펼쳐져 있었던 것입니다.

밥을 먹을 때는 밥을 먹기만 하면 될 뿐, 먹고 나서 서둘러 어디를 가야 할 계획이 없었기 때문에 오직 먹는 일에만 집중할 수 있었습니다. 여유작작한 마음으로 동네를 둘러본다거나 길거리를 배회하는 개들과 풀 뜯는 소, 낮은 토담 위에 올라앉은 닭들을 그저 빈 마음으로 물끄러미 바라볼 수 있었던 것은 지금 생각해도 참 대견합니다.

가지고 간 책을 꼭 읽어야 한다는 부담감이 없었던 탓에 책장을 넘기기가 오히려 수월했고 해야 할 일로 조급하게 쫓길 필요가 없는 정지된 시간 속에서 전에 없이 상대방과의 대화에 온전히 몰두할 수 있었습니다.

누울 때는 눕는 것에만 집중하고 설 때는 오직 선 것만 생각하면 되는데, 누울 때 벌써 일어날 것을 생각하기 때문에 마음과 정신이 혼탁해진다는 말이 있듯이, 한번에 한 생각씩, 한 동작씩만 하는 일은 그 자체로 온전한 집중력을 의미한다는 것을 몸소 체험했습니다.

온전한 집중력은 기분의 상쾌함과 생각의 명쾌함으로 이어지면서 심신을 단순하고 가볍게 만드는 것 같았는데, 둔탁하고 묵직했던 심상들이 예리하면서도 온화한 형태로 마름질되는 느낌은 흔한 말로 스트레스가 풀리고 재충전이 된다는 뜻과 같을 것입니다.

이름난 곳에서 사진을 '박기 위해' 객지임에도 불과 한 이틀 사이에 수천 킬로미터 주행도 마다않는 우리나라 사람들을 외국인들은 도무지 이해하기 힘들다고 하지요. 여행 다녀온 사람에게 뭘 구경했냐니까 "단체관광으로 바삐 돌아치느라 앞사람 뒤통수만 보고 왔다"거나 "어디를 다녀왔는지는 일단 사진을 뽑아봐야 알 것 같다"는 우스개가 단지 웃자고 만든 소리만은 아닐 것입니다.

"하던 일을 멈추고 잠시 쉰다"는 의미의 휴식과 휴가를 "하던 일은 멈추되, 또 다른 무엇을 열심히 하는 것"으로 계속해서 심신을 가동시키며 보내서는 안 될 것 같습니다. 대부분 3박 4일이나 길어봐야 5박 6일 정도에 불과한 기간을 줄창 무엇을 하면서 보내는 것은 그 자체로 또 다른 노동일 뿐, 결코 휴식을 취했다고는 볼 수 없을 테니까요.

어느새 11월입니다. 제가 사는 호주라는 나라의 한 해 업무가 얼추 마무리될 시점도 얼마 남지 않았습니다.

지금은 각국에서 흘러 들어온 이민자들로 사회상황이 많이 달라지긴 했지만 그래도 근간은 큰 변함없이 이달 말부터 슬슬 연말 휴가 분위기로 접어들 것입니다. 마치 긴 동면에 들어가는 생물들처럼 온 나라가 여름휴가의 절정으로 치닫기 시작하는 때가 멀지 않았습니다.

하지만 이 나라 사람들의 휴가문화는 우리 눈에는 싱겁기 짝이 없어 보입니다. 바다든 산이든 줄창 한곳에 텐트를 쳐놓고 그냥 먹고 자고 옷가지 빨아 널어가며 두어 주가량을 하냥 무심하게 보낸 후 일상으로 돌아옵니다.

황금 같은 기간을 아무것도 하지 않은 채 그저 낭비하는 것처럼 보이던 이 나라 사람들의 휴가문화를 이번 발리 여행을 계기로 이해할 수 있을 것 같습니다. 18년간을 호주에 살았으면서도 이제야 겨우 이 나라 사람들의 쉬는 모습을 흉내낼 수 있었다는 것이 새삼스럽기도 합니다.

나도 역이민이나 할까?

외국을 여행하면서 이민사회를 경험한 한 작가가 자기 책에 이렇게 썼습니다. 오래전에 읽은 탓에 내용을 그대로 옮길 수는 없지만 만나본 교포들마다 "경제적으로 그다지 풍족하지 않고 가족이나 친구들을 자주 못 만나서 그렇지 외국생활에 대체로 만족한다"라는 말을 하더라는 요지입니다. 그 말을 듣고 그는 "사람이 한세상을 사는데 물질적으로 빠듯하고 보고 싶은 사람을 만날 수 없는 환경보다 더 안 좋은 곳이 있을까" 하고 의아했다고 합니다.

해외생활이란 게 너나없이 더부살이하는 형상이라 먹어도 배가 고픈 심리적 허기와 물질의 실질 결핍 인식의 경계가 모호한데다, 가족에 대한 그리움을 가슴 한켠에 품고 살아가는 삶의 조건 탓에 저한테 물었더라도 두루뭉술 그렇게 대답했을 것 같습니다.

5. 이민은 아무나 가나

하지만 작가의 예상 밖의 반응은 나도 인식하고 있는 나의 약점을 누군가가 지적했을 때처럼 당황하고 무안하며 한편 야속도 하고 약도 좀 오르는 것 같다가 곰곰 더 생각하니 자괴감을 비롯한 뜻 모를 수치심까지 불러일으키면서 갑자기 살맛을 잃게 하는 것이었습니다.

마치 벌거벗은 임금이 "벌거벗었네!"라는 천진한 아이의 한마디에 와르르 무너진 것처럼, 그 사람의 그 말이 어제까지 멀쩡하던 이민생활을 한순간에 누차하고 남루하게 전락시킨 듯 황폐한 마음을 들게 했습니다.

하지만 호주에 사는 경우만 두고 말한다면 천혜의 자연경관과 깨끗한 공기 같은 무상으로 주어진 것 외에도 사람에 치여 부대끼지 않는 일상의 공간 등, 비록 내가 일군 것은 아니지만 돈 없고 가족 없어도 그런대로 살 만하다 할 조건이 아주 없는 것은 아닙니다. 그리하여 살아본 적 없이 그저 다녀가는 이의 무심한 언급에 그렇게까지 기죽을 것 없다고 우리끼리 다독이면 그만입니다.

더 깊숙이는 이 나라에 살아보기 전에는 절대 모르는 것 중에 이런 것들이 있다고 말할 수도 있습니다.

지나가다 길을 물었을 때 이렇게 저렇게 가면 된다는 설명으로도 맘이 안 놓여 목적지 가까운 곳까지 기어이 동행해 주는 부담스럽기까지 한 친절, 갓길 주차장 옆에서 도로공사를 하던 인부가 옆에 세워진 자동차의 주차시간이 거의 끝나가는 것을 보고 자기

주머니를 뒤져 동전 몇 닢을 더 넣어주고는 혼자 씩 웃는 장난기 어린 배려, 극장에서 학생이라고 말만 했는데 신분증 보자는 소리도 없이 그냥 할인표를 내주는 서로 믿는 사회 분위기, 유원지에서 사고가 났을 때 구급차를 불러주고 병원 응급실까지 따라가 보호자가 올 때까지 함께 있어주는 선한 사마리아인과의 일상적 만남 등이 비록 경제적으로 넉넉하지 않고 가족들이 그리우면서도 이방의 삶을 살 만하게 하는 것들이라고 말입니다.

하지만 왠지 생각은 그렇게 하면서도 먹구름 낀 이민생활을 예견하는 듯 그 작가의 말이 요요하게 떠오르고 자꾸만 기운이 빠지는 건 왜인지 모르겠습니다. 외국서 사는 게 점점 팍팍해지는 것이 물질적으로 만날 그 타령인데다 나이 들수록 한국의 가족들이 더 생각나기 때문만은 분명 아닐 텐데, 왜 이리 점점 더 황량한지 모르겠습니다.

호주는 최근 저소득층과 빈곤 가정을 위한 사회 안전망이 세계에서 가장 잘 구축되어 있다는 평가를 받았습니다. 어찌 가난구제뿐이겠습니까. 완벽에 가까운 장애인 복지를 비롯하여 사회 곳곳을 살뜰히 보살피는 선진 사회제도는 감동적이기까지 합니다.

한마디로 시스템이 효율적으로 살아 움직이는 나라입니다.

하지만 시스템과는 반비례하여 사람들 사이에는 점점 온기를 잃어가고 있는 것을, 살면서 자주 체험합니다. 좀 전에 열거한 호주의 '사람 냄새'는 사실 옛 시절의 추억이 된 것들이 대부분입니다. 실은 그런 인정과 친절을 언제 대면해 보았는지 아득합니다.

요즘은 그저 세상의 온갖 나라 사람들이 땅덩이 큰 호주에서 제각기 자기네 나라에서 살던 방식대로 자기들끼리 딴 나라를 만들어 살아가고 있는 느낌입니다.

체면과 눈치, 경쟁과 비교의식이 일상화된 한인 사회에 치이고 지칠 때 그래도 그 울타리를 벗어나면 넉넉하고 소박한 인심을 만날 수 있어 호주에서 살맛이 났건만….

모르겠습니다. 요즘은 해외 교포사회에도 돈 많은 사람이 부쩍 늘었고 맘만 먹으면 언제라도 보고 싶은 사람을 만날 수 있게 되었으니, 그 작가의 말에 비춘다면 모두들 행복하다 해야 할지. 하지만 결국 그게 행복의 조건이었다면 애초 이민 올 필요도 없었을 테니 살아갈수록 손해 봤다는 생각, 낭패감만 커지니 황당한 일입니다.

어쩌면 요즘 역이민을 택하는 사람들이 늘어나는 것도 알맹이 빠진 해외생활을 더 이상 계속할 이유가 없다는 판단 때문인지도 모르겠습니다.

지인의 죽음이 남긴 것

저는 호주에서 이민생활을 하고 있습니다. 제가 사는 호주는 한국과는 반대로 지금 초겨울입니다. 이맘 무렵은 마음상태에 따라 옹근 결실과 웅숭깊은 정취로 다가오거나, 반대로 잎을 모두 떨어뜨린 을씨년스러운 나뭇가지처럼 공허한 상실감을 느끼게 되는 것 같습니다.

마치 현의 이쪽저쪽을 넘나드는 바이올린 연주자에 내어맡기듯 상반된 감정의 유희를 즐겨봄직도 하지만 추적이는 늦가을비로 스산하던 어느 주말 저녁, 느닷없이 날아든 뜻밖의 부음은 담박에 후자 쪽으로 마음을 기울게 했습니다.

올해 들어 벌써 몇 번째인가요. 이번에도 지인이 바다낚시를 갔다가 어이없이 목숨을 잃었다는 것입니다.

밤길을 더듬어 황망하게 들어선 상가, 무겁게 가라앉은 분위기에서 조문객들의 눈길이 서로 부딪칩니다. 어색할 것까지는 없지만 "저분도 고인과 친분이 있었구나. 저렇게도 아는 사이였나 보네. 저 사람을 여기서 만나다니 참 뜻밖이다" 하며 새삼스러운 낯가림을 합니다. 가족이 아닌 '남'이 중심이 되는 이민사회의 조문 풍경이 왠지 전처럼 예사롭지 않게 다가옵니다.

40세 안팎일 고인보다 한참이나 제 나이가 많아서일까요, 영정 앞에 흰 국화 한 송이를 놓으면서 사진틀을 두르고 있는 검은 띠만 벗겨내면 장난이라도 친 양, 익살스레 웃으며 살아 돌아올 것만 같은 생각이 간절합니다. 장례예배를 마친 후 상가에 걸린 등을 뒤로하고 여전히 추적이는 빗속을 되짚어 돌아오는 발걸음이 유난히 무겁습니다.

초등학교 5학년 때 이민을 왔다니 고인은 1.5세대인 셈입니다. 부모를 따라왔으니 당연히 형제자매들도 있고, 시드니에 사는 일가친척들도 여럿이라고 들었습니다. 거기다 적지 않은 교회 식구들까지…. 그만하면 가는 길이 외롭지 않은 편입니다. 오래전에 이민 왔으니 아는 사람이 많은 것이 당연한 것 같지만, 이민연수에 따라 지인들도 꼭 비례하여 늘어나는 것은 아닐 것입니다.

문득 이민생활의 외로움은 살아서보다 죽어서 더 지독하게 다가올지도 모른다는 생각이 듭니다. 1세대 이민자 대부분은 부모나 형제, 변변한 친척도 없이 그저 둘셋 되는 자기 피붙이끼리 그러구러 살아갑니다. 별일 없이 살 때는 모르지만 막상 어려운 일을 당했을 때 아무도 찾아와 줄 사람이 없는 상황을 생각해 봅니다.

한국 같으면야 상을 당하면 오히려 오랫동안 만나지 못한 친척들과 안부를 묻고 얼굴을 보는 기회가 되지만, 이민생활이야 어디 그런가요. 이웃사촌, 교회사촌, 성당사촌, 사찰사촌 들 속에서 정을 나누고 마음을 얻지 못했다면 마지막 길도 혼자 쓸쓸히 가야 할 것입니다.

철저한 타인으로 살다가 철저한 타인으로 죽어가는 삶, 그것이 이민자의 현주소인지도 모릅니다.

더 두려운 것은 휑한 빈소에 덩그마니 남아 있을 자식들의 모습입니다. 가족 하나 없는 남의 나라에서 먹고사는 일에만 몰두했던 부모의 궤적이 적나라하게 드러나는 것, 그것은 분명 죽어서도 고통일 것입니다.

문화차이로 인한 오해와 소통의 단절로 평생 자식들과 가슴 아픈 시간을 보낸 자에게는 어쩌면 죽음의 예식이 '명예회복의 장'이 될 수도 있을 것입니다. 찾아와 준 조문객을 통해 내가 몰랐던 우리 부모를 이해하고 바르게 생각하는 계기를 마련할 것이기 때문입니다.

죽으면 다 무슨 소용이냐, 죽었는데 누가 왔는지 안 왔는지, 얼마나 왔는지 알 바 아니다, 라고 하는 사람이 있다면 죽음의 의미를 한번도 진지하게 생각해 본 적이 없는 사람일 것입니다.

'남의 시선' '남의 판단'이 죽음 앞에서만큼 중요하고 정확한 때가 없습니다. 죽은 자는 말이 없으니, 변명하고 합리화하고 자기미화를 할 수 없으니, 사후만큼은 오롯이 타인의 평가와 판단에 맡길 수밖에 없습니다.

철저히 남으로 구성된 이민사회의 조문객들은 막 마무리된 내 삶의 무게와 빛깔을 객관적으로 달아볼 것입니다.

마음이 급해집니다. 내 죽음이 어떤 유산을 남길지 두렵기 때문입니다.

적성도 좋지만

대학 졸업반인 아들애가 밥상머리에서 며칠 전에 친구가 학교를 그만뒀다는 말을 꺼냈습니다. 고등학교도 함께 다니고 책을 읽어도 같은 걸 읽으며 생각도 비슷해서 대학도 둘이 같은 과를 택해 갔더랍니다.

"내가 영문과를 간 것도 걔 영향이 컸는데…."

"기왕 시작한 공분데, 졸업을 코앞에 두고 그만둔 건 좀 그렇네."

"대학 공부하기가 얼마나 힘든데요. 거기다 자기한테 안 맞는 걸 어떻게 끝까지 해요. 잘 그만둔 거지."

호주에 살면서 신물나게 들어온 레퍼토리가 또 시작되려나 봅니다. 바로 '적성 타령'입니다.

적성에 안 맞는 일을 하면 곧 죽기라도 할 것처럼 유별나게 구

는 이 나라 젊은이들의 맙상이야 하루 이틀이 아니건만 졸업을 1
년도 채 안 남겨놓고 휴학이라면 모를까, 아예 관둬 버렸다니 역시
나 유별나다는 생각이 들었습니다.

'적성 타령'은 아무래도 대학에 진학한 부류에서 심한지라 대학
생들 중에는, 예를 들어 공대에서 약대로, 의대에서 법대로, 또 그
반대로 옮겨다니는, 이른바 전과를 일삼는 일이 허다합니다. 그러
니 나이는 점점 차가는데 노상 1학년인 학생들이 적지 않습니다.

'어영부영'은 꿈도 꿀 수 없는, 시쳇말로 '빡세게' 공부해야 하는
이 나라 대학현실에서 하고 싶지 않은 공부를 계속한다는 건 이만
저만 고통이 아니라는 걸 모르지는 않습니다. 여북하면 새내기 대
학생들 사이에 "나 다시 고3으로 돌아가고파~"라는 절규가 터져
나오겠습니까.

매년 낙제생이 부지기수니 이래저래 호주에서는 대학생이 있는
집에다 대고 "댁의 자녀는 지금 몇 학년입니까?" 혹은 "언제 졸업
하나요?"라고 묻는 것은 실례라고 하지요.

물론 적성에 맞는 미래를 계획하고 하고 싶은 일을 하고 사는 것만
큼 행복하고 바람직한 삶도 없을 것입니다. 누군들 자신의 소질이
나 전공분야와는 전혀 다른 일을 하느라 평생을 부대끼고 종당엔
회한에 젖고 싶겠습니까.

사전을 찾아보니 적성이란 어떤 일에 적합한 소질이나 성격, 적

응능력이라고 풀이되어 있습니다. 하지만 자신이 '어떤 일'에 알맞은 소질을 타고났는지, 나아가 그 '어떤 일'에 적응할 수 있는 능력이 있는지 없는지를 어떻게 알 수 있나요. 다만 그 '어떤 일'을 꾸준히 해보는 도리밖에 없겠지요.

또한 얼마나 오래 그 일을 해봐야 할지는 사람마다 기준이 다르겠지만, 저희 식당 주방에서 일하는 한 청년의 예를 들어보고 싶습니다.

이 청년은 3년간 요리사 과정을 밟으면서 소위 자기 적성이 아니라는 생각을 수시로 했답니다. 하지만 또 다른 길을 모색하기에는 지나간 시간이 아깝기도 하거니와 무엇보다도 부모님께 다시 손을 벌리기가 송구했다고 합니다. 22년간 자신을 뒷바라지해 준 부모님을 생각하면 적성을 따지기 이전에 무슨 일을 해서라도 이제부터는 자기 힘으로 살아가는 것이 우선이라는 생각이 들었답니다.

외동아들로 왕자처럼 자랐다고 하는 이 청년은 '왕자답게' 집에서는 부엌이라곤 들어가 본 적이 없었다고 합니다. 그랬던 청년이 어엿한 요리사가 되어 이제 겨우 스물다섯의 나이에 낯선 나라에서 호구지책 이상의 밥벌이를 하고 있으니 얼마나 대견한가요.

만약 요리사가 아니라면 무슨 일을 하고 싶은지, 이제는 이 일이 좋은지를 물으니 이전에는 IT계통을 하고 싶었지만 하다 보니 요리가 자기 적성에 맞는 일인 것 같다고 합니다. 그러면서 3년 전,

요리공부에 회의가 일 때 그만두지 않았던 것이 참 잘한 일이었고, 무슨 일이든 힘든 고비를 넘겨봐야 진정 그 일이 내 일인지 아닌지를 알 수 있다는 것을 깨달았다고 덧붙였습니다.

호주에 국한된 이야기인지는 모르지만 요즘 젊은이들은 말이 적성이지 일이나 공부에서 모자라는 인내심과 게으름, 의지박약, 두려움 따위에 대한 핑계를 찾느라 그렇게 둘러대는 게 아닐까 싶을 때가 있습니다.

제 눈에는 "적성이 아니면 죽음을 달라"고 외쳐본들 일정한 고비를 넘기는 시점까지 노력하지 않는 한 어떤 일을 하건, 어떤 전공을 택하건 공회전의 반복일 수 있다는 점을 간과하고 있는 듯 보입니다.

적성이고 뭐고 취업만을 목표로 내달려야 하는 한국의 젊은이들도 딱하지만 적성 타령하며 제자리에서 맴도는 이 나라 젊은이들의 에너지 낭비도 큰 문제가 아닐 수 없습니다.

저희 가게의 요리사 청년처럼 부모와 사회에 대한 성숙한 자세와 책임을 우선에 두고 꾸준히 노력한다면 적성도 자연스레 찾아질 수 있다는 것을 다른 청년들도 배웠으면 좋겠습니다.

아들의 용돈

아르바이트를 하고 밤늦게 귀가한 아들애가 엄마 용돈이라며 50달러를 제 손에 불쑥 쥐어줬습니다. 작년에 대학을 마치고 올해 대학원에 진학했지만 아들애는 한국나이로 쳐도 이제 겨우 스물두 살입니다. 그런 아들에게 벌써 용돈을 받았으니 정말이지 기특하고 뿌듯해서 남 앞에서 자랑하고 싶은 반면, 고생스레 일한 걸 생각하면 마음 한구석이 아릿아릿 아프고 안쓰러웠습니다.

아들애는 실상 대학을 다닐 때부터 용돈은 자기가 해결하려고 노력했고, 그렇지 못할 때는 지금 일을 찾고 있는 중이라는 둥, 곧 일이 생길 것 같다는 둥하며 이런저런 변명과 이유를 대면서 부모에게 돈을 타 쓰는 일의 떳떳치 못함을 스스로 내비쳤습니다.

이 나라에서는 그 또래 청년은 물론이고 훨씬 어려서부터 자기가 쓸 돈을 스스로 만들기 위해 작은 일이라도 한다는 점에 비춘다면 특별한 이야깃거리도 아닙니다.

어쩌면 요즘 아들애는 주변의 친구들은 멀쩡하게 부모 집에 얹혀살기가 송구해 얼마간의 방값을 드리고 있는데, 자기는 그렇지 못해 민망해하고 있는지도 모르겠습니다. 요구한 적도 없건만 곧 방세를 낼게요, 어쩌고 하면서 얼마 전에도 혼잣말을 했던 기억이 납니다.

그런가 하면 아르바이트 자리가 없어질까 봐 전전긍긍할 때도 있고, 이번 일은 한동안 안정되게 갈 것 같다며 안도하기도 합니다.

한국과 호주, 두 나라의 상이한 문화 속에서 부모세대와 무단히도 갈등하며 성장한 이민 2세들이지만 그래도 호주 문화에 대견하게 적응한 것 가운데 하나로 '경제적 독립과 책임'을 들 수 있을 것입니다.

이 나라 젊은이들의 대부분은 공부를 하든 일을 하든, 18세 무렵부터는 부모에게 손 벌리지 않고 스스로 생활을 꾸려갑니다. 10대 후반, 20대 초반부터 형성된 이러한 습관은 학비나 결혼자금, 집장만 등 목돈이 필요한 상황에서도 부모에게 의존하지 않게 하고, 하게 되더라도 수치심을 느끼게 만듭니다.

가까운 지인이 최근에 아들을 장가보내면서 결혼비용 마련은 자기들이 알아서 할 테니 아무것도 해주지 않아도 된다고 하는 통에 되레 서운했다는 말씀을 하셨습니다.

집안의 개혼이라 부모로서 이런저런 계획이 많았는데 당사자
들 중심으로 결혼식을 올리다 보니 간소하고 단출할 수밖에 없었
다는 것이었습니다.

부모의 재력이 맞선이나 연애의 조건이 되고 무리를 해서라도
사치스럽고 호사스런 결혼식을 올려야 체면이 서는 한국 사회와
는 대조적인 모습이 아닐 수 없습니다.

어디 결혼뿐입니까. 시작은 이미 대입시를 향한 사교육부터였
으니 자식 뒷바라지로 등골이 휘는 한국 부모들로서는 결혼은 자
식에 대한 무한책임이라는 지난한 과정의 한 매듭일 것입니다.

이따금 저는 한국의 또래들이 당연히 누리는 '부모덕'에 대해 이곳
이민 2세들은 어떤 생각을 할지 궁금할 때가 있습니다. 호주 한인
들 중에도 자식에게 무한대의 경제적 지원을 하는 경우가 없지 않
지만 주변의 질투나 시기심을 자극하기 위해 드러내놓고 자랑을
하거나 돈으로 거들먹거리는 분위기는 전혀 아닙니다.

그런 면에서 호주의 우리 아이들도 행여 또래의 한국 아이들을
부러워하기보다 스스로 삶을 꾸리는 훈련이 보편화되어 있는 이
나라 문화에 자부심을 느꼈으면 합니다.

지인 중에는 집안형편이 넉넉함에도 고등학교 때부터 자녀들
에게 용돈을 준 적이 없다는 분도 계시지만, 제 속된 마음에도 '자

식들 밑으로 큰돈 들 일 없다' 싶을 때 이민 오길 잘했다는 생각이 제일 많이 드는 걸 보면 이 나라의 건전한 문화에 잘 적응해 준 우리 2세들이 참 고맙고 대견합니다.

넥타이를 풀어야 산다

90년대 초반, 분주한 마음으로 이민 보따리를 꾸리던 무렵 때맞춰 한국의 한 일간지에 이민 특집기사가 실렸습니다. 20년 세월이 흐른 지금, 기사내용은 생각나지 않지만 이국의 어느 쇼핑센터 푸드 코트에서 음식 쓰레기를 수거하는 중년남자의 사진과 함께 기사의 제목만큼은 잊혀지지 않습니다.

"넥타이를 풀어야 산다"

내 나라에서 받은 교육, 학력, 직위, 배경 따위에 연연하여 이른바 화이트칼라 직종, 고급한 일자리를 선망했다가는 백인 중심 이민사회에서 배겨나기 어렵다는, 뿌리를 옮기는 자로서의 새로운 각오와 자세, 다짐 등을 의미하는 제목이었을 것입니다.

당시 한국에서 사회생활을 해본 적이 없었던 남편은, 그러니 굳이 풀어야 할 넥타이도 없었지만 미지의 이민길에 오르는 처지로서 그 기사의 제목만으로도 비감에 젖었던 기억이 지금도 새롭습니다.

한국서는 매어본 일 없던 넥타이를, 이민생활에는 어울리지 않는다는 넥타이를 새삼 호주에서 20년 가까이 풀지 못하며 살아온 남편과 달리 '간단없이 풀어버린 넥타이가 오히려 나의 목을 죄는 올가미로 느껴지는 사람들도 있다면?' 하는 생각을 해봅니다.

우울증을 앓고 있는 고학력 이민자들이 최근 부쩍 늘었다기에 말입니다.

척박한 남의 나라에서 살아내기 위해 풀어버린 넥타이가 탓이라면 탓이라고 할까요. 교육수준 높은 이민자들이 내몰리는 삶의 현장은 자격과잉에서 오는 괴리감과 좌절감, 박탈감으로 가라앉고 침체될 수밖에 없습니다.

까다로운 심사기준을 거쳐 기술이민 자격으로 호주에 온 이민자들의 상당수가 자신의 경력이나 능력과는 무관하거나 훨씬 못 미치는 수준의 일자리를 찾아야 하는 현실 앞에 첫 한두 해는 당장 닥친 생계와 이민 수속비용을 벌충할 겸 청소, 이삿짐 운반, 고물상, 공장노동, 택시운전, 식당 종업원 등 이른바 3D직종도 마다하지 않지만, 햇수가 거듭될수록 전공을 살려 일할 수 있는 가능성은 점점 희박해진다는 것에 좌절하기 때문입니다.

최근 서호주의학연구소가 1만 1450명의 새 이민자들을 대상으로 한 연구결과에 따르면, 호주에 온 지 3년이 경과할 때까지 전문 기술이나 자격을 활용하지 못한 숫자가 절반에 달하며, 이들 중에 불안장애 등 정신질환이나 우울증을 호소하는 경향이 높았다고 합니다.

그러나 시각을 비켜서 달리 말하면 3년이 고비라는 이야기도 되지 않을까요. 전공에 대한 미련을 버리고 힘에 부치고 자존심에 거슬리는 육체노동을 평생 업으로 할지 말지를 선택할 순간도 이쯤이지 싶습니다.

다행히 호주는 육체노동에 대한 대가가 기대 이상인 나라가 아닌가요. 열심히, 꾸준히만 한다면 상한 자존감, 잃어버린 경력에 대한 금전적 보상이 우울감을 상쇄하기에 충분하지 않나요?

주변의 지인 중에는 몇 년간 연연해하던 박사공부 '때려치고' 과감히 청소업에 뛰어든 후 비로소 생활의 여유를 찾게 되었다는 분, "까짓거, 마음먹기 달렸지. 쪽팔리는 게 대수냐"며 화이트칼라 직장을 뛰쳐나와 '몸'으로 일하는 현장에서 정신적·재정적 만족감을 느끼는 분도 계십니다.

더구나 자식들이 제 앞가림을 척척 하는 경우도 육체노동을 하는 부모들 쪽에서 월등 높습니다. 고생하는 부모를 보면서 아이들이 일찌감치 철이 들기 때문이지요.

며칠 전, 적지 않은 연세에 전형적인 3D직종에 종사하는, 올해로 이민 온 지 꼭 3년이 되었다는 분을 만났습니다.

호주 생활에 어느 정도 적응되어 갈 때라 이런저런 고달픔을 느끼려니 했는데, 그분은 한마디로 참 좋다고 하셨습니다. 노동이 힘들지 않냐고 물으니 그래도 그만큼 돈을 많이 주지 않냐며 모든 게 만족스럽다고 하셨습니다. 게다가 고등학생인 아들과 딸은 유치원 이래로 이렇게 재밌는 학교생활, 또래생활은 해본 적이 없다며 매우 행복해한다고 합니다. 노동자의 나라 호주를 제대로 만끽하고 있구나 싶었습니다.

그분을 보면서, 그리고 제 가족과 주변을 둘러봐도 이민자는 역시 넥타이를 풀어야 삽니다. 그러나 어설프게 말고 제대로 풀 일입니다.

자식 결혼시킨 죄인

"**면** 목 없고 송구해서 고개를 못 들겠다. 자식 결혼시키고 죄인 됐다."

교민사회에서 자녀들의 혼사를 치른 주변 지인들에게서 자주 듣는 말입니다. 20년 넘게, 30년 가까이 기른 공은 고사하고, 부모는 아랑곳없이 저희들 위주로 혼례를 치른대서야 말이 되냐며 울화통 치밀어하는 분들도 계시구요.

알다시피 '신랑신부와 그 친구들'이 처음부터 끝까지 철저히 주연이 되는 호주의 결혼문화 때문에 빚어지는 부모들의 서운함 내지는 황당함의 표현입니다.

한국과 호주, 두 나라의 상이한 문화 가운데 혼주인 부모는 쏙 빼고 신랑신부 당사자 중심으로 치러지는 이 나라의 결혼 내지는 결혼식 문화만큼은 받아들이기 힘든 게 이민 1세대들의 정서인가 봅니다. 한국 같은 과시형, 과소비 예식은 고사하고 친척조차 당사자인 자식들의 '허락'을 받아야 겨우 몇 자리 확보할 수 있는 옹색한 상황이 부모로서는 도무지 못마땅한 것입니다.

그러다 보니 부모들은 예식을 전후하여 가까운 친척·친지·친구·지인 들에게 "오시라고 못해서 죄송하다. 결혼소식을 알릴 수조차 없었다. 여기 결혼이 원래 아이들 위주 아니냐, 면목 없게 되었다. 이해해 달라"는 말을 입에 붙이고 다니거나, 상대가 이미 알고 물어오면 사후 약방문 격으로 "우리 애가 모날 모시에 혼인을 했는데 연락을 못해서 미안하니 밥이나 한 그릇 사겠다. 언제가 좋을지 날을 잡자"는 말로 대강 마무리를 합니다.

어차피 초대를 못할 바에야 '쉬쉬'라도 해야 뒤늦은 부조금이나 선물 따위를 받는 민망함을 덜 수 있다는 게 혼주들의 생각인 것 같습니다. 결혼식에 초대받지 못해도 인사를 챙길 정도의 사이라면 초대하지 못한 쪽의 송구스러움도 만만치 않다는 의미겠지요.

아직 아이들의 혼사 경험이 없는 저로서도 이쯤 되면 정말 곤란하고 난감하겠다는 생각이 듭니다. 자식 혼례라는 인륜지대사 앞에 죄인 아닌 죄인이 된 부모들은 노심초사, 안절부절, 우두망찰하는 데 반해, 당사자들은 생기발랄, 화기애애, 오밀조밀한 자기들만의 결혼식을 꿈꾸고 있으니 말입니다.

그러나 서운한 마음 이면에 비용 면에서는 위안을 삼을 수 있겠다는 곁다리 생각도 듭니다. 벌족한 명문가가 아닐 바에야 그런 식으로 은근슬쩍 넘어가는 바람에 돈이라도 '굳었으니' 부모들로 서는 차라리 실속을 차릴 일입니다.

아무려면 부모 밀쳐내고 저희들끼리 짝짜꿍을 맞췄는데 결혼 식 비용 달라고 손 내밀기는 쉽지 않을 테니까요. 부모가 주축이 되는 집안 혼사가 아니니 비용 또한 본인들이 부담하는 염치 정도 는 당연히 있을 테고요.

그래도 미련을 버릴 수 없는 어떤 부모들은 내 손님 밥값은 내 가 낼 테니 제발 친구 몇 명만 부르게 해달라며 피로연 비용 분담 이라는 '치사한 타협'을 시도한다고 하니 한국과 비교할수록 참 독 특하고 재밌는 현상이 아닐 수 없습니다.

자신들의 돈으로 치러야 하니 결혼비용 마련을 위해 몇 년에 걸쳐 치밀한 계획을 세워야 하고, 가급적 사치 예식을 피해야 하는 것은 엄연한 현실입니다. 설상가상 최근의 경기침체와 혼인연령이 높아 진 것도 검소한 결혼식의 한 요인이 되고 있다고 합니다.

저축이 많은 만혼일수록 철이 꽉 들어서 사치스럽지 않게, 실 속 위주로 낭비 없이 치르는 것이지요. 최근 통계를 보니 호주의 결 혼식 비용은 반지 등 결혼 예물비 약 6천 달러를 포함해 식장대여, 드레스, 화장, 부케, 사진촬영, 피로연비 등을 합쳐 약 3만 5천~5만 달러 선이라고 합니다.

한국처럼 결혼과 동시에 집을 장만하거나 살림 일습을 들여놓는 풍조가 없으니 일단 이 정도의 목돈만 마련되면 재정적으론 큰 문제가 없다고 봐야 할 것입니다. 역시 한국과 비교하자면 매우 검박하다 할 수 있겠지요.

한편 호주인의 평균 결혼연령은 신랑 31.4세, 신부는 29.2세로 점차 만혼 분위기로 가고 있다고 합니다.